A Study of
Greenblatt's New Historicism

格林布拉特新历史主义研究

朱 静/著

人民出版社

序

　　本书作者朱静博士给我的印象有两个,第一是英语特别好,第二是做事扎实。有人会说,朱静从本科到硕士,都在英语专业就读,英语好是应该的。然而,我也接触过一些本科与硕士都是英语出身的人,不但说英语的时候发音有问题,而且写英文文章也很困难。记得在朱静毕业前夕,我办了一次比较文学国际会,由于她英语好,做事又认真负责,因此我叫她负责国外学者的接待,她做得极为周到与扎实,最后差点将自己累倒。

　　研究国外文学思潮与理论的著作,最怕的有两个:第一是由于外语基本功不行,在自己的著述中将国外的文学理论翻译得走样;第二是做学问不扎实,甚至以国外的文学理论来论证自己的观点,一点不顾及研究对象所处的国情。由于朱静博士避免了上述两点,从而保证了本书的学术质量。可以说,本书是目前国内研究新历史主义最有学术分量的专著。

　　我在比较文学与世界文学两个专业培养博士研究生,面对的是两个知识背景完全不同的群体:一个是从本科到硕士都是学中文的,另一个是从本科到硕士都是学外文的。考虑到语言能力在研究中的重要性,我认为他们在选择博士论文的题目时应各有侧重:一般来说,我要求学中文的学生选择比较文学作为研究对象;要求学外文的学生选择世界文学作为论文题目,以便发挥其语言优势。而且我认为,研究外国文学的,所学语种基本决定了所选国家的范围,比如,学英语的绝无可能选择法国文学为题;在文学与文论之间,优先选择文论。朱静最终的选择是英语文论——以新历史主义为题。

我对朱静的选择加以鼓励。当时西方文论中的各种主义正冲击中国学坛,相对而言,格林布拉特和他的新历史主义并非学界讨论的热点,而且显得似乎有点过时。然而就学术研究而言,只有当一个学术流派落潮的时候,才可以对其来龙去脉加以寻根究底,所谓"当代无史"也就是说的这个道理。因此,从这个角度看来,朱静的论文可谓恰逢其时。她在论文中对新历史主义的学术渊源与新历史主义落潮之后的学术发展,都进行了深入的反思;对新历史主义的代表人物格林布拉特,则进行了全面系统的研究。尤其是在以马克思主义为意识形态的中国,新历史主义的研究更为重要。黑格尔大概是哲学史上最强调历史观念的哲学家,而马克思主义受黑格尔的影响,也强调历史的观念而反对非历史主义的形式主义。那么,当流通、塑形、社会能量等概念进入新历史主义后,新历史主义与马克思主义的历史主义又有哪些异同? 朱静对这些问题都进行了深入的研究。朱静博士答辩的评委杨慧林、王宁、刘象愚、陈永国等都是当代中国著名的外国文学理论家,他们对朱静的博士论文给予了高度的评价。

朱静在攻读博士学位之前是河北大学外国语学院的教师,以其在博士论文中表现出来的才华,在北京找个好工作并非难事,但她博士研究生毕业后又回到保定,为河北大学外国语学院效力,并且以博士论文为基础成功申报了教育部人文社科的青年基金项目。2013 年 1 月到 2014 年 1 月,她在国家留学基金委的资助下来到了格林布拉特所在的国度——美国,在康奈尔大学比较文学系师从著名的新历史主义学者 Walter Cohen 教授和莎士比亚研究专家 William Kennedy 教授。这对她的项目的完成——在博士论文基础上的改写与提高,产生了重要的作用。"带着镣铐跳舞"的诗人闻一多、徐志摩、朱湘,写出了现代中国最优秀的诗歌;而"带着镣铐跳舞"的青年学者朱静,写出了国内第一部运用英语材料全面、系统、深入地研究新历史主义的代表人物格林布拉特的专著,因而本书也是填补学术空白之作。

高旭东 2015 年 2 月 18 日羊年除夕于北京天问斋

目　　录

绪论：格林布拉特与新历史主义

新历史主义(the New Historicism)崛起于20世纪70年代末80年代初的美国,以其对形式主义和旧历史主义的双重反叛,很快在英国文艺复兴或现代早期(early modern)、尤其是莎士比亚研究领域,掀起了一场范式革命。一方面,它反对把审美形式从物质领域孤立出来的做法,拒绝艺术与历史的隔离,而把它们视为相互交叉和相互组成的领域,坚持文学既是由社会生产又生产社会,从而与形式主义划清界限;另一方面,经过20世纪70年代以来各种理论运动尤其是后结构主义运动的洗礼,它拒斥历史的客观性、总体性和目的性,坚持历史的建构性和阐释者自身的局限性,从而又与旧历史主义相区别。新历史主义虽然最初是在莎士比亚和英国文艺复兴领域兴起,但却具有广泛的跨学科性。在过去近30年的时间里,它的影响早已经超出莎士比亚和英国文艺复兴领域,成为美国文学研究中主导的批评运动之一;而它的批评旨趣、方法等,也从文学研究渗透到艺术、建筑、仪式、宗教和文化等其他领域,深刻地影响了这些领域的研究。

斯蒂芬·J.格林布拉特(Stephen Jay Greenblatt,1943—)作为这场持久而又影响深远的批评运动的命名者、积极推动者和最重要的实践者,几乎是新历史主义的代名词。2000年,继希拉里·普特曼(Hilary Putnam)之后,格林布拉特成为哈佛大学新一任的人文学科约翰·科根校级教授(John Cogan University Professor)。在宣布这一消息时,当时的校长内尔·鲁登斯汀(Neil Rudenstine)曾这样评价他:"在塑造过去四分之一世纪文学研究和批评的方向上，没有人比格林布拉特做得更多。"①这话虽然有夸张与恭维的成分，但离事实也不是很远：在当今的文艺复兴研究领域尤其是莎士比亚研究领域，确实很难想象有谁比格林布拉特更具影响力。不管你喜欢不喜欢，几乎所有研究现代早期英国文学和文化的人都不可能忽视他的研究。

　　格林布拉特虽然是新历史主义运动的命名者，但他对新历史主义最重要的贡献，却不在于明确地为这一运动提出了什么基本的理论或方法。相反，他一直不太愿意做理论总结，认为"不可能有单一的方法和总体图景，也不可能有可穷尽和可确定的文化诗学"。② 他对这场批评运动最重要的贡献，首先在于他本人几十年的批评实践。可以说，正是由于他在莎士比亚和英国文艺复研究领域那些具有原创性和代表性的著作，新历史主义才可能有现在的影响力。而且，格林布拉特不是一个墨守成规的批评家，在批评实践中，他能始终不断地在别人的批评和新的证据的启发下修正自己的观念，以保持新历史主义和文化诗学持久的活力。而除了本人的批评实践之外，格林布拉特还不遗余力地为新历史主义运动的发展推波助澜。他从 1983 年开始主编加州大学出版社的"文化诗学"系列丛书，到 2009 年系列完成时，已经出版了 34 部专著。同时，他还与加州大学伯克利分校的同事共同创办了新历史主义的旗舰刊物《再现》(*Representations*)，如今它仍然是美国主要的文学研究期刊之一。他参与的另一项重要活动，是主编诺顿莎士比亚全集和诺顿英国文学选读。从 20 世纪 90 年代后期开始，这些带着明显新历史主义旨趣倾向的文集，在美国和世界其他国家的大学中流通和普及，其影响力迄今还都无法估量。

　　不过，虽然格林布拉特很少直接提出提纲挈领的理论视角，但他的一

---

① "Greenblatt Named University Professor of the Humanities", *The Harvard University Gazette*, September 21, 2000, http://www.news.harvard.edu/gazette/2000/09.21/greenblatt.html.

② Stephen Greenblatt, *Shakespearean Negotiations: The Circulation of Social Energy in Renaissance Engliand*, Berkeley: University of California Press, 1988, reprinted 1997, p.19.

些原创性思想和术语,如自我塑造、社会能量的流通等等,如今已被众多批评家所采用。他一直关注的,都是文学和文化批评所面临的最关键和最意义深远的问题;而他对这些问题的回答,对文学和文化批评家都产生了巨大的影响,其中包括那些可能并不把自己视为历史主义者的批评家。所有这些,都使格林布拉特成为我们考察 20 世纪 80 年代以后的莎士比亚和现代早期研究、甚至整个美国文学研究时,一个无法绕开的名字。

一、国内外研究的历史与现状
(一)国外对新历史主义及格林布拉特的研究

虽然新历史主义运动的影响不仅仅限于美国和英国,在德国,也有许多从事类似研究的学者,如罗伯特·威曼(Robert Weiman),但是本文还是将其视为主要发生在英美文学研究中的一场运动,对格林布拉特的研究也以此为背景。所以,文献综述将以英语世界为主。

作为一种文学批评实践,英语世界对新历史主义的研究可以说是伴随着它的整个的发展历程。从 20 世纪 80 年代中期开始,随着新历史主义影响的日渐增大,英美学界开始迅速出现大量著作、文章、会议和讨论,中心的话题就是这一领域的新发展。一个有趣的现象是:初期的著作大多都以论文集的形式出现,多以综述为主,似乎批评家们还没能与新历史主义进行批评和理论的对话。进入 20 世纪 90 年代以后,这一情况开始改观,陆续出现了对新历史主义和格林布拉特的批评实践进行理论性反思的著作,且不乏专著。这些文集和专著以及大量评论文章,将新历史主义从理论上和时代上加以语境化,从不同侧面勾勒出新历史主义的理论假设、思想资源、批评方法、特点、其成功之处及面临的困境等。进入 21世纪之后,在新的研究趋势和兴趣的语境下,批评家们又开始回望新历史主义,评估其对文学研究的影响,并试图描绘"新历史主义之后"的图景。

1. 对新历史主义的研究

1989 年,在新历史主义运动进行得如火如荼的时候,H.艾拉姆·威瑟(H.Aram Veeser)主编的《新历史主义》(*The New Historicism*)出版了。在威瑟看来,新历史主义"虽然把对批评的自我审视看成是必须的",但在当时,"还没有出现对这一批评倾向的方法及其含义的系统讨论",因此这部文集的出版可以说是"恰逢其时"。① 文集收录的文章,就新历史主义的谱系、方法和政治,从各种批评角度和跨学科角度进行了理论上的分析和论争,反映了新历史主义的异质性和内部的斗争性。虽然文集并没有实质性地理论化新历史主义的方法,但无论如何,这部文集成为后来的新历史主义研究者的必读书目。威瑟在导言中认为,虽然新历史主义是一个"没有恰当指涉的词汇"②,但还是有五个关键假设把各种异质的批评联系在一起:文本的文化根植性、任何批评都有可能陷入自己批判的对象的陷阱、文学文本和非文学文本相互流通、没有文本通向不变的真实、资本主义文学需要资本主义诗学。③ 五年之后,威瑟再次编辑了《新历史主义读本》(*The New Historicism Reader*)。他在导言中重申了上述五点,同时回应了一些对新历史主义的攻击,指出了新历史主义内部的分裂,对新历史主义未来的走向做了预测。

同样试图对新历史主义做总体回顾的,是被视为新历史主义的"理论家"的路易斯·A.孟特罗斯(Louis A.Montrose)。1992年,格林布拉特和吉尔斯·甘(Giles Gunn)主编了《重新划界:英国和美国文学研究的巨变》(*Redrawing the Boundaries:The Transformation of English and American Literary Studies*)一书,意在考察近来英美文学研究中的重要发展。孟特罗斯撰写了其中的《新历史主义种种》("New Historicisms")一章。他概述了新历史主义批评实践的主要关注点,并重申了关于新历史主义的"历史的文本性和文本的历史性"的定义。针对当时对新历史主义越来越多的质疑和批评,尤其是其"遏制"、"意识形态统治"和"颠覆"的假

---

① H.Aram Veeser(ed.),*The New Historicism*,London:Routledge,1989,pp.ⅷ-ⅸ.
② Ibid.,p.ⅹ.
③ Ibid.,p.ⅺ.

设,孟特罗斯都从自己的角度作出了回应,同时还讨论了福柯(Michel Foucault)、吉尔兹(Clifford Geertz)与后来的新历史主义实践之间的连续性。

新历史主义批评实践的文集在1980年代中期以后出现了很多,如吉恩·E.霍华德(Jean E Howard)和马里奥·F.奥坎纳(Marion F.O'Connor)编辑的《重新生产莎士比亚》(*Shakespeare Reproduced*,1987)、理查德·威尔逊(Richard Wilson)和理查德·达顿(Richard Dutton)主编的《新历史主义与文艺复兴戏剧》(*New Historicism and Renaissance Drama*,1992)以及由特伦斯·霍克斯(Terence Hawkes)任总主编的《另类莎士比亚》第一、二卷(*Alternative Shakespeares*,Vol.1 1985,Vol.2 1996)等。这些都是对文艺复兴和莎士比亚研究中的新历史主义倾向的一个回顾。

英国的文化唯物主义(Cultural Materialism)是与新历史主义平行的批评运动,它们之间共享很多理论假设和方法,但也存在着一些区别。乔纳森·多利莫尔(Jonathan Dollimore)和艾伦·辛菲尔德(Alan Sinfield)在他们主编的《政治的莎士比亚》(*Political Shakespeare*,1985,1994)中提出,新历史主义和文化唯物主义之间主要的不同在于,新历史主义在文艺复兴文学中更多地发现了遏制的力量,而文化唯物主义则更多地发现了颠覆的力量。① 而对二者之间异同的详细论述来自约翰·布兰尼根(John Brannigan)。他在其专著《新历史主义与文化唯物主义》(*New Historicism and Cultural Materialism*,1998)中探讨了它们的历史渊源,介绍了具体的批评手法,分析了它们在基本理念上分歧。在他看来,虽然二者在初期的理论和批评实践上有诸多相似之处,但随着时间的推移,理论和实践的演变,二者的区别日益显著。新历史主义着重于考察文本中权力的体现及其功能,关注权力是如何遏制一切潜在颠覆的;而文化唯物主义的

_____

① Jonathan Dollimore and Alan Sinfield(eds.),*Political Shakespeare*,Ithaca and London:Cornell University,1994,pp.2–3.

侧重点正好相反,它在文本中搜寻颠覆因素是如何抵制权力。新历史主义重在描述权力在历史上的运作方式,而文化唯物主义则专心探究颠覆力量在当前的可能,表现出更强烈的政治介入的愿望。布兰尼根还在书中暗示,这种分歧主要来自于各自的思想来源和知识背景。新历史主义的理论资源包括福柯的权力理论、阿尔都赛(Louis Althusser)的意识形态理论、吉尔兹的文化人类学等。而文化唯物主义则更多地受益于威廉斯(Raymond Williams)的文化马克思主义。与福柯、阿尔都赛的悲观论调相比,威廉斯的理论更多地带有战斗色彩,为文化唯物主义定下了更加乐观的基调。

在新历史主义的理论资源方面,布鲁克·托马斯(Brook Thomas)的专著《新历史主义及其他过时话题》(*The New Historicism and Other Old-Fashioned Topics*,1991)对新历史主义所受到的之前的历史主义(Historismus)和后结构主义的影响以及与它们的不同进行了概括,从而得出这样一个结论:所谓的"新"历史主义,可能只是一些老话题的继续。克莱尔·科尔布鲁克(Claire Colebrook)在《新文学史》(*New Literary Histories: New Historicism and Contemporary Criticism*,1997)中则梳理了新历史主义同福柯、布迪厄(Pierre Bourdieu)、德赛托(Michel de Certeau)、威廉斯、阿尔都赛、马歇利(Pierre Macherey)、葛兰西(Antonio Gramsci)的关系,同时也探讨了新历史主义与文化唯物主义的异同。保罗·汉密尔顿(Paul Hamilton)的《历史主义》(*Historicism*,1996)虽然不是专门论述新历史主义的,但对"历史主义"的历史、用法进行了追踪,试图厘清围绕这个术语的诸多含混之处。

除了这些文集和专著,大量期刊文章对新历史主义的讨论也是不可忽视的。这些都在威瑟主编的《新历史主义》中孟特罗斯的文章《文化诗学与文化政治》("Professing the Renaissance: The Poetics and Politics of Culture")后的注释7,以及本书后的参考文献中列出,在此不再赘述。

2. 对格林布拉特的研究

由于格林布拉特是新历史主义最著名的实践者和倡导者，因此几乎所有对新历史主义的讨论都会涉及他。比如在上面提到的《新历史主义及其他过时话题》《新文学史》这两本专著中，作者都辟出专章来讨论他的批评实践、他与新历史主义的关系等。于根·彼得斯（Jürgen Pieters）是近年来对格林布拉特进行过专门研究的学者之一。他主编的《批评的自我塑造：斯蒂芬·格林布拉特和新历史主义》（Critical Self-Fashioning: Stephen Greenblatt and the New Historicism，1999）主要收集了欧洲学者对格林布拉特和新历史主义的论述，包括文学与文化理论家、莎士比亚专家和文学史家。他们从跨学科的角度对格林布拉特的著作进行了审视，将他的写作与德赛托、吉拉德（René Girard）、维特根斯坦（Ludwig Josef Johann Wittgenstein）等理论家的进行相互参照和比较。除了编辑以格林布拉特为主题的文集，彼得斯还在其专著《商讨时刻：斯蒂芬·格林布拉特的新历史主义》（Moments of Negotiation: The New Historicism of Stephen Greenblatt，2002）中，对格林布拉特所开创的新历史主义的阅读方法进行了深度分析。彼得斯试图填补对格林布拉特思想资源研究方面的空白，因此在书中对格氏批评方法的理论背景进行了全面分析。他不仅对格氏的思想资源[包括巴赫金（Mikhail Mikhailovich Bakhtin）、福柯、阿尔都赛、马歇利、德赛托、利奥塔（Jean-François Lyotard）、威廉斯和霍尔（Stuart Hall）等]进行了细读，还批判地审视了他是如何将他们原创性的洞见变形后放到自己的跨学科方法的框架之内。

2005年，米歇尔·佩恩（Michael Payne）编辑出版了《格林布拉特读本》（The Greenblatt Reader）。格林布拉特在文化、文艺复兴和莎士比亚研究领域最重要的作品第一次被收录在一本书中。佩恩的读本文章的选择和编辑上都别具匠心。他将格林布拉特的批评分为三个主要的部分：关于文化和新历史主义、文艺复兴研究、莎士比亚研究。这样的编排有利于让我们一窥格林布拉特批评实践的全貌。此外，读本的第四部分还收录了格林布拉特关于故事讲述、奇迹之类的文章,意图回击认为新历史主义反文学、反审美价值的观点。读本的导言则是由孟特罗斯撰写的。他列举了新历史主义的十个特点,论述了格林布拉特的对新历史主义批评的论述以及他对于新历史主义的意义。

(二)国内新历史主义和格林布拉特研究概况及存在的问题

新历史主义自20世纪80年代末期进入我国,在学界引起了一些注意,也有学者进行了相关的研究。但与其在美国独领风骚30多年相比,国内的研究还远没成为气候:与后殖民、女性主义等批评相比,格林布拉特和他所倡导的新历史主义批评似乎始终都没有掀起太大的波澜。

陈厚诚和王宁在他们主编的《西方当代文学批评在中国》①中提到,1988年,王逢振在其撰写的《今日西方文学批评理论》中,第一次向国内介绍了新历史主义批评。次年,韩加明的《新历史主义批评的兴起》概述了新历史主义的发展,杨正润的《文学研究的重新历史化——从新历史主义看当代西方文艺学的重大变革》则介绍了新历史主义的批评实践,并概括了它的特色、贡献及弊病。1991年,赵一凡在《读书》杂志上发表的《什么是新历史主义》,详细地介绍了新历史主义的来龙去脉。以上诸文为国内学者初步勾勒了新历史主义的轮廓。

1993年,北京大学出版社出版了张京媛主编的译文集《新历史主义与文学批评》,该书以威瑟主编的《新历史主义》论文集为基础,同时还收录了其他几篇权威的新历史主义论文。同年3月,中国社会科学院外国文学所编辑了《文艺学和新历史主义》,精选了有代表性的五篇新历史主义文章加以翻译。另外,程锡麟、韩加明还翻译了海登·怀特(Hayden White)以及孟特罗斯的一些重要论文。这些成为后来国内研究新历史主义的主要参考。

在翻译、介绍新历史主义的同时,学者们也在探讨它的得失。1994

---

① 陈厚诚、王宁编:《西方当代文学批评在中国》,百花文艺出版社2000年版。

年,杨正润的两篇论文《主体的定位与协合功能——评新历史主义的理论基础》和《文学的"颠覆"和"遏制"——新历史主义的文学功能论和意识形态论述评》,分别从文学的发生和文学的功能两个层面对新历史主义进行剖析,将新历史主义理论中的矛盾暴露出来。同一年,韩加明的《新历史主义批评的发展及启示》回顾了新历史主义批评在中国文坛的发展历程及其传播影响,第一次具体论述了新历史主义批评对建设我国文学批评的意义问题。在认识新历史主义的偏颇和盲点方面,重要的文章有盛宁的《历史·文本·意识形态:新历史主义文化批评和文学批评刍议》和《新历史主义·后现代主义·历史真实》、王岳川《新历史主义的理论盲区》及钱中文的《全球化语境与文学理论的前景》等。①

目前国内在新历史主义方面的专著有两本:盛宁的《新历史主义》(1996 年)和张进的《新历史主义与历史诗学》(2004 年)。这两位学者也是目前国内对新历史主义研究关注相对较多的。盛宁的《新历史主义》是国内最早的专著,虽然写于 20 世纪 90 年代,但现在看来仍不失为对新历史主义论述最深的专著。本书的一个显著特点就是它的批判眼光,但可能也正是因为这种批判的眼光,而不能看到更多新历史主义为文学研究带来的更积极的一面。本书由台湾扬智出版社出版,在大陆没有版本,这在一定程度上削弱了它的影响力。另外,在 1997 年的《人文困惑与反思》中,盛宁又进一步将新历史主义放在后现代的大背景中进行思考,不过仍然秉持批判的眼光。而张进的《新历史主义与历史诗学》则力图建立历史诗学,不过他所关注的更多的是历史诗学的理论层面,而对实际的批评操作关注不多。另外,王岳川在 1999 年的《后殖民主义与新历史主义文论》中也对新历史主义进行过论述。

国内对格林布拉特的研究,大多也是同对新历史主义的研究结合在

---

① 这一部分关于新历史主义在中国的研究情况,参考了辛刚国的部分论述。见辛国刚:《新历史主义研究述评》,《学术月刊》2002 年第 8 期,第 111 页。

一起的,许多对新历史主义的批评其实就是对他的批评。专门的研究文章则不多,主要集中在他的莎士比亚研究上,而且都是最近发表的。其中有两篇是围绕《俗世威尔》(*Will in the World*)的评论:盛宁在 2005 年第 3 期的《外国文学评论》上发表的《再说莎士比亚何以成为莎士比亚》和王丽莉在 2006 年第 5 期的《外国文学》上的文章《新历史主义的又一实践——评格林布拉特的新作〈尘世间的莎士比亚〉》。王丽莉的《格林布拉特新历史主义的莎学研究实践》(2007 年)和陶水平的《"历史的文本性"与"文本的历史性"的双向阐释——试论格林布拉特文化诗学研究的理论与实践》(2006 年)则试图对格林布拉特的批评实践进行总体评估。

国内关于新历史主义的硕士和博士学位论文从 CNKI 上能检索到的大概从 2002 年开始出现。较早的博士论文有陈世丹的《库尔特·冯古内特对现实世界与小说世界的结构与重构及其新历史主义倾向》(2002 年)和谷红丽的《新历史主义和文化唯物主义批评视角下诺曼·梅勒的作品研究》(2003 年)。他们分别用新历史主义和文化唯物主义的方法对具体作品进行了分析。人民大学张进的论文《新历史主义与历史诗学》(2003 年)则对新历史主义进行理论上的梳理。之后暨南大学王进(2008 年)、山东大学傅洁琳(2008 年)对格林布拉特进行了专门论述。硕士学位论文在数量上则更多,目前在 CNKI 上以"新历史主义"为关键词检索到的就有 426 篇。但这个数字只是假象,因为其中有相当部分是有关历史、新历史文学作品的,与新历史主义或者格林布拉特本人的研究关系并不那么密切。

所以,如果我们总结一下就会发现,国内对格林布拉特和新历史主义的研究取得了一定的进展,但仍存在许多有待充分探讨和值得我们深入思考的地方。总的来说,我国学者对格林布拉特及其新历史主义的研究中特点之一就是重理论而轻实践。在现有的研究中,有相当一部分都是对新历史主义做理论评介以及论述它与其他理论之间关系的。这固然对我们从理论层面上了解新历史主义非常有帮助,但却往往由于缺乏对具体批评实践的探讨而容易流于空泛。因为对格林布拉特而言，他所倡导的新历史主义首先是一种实践而非教条①，而且越到后期他们对理论的拒斥越来越明显。因此，如果我们在研究中执着于理论而忽视其具体批评实践，不但很容易产生知其然而不知其所以然的问题，而且也错失了新历史主义的要义。这是其一。其二，这种对理论的执着和对具体批评实践的忽视，容易导致对新历史主义做简单化的理解和处理。我们已经看到，有相当一部分论者在提及新历史主义的时候，只是将其观点简单归纳为"历史的文本性和文本的历史性"，将其批评方法归纳为"逸闻主义"、"厚描"等几个术语，而对其内部的具体操作却茫茫然。而近年来，却有越来越多的国外新历史主义的研究者指出，格林布拉特的新历史主义批评实践的力量不仅来自于其与旧历史主义及形式主义决裂的激进姿态，更来自于其文体风格（style），也就是其独具一格的写作与论证方式。②因此我们在对他和新历史主义进行研究的时候，对其批评文本的细读应该是首先和必须的，我们对他和新历史主义的任何评价都应以此为基础。

在 2007 年的一篇文章中，盛宁有感于国内学界对国外理论追风和囫囵吞枣的痼疾，提出"返回经典"的口号，即返回那些原创性文论家的原著，对他们进行重新认识。③笔者非常赞同盛宁的观点。确实，我们只有认认真真搞清楚了别人在说什么，才有可能谈论真正的为我所用。所以本研究要做的，就是从格林布拉特的批评实践入手，以他的文化批评、文艺复兴研究及莎士比亚研究中最有影响的著作和论文为范本，详细考察他的新历史主义文化诗学的操作方法和具体内容，也由此窥见新历史主义一般的批评风格。也就是说，本研究致力于一种基于文本细读的分析，

---

① Stephen Greenblatt, *Learning to Curse: Essays in Early Modern Culture*, 2nd edn., New York: Routledge, 2006, p.197.

② Douglas Bruster, *Shakespeare and the Question of Culture*, New York: Palgrave Macmillan, 2003, p.29.

③ 盛宁：《"理论热"的消退与文学理论研究的出路》，《南京大学学报》（哲学、人文科学、社科学版）2007 年第 1 期，第 57—71 页。

在分析的同时试图显示格氏理论假设和操作方法的洞见与盲点,从而也在一定程度上窥见新历史主义运动的得失。

但是要做这样的尝试,难度也是显而易见的。除了要有宽阔的学术视野和背景外,一个首要的问题就是大量的文本阅读。格林布拉特本人著作等身,至今仍有新作出版,是一个充满活力的批评家还有很多关于新历史主义的研究材料。另外,对影响新历史主义和格林布拉特本人的思想和思想家需要有充分的了解,而对新历史主义产生的后现代语境也要有总体的把握。最后,由于格林布拉特的研究主要涉及莎士比亚和文艺复兴,因此对这些文本的熟悉及其批评史的了解成为必须。这些都是本研究的难点所在,但也是挑战和意义所在。

二、关于本研究的思路

如前所述,本书是要从格林布拉特具体的批评文本入手,分析他的新历史主义文化诗学的假设、方法,以及他的批评对当代文化研究、文艺复兴研究、莎士比亚研究的影响和意义,并由此窥见新历史主义对当代文学和文化批评的意义。在这个过程中,避免将格林布拉特过分理论化,将是笔者首先要努力坚持的一个原则。因为对他来说,文化诗学始终处于变动之中,如果将它理论化,就是使之僵化。其次,很重要的一点是,在考察格林布拉特的批评实践的过程中,对这样一种注重将文本历史化的批评实践,我们必须也将它充分地历史化,即关注它自身是如何在各种力量冲突与融合中进行塑造的。不过,需要特别指出的是,就像格林布拉特无论如何对过去进行厚描,都不可能向我们呈现一个完全"真实"的过去一样,我们对格林布拉特新历史主义文化诗学批评实践的考察和研究以及可能得出的结论,也受到了我们自身所处时代和环境的塑造,这其中还包括了我们的中国文化身份。此外,我们面临一个表述的合法性问题,即我们如何能够证明我们对格林布拉特及新历史主义的表述是恰当的? 判断它是否恰当的标准是什么? 这样,在表述的过程中,就有建构一个"我的"格林布拉特和新历史主义的可能。因此,本研究文不会自诩去"还原"一个"真正"的格林布拉特,而更多的是提供一种处于此时、此地的作者对他所作的如此的理解。

另外一点是,几乎所有试图系统研究研究格林布拉特的学者都可能遇到的一个不可避免的难题,也是关注新历史主义和格林布拉特本人的许多学者早就注意到并讨论过的一个问题,就是他的批评实践似乎缺乏一种理论明晰性,即他总是从文本本身谈起,拒绝将自己的观点理论化、体系化,所以要想从他的文本中抽象出理论和体系几乎成了"不可能任务"。如前所述,本书不企图完成这个不可能任务,但在具体的叙述中,却难免会有一些总体化的表述。

第一章　新历史主义概说

1982 年,当格林布拉特在《文类》(*Genre*)特刊《文艺复兴时期形式的权力和权力的形式》(*The Power of Forms and the Forms of Power in the English Renaissance*)的导言中宣称,收集在此的"这些论文表达了一种我们可以称之为新历史主义的东西"①时,他并没有想到,这个似乎信手拈来的称谓居然会流传开来。② 不过,这个称谓的意外流传,正好例证了新历史主义的一个前提:任何作者都不是他或她的意义的来源或拥有者;相反,所有的陈述都是由事先已经存在的文本写就的,这些文本相互交叉又传播开去。③ 通过对新历史主义智性资源和社会时代语境的考察,我们可以得出这样一个结论:新历史主义并不是在 20 世纪 80 年代初横空出世的,也不是任何单一的个人一时的灵感,而是由之前许多关于文学和语言的话语相互碰撞后汇流而成的,同时也是由其所处的具体历史时刻的具体情况造就的。因此在第一章中,我们将追踪推动了新历史主义崛起的社会时代语境和智性资源,同时勾画这一运动在过去 30 多年间的发展轨迹。

但是,在做这样的追踪和勾画之前,我们首先要限定本文所谈论的新

---

① Stephen Greenblatt(ed.), *The Power of Forms in the English Renaissance*, Norman:Pilgrim Books,1982,p.5.

② Stephen Greenblatt, *Learning to Curse*, p.196.

③ Richard Wilson, "Introduction:Historicising New Historicism", in Richard Wilson and Richard Dutton(eds.), *New Historicism and Renaissance Drama*, London and New York:Longman Publishing,1992,p.1.

历史主义的范围。虽然"新历史主义"这一称谓因为格林布拉特的使用而流传开来,但他并不是这一术语的创造者或首先的使用者。卫斯理·莫里斯(Wesley Morris)在 1972 年出版的著作《走向一种新历史主义》(*Toward a New Historicism*)中就使用过这个称谓了。不过,他所谓的"新历史主义",是我们需要通过高度发展的历史理解来阐释文学作品,从而把它们完全放入它们那个时代的文化的基本问题和关注中;而理解文学中表现出来的过去,就是理解现在并建立过去与现在之间的连接,使人文价值得以延续、传承。① 因此,他的这种旨趣与其说是一种"新"历史主义,不如说与"旧"历史主义更接近。而格林布拉特的"新历史主义",指的是当时活跃在文艺复兴领域的一小部分批评家所进行的与传统历史主义迥异的研究。此后,随着这一称谓的流行,它的使用范围也扩大到在类似基础上进行研究但关注别的时期(如美国文艺复兴、英国浪漫主义、维多利亚研究、拉美文学等②)的批评家身上。

总的来说,20 世纪 80 年代的新历史主义运动可以视为英美文学中出现的一种"对历史的回归"的倾向。在这个宽泛的指称之内,我们又可以分辨出两种新历史主义:一种重新建构更具包容性的文学史的努力,即"新的文学史";另一种则可以看做是"正宗"的新历史主义——即格林布拉特所指的始于英国文艺复兴的研究。③ 在本文中,我们将主要在后一种意义上使用"新历史主义"这一术语,把它限定在格林布拉特最初定义的文艺复兴领域的部分学者身上。但需要指出的是,这种区分绝不是严格的,因为在随后的论述中,我们将看到,它们相互交织在一起,彼此既为对方的条件又为对方的后果。

---

①　参见 Wesley Morris, *Toward a New Historicism*, Princeton: Princeton University Press, 1972, pp.209-216。

②　H.Aram Veeser, ed., *The New Historicism*, p.Ⅷ.

③　关于"新历史主义"这一术语的界定和使用,参看 Louis Montrose, "The Poetics and Politics of Culture", in H.Aram Veeser(ed.), *The New Historicism*, p.32; 以及 Brook Thomas, *The New Historicism and Other Old-Fashioned Topics*, Princeton: Princeton University Press, 1991, p.3。

第一节　新历史主义的缘起和发展

弗雷德里克·詹姆逊（Fredric Jameson）在《政治无意识》（*The Political Unconscious*）的一开始就发出这样的呼吁："始终历史化!"[1]这意味着,我们在考察新历史主义在20世纪80年代的崛起时,除了要从思想史的角度考察它的智性资源,还要从文化史的角度考察它与社会、政治、经济和文化事件之间复杂的相互关联。虽然新历史主义较关心文本与事件之间的关系,从而使它在社会与政治发展之间的关系方面的研究多一些,但仍然比较有限,如1987年唐·E.韦恩（Don E.Wayne）和沃尔特·科恩（Walter Cohen）在《莎士比亚的再生产》中的文章,孟特罗斯的一些文章,以及布鲁克·托马斯 在《新历史主义及其他过时话题》中的一些评论。与庞大的关于新历史主义的研究相比,三篇文章和一部书中的点滴评论显得有点微不足道。大部分论者将新历史主义视为与之前的理论有关,而较少讨论其与围绕及启发它的政治和社会事件之间的关系。这曾导致彼得·C.赫尔曼（Peter C.Herman）抱怨说,围绕新历史主义在学术界的发展的讨论,往往是"非历史的"。[2] 孟特罗斯认为,新历史主义的重任之一是恢复所有写作中的"文化具体性与社会根植性",即便这种复原不可避免地会是不完全的,也是从我们自身历史、社会和体制塑造的立场出发的。[3] 虽然他的这番话是针对现代早期的写作所说,但显然,这话同样适用于新历史主义本身。因此本节要做的,就是对新历史主义运动本身

---

① Fredric Jameson, *The Political Unconscious*, Ithaca: Cornell University Press, 1981, p.9.

② Peter C.Herman（ed.）, *Historizing Theory*, Albany: State University of New York Press, 2004, pp.1–16.

③ Louis Montrose, "Professing the Renaissance: The Poetics and Politics of Culture", in H.Aram Veeser（ed.）, *The New Historicism*, p.20.

进行历史化的理解,追踪推动它崛起的社会时代语境,或者说,本文试图从文化史的角度,而不仅仅是从思想史的角度,在当前给它一个定位。

一、新历史主义的缘起

20世纪60年代是美国历史上的一个特殊时代,也是20世纪80年代崛起的新历史主义者上大学或刚开始学术生涯的时期。越战、妇女运动、学生运动、民权运动等等,所有这些都在这群"20世纪60年代的孩子"身上留下了深深的烙印。孟特罗斯就认为,文学研究领域从20世纪80年代初期开始的重新定位,大部分是那些价值观形成于20世纪60年代的文化试验和政治动乱中的批评家的功劳。[①] 因此,20世纪80年代以来的以新历史主义、女性主义和马克思主义为首的意识形态政治批评,在很大程度上是20世纪60年代的遗产。

那到底是一个什么样的时代,又给当时美国的大学和学生带来了怎样的冲击呢? 其实,在经历动荡之前的50年代中期至60年代中期,美国大学校园与外界的重大问题和事件其实是处于一种隔绝的状态。南方的民权运动、女性主义的狂热几乎都没有在校园中激起什么波澜。学生专注于自己的个人事业,教师关注问题的学术意义而不是社会意义。这时的大学,可谓名副其实的"象牙塔"。这个中的原因之一是,二战结束之后,由于《退伍军人权利法》(即G.I.Bill of Rights)的施行,美国大学校园里充斥着退伍军人。他们都已成年,有的甚至是拖家带口在完成大学学业。[②] 一方面,这些人心智比较成熟,另一方面,经过战争的他们尤其渴望平静,因此,直到20世纪60年代中期,校园都趋于平静和保守。

---

① Louis Montrose, "New Historicisms", in *Redrawing the Boundaries: the Transformation of English and American Literary Studies*, Stephen Greenblatt and Giles Gunn (eds.), New York: The Modern Language Association of America, 1992, p.392. Don E.Wayne 和 Walter Cohen 也做过类似的表述,详见后文。

② Glenn C.Altschuler and Stuart M.Blumin, *GI Bill: The New Deal for Veterans*, Cary: Oxford University Press, USA, 2009, p.86.

　　但是,平静很快被打破。从 60 年代中期开始,美国大学校园的形势发生了极大地变化。越战、罗伯特·肯尼迪遇刺、城市暴动等事件,促使学生变得热心政治;左翼及反战团体空前活跃,发传单、组织抗议,政治标语随处可见。校园中静坐、游行、示威不断,学生与校方冲突频繁。学生运动爆发的原因,与当时美国大学校园的青少年化(juvenilizing)有着极为密切的关系。这一时期大学学生数量激增,而此时在校的,正是第一波"婴儿潮"中出生的十七八岁的年轻人。1946 年美国大学在校生大概有 2 百万,而到了 1970 年,达到了惊人的 8 百万。① 这一代的学生在自由和民主的教育下长大,真心渴望社会公平。而随着电视的普及和新闻报道的轰炸,越战的惨烈通过电视影像传递给他们,让此时正值服兵役的年纪的他们既厌恶而又惧怕战争,因而反战情绪高涨。② 血气方刚的年纪,对自身前途的忧虑,加上各种政治事件的爆发,他们很容易就被挑动起来。

　　伴随着学生的政治活动的,是对学术改革的要求。朱利斯·盖特曼(Julius Getman)在《与学者同行》(*In the Company of Scholars*:*The Struggle for the Soul of Higher Education*,1992)一书中,详细地记述了学生的激进政治如何在后来演变为学术的过程。盖特曼把这些要求总结为 3 个方面:(1)相关性,即要求课程应该面对社会的重大问题:战争、征兵、民权运动、女性主义及各种社会不公。不仅如此,还要求教师在教授这些主题时,不要一味保持学术距离,而要有政治关注。(2)学生权力,即要求在学术管理方面,学生要有与教师同等的权力参与进来。(3)反精英主义,即摒弃优雅的话语、写作和外表,更加直接、开放和平等。③ 于是,当一代致力于推翻学术等级、抗拒理论化和不屑学术研究的人,在 80 年代开始进入体制,

---

① Klaus P. Fischer, *America in White*, *Black*, *and Gray*:*The Stormy* 1960*s*, New York:Continuum International Publishing Group,2006,p.252.

② Michael Mandelbaum. "Vietnam:The Television War", *Daedalus*, Vol. 111, No. 4, Print Culture and Video Culture(Fall 1982),pp.157-169.

③ Julius Getman,*In the Company of Scholars*:*The Struggle for the Soul of Higher Education*,1st edn,Austin:University of Texas Press,1992,pp.130-131.

成为教授时,就开始为学术研究带来极大的变化。他们延续了观察社会和政治问题的左翼视角和对具体问题的特殊兴趣,天真地以为,对一个问题在学术上进行充分的理解,就等于在真实世界处理了这个问题。他们在期刊大量发表对时事的学术分析,把"学术写作"同"解决问题"混淆。①

但是,虽然20世纪60年代的学生运动在很大程度上塑造了80年代的学者,但它的作用却不宜过分夸大。笔者2013年在康奈尔大学比较文学系访学时,曾与该系的威廉·肯尼迪教授(William Kennedy)讨论过这个问题。作为当年曾经亲历过康大学生暴动的人,他指出,这只是一个很短的时间,大概在1968—1969年这两年的时间里,到了20世纪70年代,大学校园一下子变得平静了,就像什么都没有发生过一样,学生变得更保守了,更关心的是自己的学业和将来能不能找到一个好工作。那些貌似激进的人,也许并不真正的激进。如果他们真的激进,就不应该留在大学,留在体制内,竞争教职。他说,真正激进的人一定会游离体制之外,而且也不可能获得教职,也许因为他们的观点无法获得同行认可,但也许是因为他们根本就写不出东西,publish or perish,不出版就破产,这是学术界永远的游戏规则。

而那些留在体制内的60年代学生运动的积极分子进入学术界以后,他们面临的是一个两难境地:一方面,他们需要赢得前辈学者的首肯而获得教职;另一方面,又要坚持自己的理念。他们找到的解决方式,是把抗议学术化,即用学术的方式,写作攻击现存体制的文章,而这些攻击又可以成为获得教职的资本。他们把激进思想转化为学术理论,而在这一过程中,这些得到教职的之前的激进分子也有了很大的改变。他们中的很多人开始把"话语"、而不是现实世界的冲突,视为通向社会变化的道路。另外,那些获得学术成功的人,要么否认、要么理性化自己在曾经反抗的体制中获得地位的快感。因此,"平等价值"与"成为精英的满足感"之间

---

① Julius Getman, *In the Company of Scholars: The Struggle for the Soul of Higher Education*, 1st edn, Austin: University of Texas Press, 1992, p.160.

的冲突,在学术上成功的激进分子脑中上演得最为激烈。而这种内在冲突的结果是,有些人更猛烈地抨击体制,即便他们从中获得了好处;有些人则避讳成功;还有一些人改变了观点。而更多的人,则是在虚伪与学术上的激进主义之间走钢丝。① 尽管如此,这些获得教职的激进分子对学术界的价值是毋庸置疑的。因为他们提醒我们,学者有义务面对时代的问题,而他们也确实做到了,尽管只是在纸上。

以上是对 20 世纪 80 年代美国学术界的普遍情况的概述,而具体到当时的文学研究领域尤其是文艺复兴研究和莎士比亚研究,又有一些自身的特点。可以说,在新历史主义崛起之前,由于形式主义的影响,在美国的文学研究领域,许多学者对诸如权力和意识形态之类的问题还是相当抗拒的。但到了 20 世纪 80 年代,这些问题却成为了一种时尚。究其原因,韦恩的观点与盖特曼类似,认为新历史主义者对之前批评传统的拒斥和对文艺复兴社会权力问题的聚焦,与当时的学者和批评家所处的历史时刻有着深刻的关联:20 世纪 60 年代的政治熔炉塑造了他们,在 20 世纪 80 年代进入体制性权威和权力中的各种职位。这一代学者从 20 世纪 70 年代早期就开始致力于摧毁一个多世纪以来都相对稳定的那些文化公理,"女性主义者、新马克思主义者、新弗洛伊德主义者及福柯主义者,都在质疑那种传统的本体论、道德和意识形态基础",而结构主义者和实用主义者则"摧毁了它的认识论基础"。而造成当时文学批评话语理论上的争议的一个决定性因素,就是 20 世纪 60 年代政治上的"大无畏"。大多数传统的学术领域都打上了 20 世纪 60 年代那一代人的不可磨灭的印记。② 因此,"与其庆幸我们比前代的莎士比亚学者更能阐明伊丽莎白和詹姆士一世时期的权力运作,也许我们更应该审视我们学科中

---

① Julius Getman, *In the Company of Scholars*, p.160.

② Don E Wayne. "Power, politics, and the Shakespearean text: recent criticism in England and the United States", in *Shakespeare Reproduced: the Text in History and Ideology*, Jean E.Howard and Marion F.O'Cannor(eds.), New York: Methuen, 1987, reprinted in 2005 by Routledge, pp.56-57.

那些可能是广泛揭示我们时代的权力的一部分的条件"。①

　　根据韦恩的说法,在当时的美国学术界,存在揭示权力的两个方面。首先,是始于20世纪60年代的批判性、去神秘化、或祛魅活动。这些活动造成了不可撤销的变化,使文化和社会的某些方面比过去更开放(主要是专业职位对妇女和少数族裔的开放)。其次,是权力的公开展示。当时,公司对人的生活质量的控制不断延伸,美国外交政策实行里根/兰博式的冒险主义,一些当选官员和原教旨主义传道士则在努力来逆转民权运动和女权运动的成果,保守意识形态的拥护者在教育领域呼吁课程"改革"时,公然叫嚣要遏制和压迫这些运动。一个的主要目标是揭示权力,另一个是展示权力。这两种倾向看似相反,但韦恩却认为它们是相互联系在一起的,是当前美国社会同一普遍现象的矛和盾的两面。他说,作为学者,如果我们不能在研究中考察自己对历史中的权力的关注与当前的权力(包括我们自己的体制性)的关系,"那么我们就有把这两种揭示之间的对立视为一个镜片的两面的危险。作为知识分子,我们的主体性就会与镜片所展示的认同,我们各自、个人的自恋形式便会仅仅通过主流文化及其强大的体制的僵硬的表象得到反映和被反映。"②因此,新历史主义对莎士比亚的社会中权力的迷恋,是一个"反射性的手段",新历史主义者通过它来协调自身具体的社会背景中的权力关系。

　　科恩对过去几十年美国批评发展趋势与政治的关系的简单勾勒,也有助于我们澄清新历史主义崛起之时的处境。20世纪50年代,美国笼罩在麦卡锡主义制造的恐慌之下,政治成为学者避之不及的主题,因此宣称与政治无关、只关注文本本身的新批评,在文学研究中占据着主导地

---

　　①　Don E Wayne."Power,politics,and the Shakespearean text:recent criticism in England and the United States",in *Shakespeare Reproduced:the Text in History and Ideology*,Jean E.Howard and Marion F.O'Cannor(eds.),New York:Methuen,1987,reprinted in 2005 by Routledge,p.59.

　　②　Don E.Wayne,"Power, politics, and the Shakespearean text",in *Shakespeare Reproduced*,pp.59~60.

位。其带来的理论真空与 20 世纪 60 年代的危机结合,引发了何种批评将接替学术界的问题。而答案便是理论。但由于大学的活动分子在当时还太年轻,还不足以产生一个直接的、决定性的影响,因此,70 年代的中心运动,最初还不是一种成长于 60 年代政治的理论,而是由保罗·得·曼(Paul de Man)发展出来的解构批评。但由于 60 年代大学的扩张和校园政治激进主义,让学术组织和文学课程向新的兴趣开放;加上 60 年代的那一代人渐渐在学术界崭露头角,于是,年轻一代解构批评家的批评开始带上了政治色彩。如果说 70 年代的解构,还只是一种结合了激进的哲学研究和对政治关注的矛盾心态的理论立场,那么 80 年代,新右派在里根政府的得势,让激进者真正感到了不安。这一境况的结果就是,"政治获得了一种 20 世纪 70 年代所缺少的急迫性"。①

与韦恩一样,科恩也认为,新历史主义对文艺复兴权力的关注可以在当下的语境中得到合理的解释。而在新历史主义者的论述中,莎士比亚常常被简化为皇权的代理。科恩说,新历史主义的这种做法,如果在文艺复兴的背景下难以理解,那么"在现时的背景下却有某种逻辑和合理性"。② 当时,美国政府对印支农民进行大规模屠杀,60 年代美国反战运动无法达成任何目标,而右翼势力又疯狂反弹。因此,科恩把新历史主义视为一种"左派幻灭的形式"。从这一角度看,新历史主义对"新大陆"帝国主义的强调,对政权的持久关注,以及这些激进批评中那种奇怪的"寂静主义",就都能得到解释了。③

综上所述,我们也许可以这样说,经过 20 世纪 60 年代的激进政治的熔炉,批评家意识到批评必须致力于具有政治和历史意识的学术研究,而20 世纪 60 年代末左派在政治上失败后,撤退到学术界,在那里,它可以通过其他颠覆性的手段继续其战斗。

---

① Walter Cohen, "Political Criticism of Shakespeare", in *Shakespeare Reproduced*, pp.18–19.
② Ibid., p.36.
③ Ibid., pp.36–37.

　　但是,虽然 20 世纪 80 年代的政治批评与 60 年代有着千丝万缕的联系,但却很少有论者进行深度探讨。这主要与右派对政治批评的攻击有关。随着冷战的结束,美国将注意力放到国内事务上。当时美国国内面临诸多问题,最突出的是毒品和教育的问题。在此背景下,在 20 世纪八、九十年代,各种右翼保守势力发动了一场所谓的让美国回归传统的"文化战争"(culture wars)。大学成为这场文化战争的主战场,几年之中出现了为数众多反思大学教育的著作,其中一些曾风靡一时,对民众影响巨大,也引发了不少争论。保守主义学者对 20 世纪 50 年代以来美国大学思想和实践状况进行了大批判,向大学的自由化倾向发起了全面挑战。在文化保守主义者看来,毒品之所以泛滥,正是因为教育没能把西方文化遗产中所体现的价值传承下去。① 而西方文明的堕落,应归咎于法国理论。这是从 1987 年艾伦·布鲁姆(Allen Bloom)的畅销书《美国心灵的封闭》(*The Closing of American Mind*)开始,众多保守主义者的论调。布鲁姆就为 60 年代康奈尔大学把古老的核心课程交到一个比较文学教授的手中而惋惜。在他看来,这名教授正是巴黎最新时尚(法国理论)的勤勉的进口者。② 与布鲁姆一样,罗杰·金波尔(Roger Kimball)在《获得教职的激进分子》(*Tenured Radicals*)中写道:

　　　　昨天的激进学生变成了今天的教授或系主任。这并不能说明我们的校园遍布着政治鼓动家。与 1968 年大学校园中充斥着暴力反抗的情形相比,现在的学术界显得极为安静。但是,如果说这几年我们已经成功地把本科生转移到了右翼,那些受聘把我们文明的伟大著作与思想介绍给学生的男男女女却大都还忠实于 60 年代的解放主义意识形态。③

① Brook Thomas,*The New Historicism and Other Old-Fashioned Topics*,p.Ⅶ.

② Allen Bloom,*The Closing of American Mind:How Higher Education Has Failed Democracy and Impoverished the Souls of Today's Students*,New York:Simon & Schuster,2012,p.320.

③ Roger Kimball,*Tenured Radicals:How Politics Has Corrupted Our Higher Education*,3rd edn.,Chicago:Ivan R.Dee,p.7.

丁奈什·德苏扎(Dinesh D'Souza)在 1991 年的《非自由的教育》(*Illiberal Education*)中也宣称:"老一代传统的文学教授逐渐退休,让位给新一代 60 年代思想哺育大的教授。"①因此,对于文化保守主义者来说,新历史主义并不是当时唯一的颠覆性运动,而是更广泛的威胁的一部分。在他们看来,包括新历史主义在内的各种政治色彩强烈的学术研究,有一个统一的目标,那就是摧毁传统人文研究的价值、方法、和目的。② 在右翼势力和文化保守主义者们这样甚嚣尘上的声讨中,论者在谈到 20 世纪 80 年代的批评与 60 年代的关系时,宁愿一笔带过而不愿多谈,也就可以理解了。

以上的解释诉诸的是历史意识,假设社会文化的大语境与学术界更为具体的行为之间,存在反应的连续性。但是,在这之外,还可以有基于文化生产理论的解释。这种理论强调的是学术界亚文化的断裂性和自主性。大卫·辛普森(David Simpson)就认为,学术界对历史的回归不仅仅是对更大的社会历史运动的反应,还是对学术界"要求变化"的反应。在他看来,在新历史主义崛起之前的二十多年中,否定或避免任何对被称为"历史"的东西的可靠使用,成为一件很时髦的事。解构和相对主义变成了独裁者而不是叛逆,因此,文学研究作为一个自身要求激进变化的专业,必须寻找一种新的能量源。于是,"突然之间,为指称性辩护变得很性感,成为马克思主义者也成为一种时髦,只要你不通过对大学财产的'错误行为'坚持实践与宣称之间太紧密的关系。"③不过,在辛普森看来,历史派的对立面不但没有被击溃,甚至都没有从思想上觉得的不安。英语系没有被马克思主义者、女性主义者或新历史主义者占领,当然也没有

---

① Dinesh D'Souza, *Illiberal Education: The Politics of Race and Sex on Campus*, New York: The Free Press, 1991, p.172.

② Roger Kimball, *Tenured Radicals*, p.1.

③ David Simpson, "Literary Criticism and the Return to 'History'", in *Critical Inquiry* 14 (Summer 1988), p.722.

被少数派占领。说这些人已经占领了英语系，更多地只是嘴上说说而不是实际的情况。①

虽然对新鲜感的追求确实给学界带来了新能量，但也造就了一些夸张的解读。如列文很早就指出所说："不可否认的是，很多大学老师，尤其是年轻一些的老师，受到鼓动极力追求发表论文的奖励——提薪、晋升、教职、研究员、演讲邀请、专业团体的认可，诸如此类的东西。他们知道，如果他们不说点之前没说过的话，他们的解读就不可能发表……这就意味着，他们必须发表点奇怪的言论。"②也就是说，无论是学者个人还是一个学派，如果要在学界占有一席之地，就必须要发前人之所未发，要足够新鲜，才能吸引眼球。肯尼迪教授在与笔者的交谈中也曾说，当时各种主义层出不穷，让人目不暇接，造成的印象是这些主义不是严肃的学术讨论，而更像是为了吸引眼球而制造的噱头，或者这些时髦的主义下面并没有太多原创性的思想，而是炒冷饭，或者旧瓶装新酒。不过，笔者在康大的另一位导师，也是前文引用过的科恩教授则与肯尼迪教授有不同的看法。如果说肯尼迪教授倾向于认为1970年以后的批评与之前并没有实质性的不同，因而更强调它们之间的延续性而不是断裂的话，那么对科恩来说，批评风尚从20世纪70年代开始确实与之前有很大的不同，而且是范式转换性质的变化，而不只是发明几个新名词而已。他还认为，这场范式转换早已完成，而当前我们正处于下一个范式转换的路口，虽然现在还不十分清楚新的范式是什么样的，但确定的是它一定会在接下来的5年或10年渐渐清晰地呈现出来，而且也许不是一个，而是几个。他们对新历史主义迥异的看法其实不仅是学术界对待新历史主义态度的一个缩影，也是对过去几十年的文学批评中各种流派的一种矛盾心态。

---

①　David Simpson, "Literary Criticism and the Return to 'History'", in *Critical Inquiry* 14 (Summer 1988): p.723.

②　Richard Levin, *New Readings vs. Old Play: Recent Trends in the Reinterpretation of English Renaissance Drama*, Chicago: The University of Chicago Press, 1979, p.196.

除了学术自身发展对变革的要求之外,美国文学研究领域在 80 年代的变化还有一个人口学上的因素。从 GI Bill 开始,大学里学生的组成逐渐变得多元,一些不同性别、民族、宗教、阶级、政治倾向或性取向的人进入学术界①,文化和意识形态传统由于他们的参与而变得复杂。被排他和他者的经历激发了他们对主流文化的补偿性拥抱,一种被接受和同化的欲望,但同时也激发了反抗或斗争的态度。这些分化和不和谐的立场为"如何对待经典文本",更为重要的是,"为文学研究的组成种类和标准程序的挪用和批判"提供了有利视角。因此,在他们从事的专业中,他们开始质问正典研究(Canonical study)的相关性,质问使作品成为正典的智性和政治传统。因此,"职业开放"的结果之一,便是蒙特罗斯所言的"重新划界":重新划定那些传统上把一个学科与另一个学科分开的疆界,以及对跨学科实践的兴趣。②

新历史主义的崛起还可以通过学者自身学术生活的现实来加以解释。一方面,我们可以把"新"的诱惑以及对"新"的生产解释为体制的要求;另一方面,新历史主义对体制力量的强调,部分地也是因为文学学者,尤其是女性主义者、少数族裔和马克思主义者,意识到"体制塑造的压迫性力量",而他们恰恰又是这一体制的一部分。再者,一些历史主义者强调读者、编者、作者在作为社会产物的文学文本的最终创造中的影响,这其实反映了学者本人"花费在与同事、外面的读者、期刊编辑、著作编者以及涉及在出版过程中的其他人的交流互动上的时间"。③

最后,新历史主义的崛起还可以在更广泛的文化意义上得到解释。如孟特罗斯所说,新历史主义是一种"补偿",对我们加速遗忘历史的补偿。而对历史的遗忘,似乎是一个"越来越技术化和面向未来的学术界

---

① Glenn C.Altschuler and Stuart M.Blumin.*GI Bill*,pp.118-148.

② Louis Montrose,"New Historicisms",in *Redrawing the Boundaries*,p.393.

③ Jeffrey N. Cox and Larry J. Reynolds (eds.),*New Historical Literary Study*,Princeton:Princeton University Press,1993,pp.7-8.

和社会的特征"。① 或者,我们可以把新历史主义的崛起看做对当代作家和艺术家对历史的关注的一种回应。因为现代戏剧,从布莱希特到莎福尔(Sir Peter Levin Shaffer)和布兰顿(Howard John Brenton),都探讨历史主题;而诸如品钦(Thomas Ruggles Pynchon, Jr.)、德利洛(Don DeLillo)、马尔克斯(Gabriel García Márquez)和略萨(Mario Vargas Llosa)等的后现代小说,也深刻地涉及历史;后现代建筑引用历史风格;甚至极简音乐都借鉴历史。② 但是,如果我们深入分析这种对历史补偿性的拥抱,就像詹姆逊分析怀旧电影时一样得出这样的结论:这种对历史的投入,并非历史本身,而是历史的表述,是文本的历史,是一种无深度的拼贴。③

　　以上这些关于"回归历史"的论述,其实正是验证了新历史主义的信条:文化产品的创造(包括学术著作)根植于各种复杂、相互交叉的过去,一套概念上可分、而实际上相互连接的历史。也就是说,新历史主义的历史将会与新历史主义提供的关于过去文化时刻的各种历史一样复杂和多样,而我们提供的更多的是一种文化史的叙述。这样做的必要性在于,它不仅可以加深我们对新历史主义本身的理解,而且能在更广义的层面上让我们审视 20 世纪 80 年代以来文学研究领域的变化。

二、新历史主义的发展

　　新历史主义崛起之后,大大改变了美国文学研究的疆界和风景。曾经有批评家在 20 世纪 80 年代还没有结束之前就扬言,新历史主义只是 20 世纪 80 年代转瞬即逝的一时风潮。但新历史主义后来的发展却证明,这些批评家都大错而特错了。它从文艺复兴研究领域崛起,最终散播进文学研究的各个时期和各个领域。即使在今天,批评家已经不再像 20

---

① Louis Montrose,"New Historicisms", in *Redrawing the Boundaries*, p.394.
② Jeffrey N.Cox and Larry J.Reynolds(eds.), *New Historical Literary Study*, p.8.
③ [美]詹姆逊(Fredric Jameson):《后现代主义与文化理论》,唐小兵译,北京大学出版社 1997 年版,第 202—205 页。

世纪 80 年代那样热烈和经常讨论它,但这并不标志着其魅力的消失,失去了可信度。在凯尔南·莱恩(Kiernan Ryan)看来,事实是,试图定义、比较、抨击或辩护新历史主义的文章和论文数量开始减少,"不是因为批评已经超越了这个研究模式,而是因为它的假设和方法已经完全被主流批评实践吸收了,因而变得看不见了"。① 不仅如此,虽然现在已经少有人自称新历史主义者,但新历史主义实际上仍然是许多文学研究者研究的出发点,而不仅限于艺复兴研究。下面我们就简要追踪一下新历史主义批评运动在过去 30 年的发展和批评轨迹,以便我们可以看到一个更清晰的图景。

新历史主义运动从一开始就以一种新鲜事物的姿态出现在文艺复兴研究尤其是莎士比亚研究中。这从它的名称中的"新"一词就可以看出来。对很多学者而言,它的兴起标志了这一领域的一次范式转换。但是,我们必须认识到的一点是,这种范式转换的划分常常会把一段复杂的历史简单地划分为"之前"和"之后"两个区间,因此必然会因为包括一些排除一些而失之偏颇。具体到新历史主义,如果我们以 20 世纪 80 年代初期为界,把之前的研究全部归为旧的,之后的则归为新的,显然并不太准确。但为了描述的方便,这样的划分又不可避免,因此我们在这中间分辨出一个过渡区域。

(一)新历史主义之前

前文已经提到,在格林布拉特提出"新历史主义"之前,这个术语已经被莫里斯使用过,但他所谓的"新历史主义"与始于文艺复兴研究的这场"新历史主义"运动迥异甚至是相悖的。真正启发了 20 世纪 80 年代的新历史主义运动的,是以下三部重要著作:雷蒙·威廉斯的《马克思主义与文学》(*Marxism and Literature*,1977),虽然置于英国的"文化唯物主义"

---

① Kiernan Ryan, "Introduction" to *New Historicism and Cultural Materialism: A Reader*, Kiernan Ryan(ed.),London:Arnold,1996,p.ix.

的语境之中,但预示且部分地启发了美国文学研究的重新历史化:格林布拉特、孟特罗斯、穆兰尼都在不同场合坦承过威廉斯对他们的影响;爱德华·赛义德(Edward Said)的《东方主义》(*Orientalism*,1978),它推动了对欧洲中心的文化话语的广泛的历史批判,不仅质疑"西方"的概念,而且质疑"西方"文学正典的卓越地位;最后是弗兰克·林屈夏(Frank Lentricchia)的《新批评之后》(*After the New Criticism*,1980),他在书中指出,"历史"这个备受争议和滥用的术语的命运也许会决定今后几年批评理论的方向。① 此外,还有一些在1960年和20世纪70年代进行研究的研究者的著作更接近后来的新历史主义而非旧历史主义,包括罗伯特·威曼(Robert Weimann)、斯蒂芬·奥格尔(Stephen Orgel)、杰瑞米·麦克甘(Jeremy McGann)以及威尔伯·桑德斯(Wilbur Sanders)和J.W.李弗(J.W.Lever)等。

(二)新范式的确立

20世纪80年代初,新历史主义作为一种可识别的批评运动在文艺复兴研究中出现。首先是格林布拉特的《文艺复兴时期的自我塑造》这部被视为这一新范式的奠基之作。在书中,格林布拉特通过一种"文化或人类学的"批评方式,来研究文艺复兴时期的"自我塑造"的主题。他不仅提供了一种看待身份在这一时期如何塑造的新见解,而且挑战了把文学研究与更广大的文化研究领域分开的传统。他认为,文学作品内部的自我塑造行为,与文学之外的文化中所提供的自我塑造策略相关。因此,他尝试把文学与其他形式的文化表达联系起来,考察"相对于文学文本的世界的社会存在和文学文本世界中的社会存在"②,而其目的是要发展出一种"文化诗学"。此时,"新历史主义"作为代表这种批评实践的术

---

① Frank Lentricchia,*After the New Criticism*,Chicago:The University of Chicago Press,1980,p.viii.

② Stephen Greenblatt,*Renaissance Self-Fashioning:From More to Shakespeare*,Chicago:University of Chicago Press,1980,pp.4-5.

语还没有被提出来。

1982 年,格林布拉特在其编辑的《文类》专刊的导言中,第一次提出现在意义上的"新历史主义",并描述了它与形式主义与旧历史主义的不同。也是在这一年,格林布拉特与其他伯克利同事共同创立了新历史主义批评运动的旗舰刊物《再现》杂志。这使更多年轻一代的学者开始致力于文学研究中"对历史的回归",而新历史主义运动也不再局限于英国文艺复兴而是深入到文学研究的各个领域和时期,如美国文学研究领域中对美国文艺复兴、美国文学史的重新阐释等。人们对历史研究的热情被点燃,年轻一代的批评家纷纷效仿,开始梳理文艺复兴的"故纸堆"。而老一代的批评家也开始在新的学术市场的条件下更新自己的工具,重新历史化自己的研究。1986 年底,当时的美国现代语言学会主席米勒(J. Hills Miller)还在他的主席发言哀叹理论的衰落和历史批评的崛起,到 1991 年,他已将自己的著作命名为《霍桑与历史》(*Hawthorne and History*：*Defacing It*)——他也不能免俗地谈论起了先前嗤之以鼻的"历史"。这一时期重要的新历史主义批评家除了格林布拉特,还包括路易斯·孟特罗斯、约翰森·多利莫尔、艾伦·辛菲尔德、科尔南·莱恩、丽莎·贾丁(Lisa Jardine)、乔纳森·戈德堡(Jonathan Goldberg)、斯蒂芬·穆兰尼(Steven Mullaney)、唐·E.韦恩、里昂纳多·田尼豪斯(Leonard Tennen-house)、阿瑟·马洛蒂(Arthur Marotti)等。

20 世纪 80 年代中后期还见证了来自体制的对新历史主义的认同。首先,新历史主义迅速被美国大学的英语系接受。1986 年,卫斯理大学英语系第一个在全美招聘一个新历史主义专家(这曾让一贯反对体制化新历史主义的格林布拉特郁闷至极)。研究生的项目也开始大多与这一新的方法有关。其次,大量期刊出版了新历史主义或与之有关的专刊。早在 1986 年,《英国文艺复兴》杂志就专门拿出一期来讨论历史主义,其中就包括了蒙特罗斯对这一运动的主题的权威论述,当然也包括了霍华德(Jean E.Howard)对其实践的批判(这也是成功的标志之一)。在这一年的年底的现代语言学会的年会上,就有一个专门的新历史主义的讨论。而其他重要的文学研究期刊也相继推出新历史主义专刊,如《新文学史》(*New Literary History*)杂志 1990 年春季刊的主题是《新历史主义、新历史及其他》(New Historicisms,New Histories,and Others),而冬季刊则以《历史与……》(History and...)为主题。

除了在大学的英语系占据重要位置,当前美国文学教学中使用的文集也是按照新历史主义范式编辑的,这些文集加速了新历史主义的扩张。最明显的例子便是 1997 年版的《诺顿英国文学选集》和 2006 年版《诺顿莎士比亚文集》。这两部文集都由格林布拉特主编,由于它们在英美文学课堂的广泛使用,新历史主义对使用文集的学生的影响是显而易见的。

(三)"新历史主义之后"

新历史主义运动在 20 世纪 80 年代末和 90 年代初达到顶峰,也就是在这个时候,开始出现对"新历史主义之后"(after the New Historicism)的讨论。卡罗林·波特(Carolyn Porter)在她的《历史与文学:"新历史主义之后"》("History and Literature:'After the New Historicism'")一文中首次提出"新历史主义之后"这一说法。不过,波特在此借用林屈夏的《新批评之后》,表达的是希望一种真正的历史化的批评的到来,而不是要用新的批评范式取代新历史主义。在她看来,新历史主义这一运动在当时已经产生了继续显示形式主义遗产的力量的批评实践形式,因为形式主义对历史的微妙否认(在异质、差异和矛盾意义上)至今仍挥之不去。因此,她文中的"After"一词除了有时间上的意义(在时间或顺序上的后来者)以及攻击性意义(跟在 X 之后),还可以用来表明相似。① 这样看来,波特的"新历史主义之后"并没有宣布新历史主义的死亡,而是恰恰相反,探讨的是新历史主义如何能摆脱形式主义的残留,做到真正的历史

---

① Carolyn Porter,"History and Literature:'After the New Historicism'",*New Literary History* 21,No.2(Winter,1990),pp.253-272.

化,从而显示出更大的活力。

1996 年,穆兰尼也发表了一篇名为《新历史主义之后》("After the New Historicism")的文章,收录在特伦斯·霍克斯编辑的《另类莎士比亚》一书中。与波特的文章类似,穆兰尼所谓的"新历史主义之后"也不是要宣布新历史主义的死亡,而是澄清各种对新历史主义的误解和误读,指出新历史主义可以在那些方面继续。① 在穆兰尼文章的启发下,1998年 3 月,伦敦大学的"英语研究中心与历史研究所"举办了一个名为"新历史主义之后"的学术会议,讨论新历史主义之后文学研究的发展。② 1999 年,大卫·斯哥特·凯斯坦(David Scott Kastan)出版了《理论之后的莎士比亚》一书。凯斯坦在书中提出要"更物质地"研究文艺复兴,而新历史主义既不够新也不够历史来完成这个任务。③ 凯斯坦在此的潜台词是,新历史主义已经过时,莎士比亚研究是时候往前走了。

就在此时,作为这场运动最重要也是最著名的代表,格林布拉特联合他在伯克利曾经的同事凯瑟琳·伽勒赫(Catherine Gallagher)在 2000 年出版了合著《实践新历史主义》,似乎是在告诉人们,尽管不断有唱衰的声音,但新历史主义依然充满活力,远不到寿终正寝的时候。不过,2000年之后,新历史主义确实遭遇到越来越多的挑战,对"新历史主义之后"文艺复兴研究甚至文学研究的走向的讨论也越来越多,而且一些新的研究倾向开始逐渐形成具有辨识度的趋势。其中最引人注意的是新唯物主义、现时主义和新形式主义。另外,在研究方法上,也出现了用"薄描"来补充新历史主义标志性的"厚描"的呼吁。④ 但正如本文结语认为的那

① Steven Mullaney,"After the New Historicism", in *Alternative Shakespeares*, Terence Hawkes (ed.), London and New York: Routledge, 1996, pp.17–37.

② Jürgen Pieters(ed.), *Critical Self-Fashioning: Stephen Greenblatt and the New Historicism*, Frankfurt am Maine: Peter Lang, 1999, p.14.

③ David Scott Kastan, *Shakespeare After Theory*, New York and London: Routledge, 1999, pp. 15–18.

④ 关于这些新趋势,本书将在结语部分加以论述。

样,所有这些新的研究倾向都还只是试验性的,而且对各自所要超越的新历史主义的理解也不尽相同。但是,这并不表明他们对新历史主义的理解有偏差,反而显示了新历史主义自身从一开始就蕴含的复杂性和多元倾向。从这个意义上说,"新历史主义之后"的批评不仅可以理解为时间上晚出的批评,还可以理解为"追随新历史主义"的批评。

第二节 新历史主义的智性资源

关于新历史主义的智性资源,很多批评家都已经做过探讨。这些论述有时具有一致性,有时又相互矛盾。这正好证明,新历史主义并不是一个具有统一纲领、方法和理论假设的批评流派,而是充满异质性的实践。因此,不但各种批评家实践的新历史主义有着不同的智性资源,而且,即使在塑造了同一个批评家的智性资源之间,也存在着张力。问题的复杂性还在于,与"新历史主义"一样,"后结构主义"、"解构主义"这些经常被视为新历史主义智性资源的运动内部,也存在不可抹杀的异质性,而不像这些术语表面所暗示的那样整齐划一。但是,如果我们从"新历史主义"这一称谓本身的暗示开始,也许可以在看似纷繁复杂的乱象中找到追踪的线索。在格林布拉特对新历史主义最初的定义中,他说道:"我们可以称之为新历史主义的东西,既区别于过去主流的历史性研究,也不同于二战之后的几十年中代替它的形式主义批评。"①也就是说,相对于旧历史主义,它是"新"的,而相对于形式主义,它又是"历史"的,新历史主义是对二者的双重反叛。于是接下来的问题就变成:它用什么反对旧历史主义,又用什么反对形式主义?以什么方式来反对?而问题的答案就隐含在其最主要的智性资源中:20世纪70年代由法国理论尤其是后结

① Stephen Greenblatt(ed.),*The Power of Forms in the English Renaissance*,pp.5-6.

构主义引发对"历史"的重新思考；马克思主义和左派传统激发对社会历史政治的关注；人类学又为其提供了文化的观念和厚描的方法。但是，这里需要指出的是，这里讨论的仅仅是新历史主义众多智性资源中在笔者看来最为重要和普遍的方面，塑造新历史主义批评的绝不仅限于此。

一、后结构主义

在上文提到的米勒在 1986 年现代语言学会的主席发言中，他曾这样描述当时文学研究中的变化：

> 众所周知，在过去的几年中，文学研究经历了一场突变，几乎是普遍地摆脱关注语言本身的理论，而相应地转向历史、文化、社会、政治、体制、阶级和性别状况、社会背景以及物质基础。①

米勒所列举的这些发展，实际上包括了 20 世纪 80 年代新历史主义、文化唯物主义、女性主义、各种改良的马克思主义以及文化研究。这些研究带来了文学研究的重新定位，而米勒把这种重新定位视为对理论的偏离。

但是，与米勒相反，很多论者都认为，20 世纪 80 年代文学研究中出现的这种"历史、文化、社会、政治、体制、阶级和性别状况、社会背景以及物质基础"的转向，更多地是后结构主义理论的最新发展，而不是对它的偏离。②米勒理解的理论是"关注语言本身的理论"，也就是各种简化了的本土版本的解构，与美国的文学分析中的形式主义批评传统一致。孟特罗斯对此评论道，米勒这样做是把话语与社会极端地对立了起来。但当时文化研究的普遍趋势，已经变成了强调它们之间的相互组成："一方面，社会被理解为由话语组成，另一方面，语言使用被理解为总是且必须

---

① J.Hillis Miller, "Presidential Address, 1986: the Triumph of Theory, the Resistance to Reading, and the Question of the Material Base", *PMLA* 102, No.3(1987), p.283.

② Steven Mullaney, "After the New Historicism", in *Alternative Shakespeares*, p.17.

是对话性的,是由社会和物质决定并受其限制的。"①因此,在他看来,当时文学研究中的新趋势不是对理论的普遍偏离,而是在它的启发下转向各种社会政治和历史批评。这些运动重新划定了文学研究的疆界,以一种相互组成和开放辩证的方式重新思考文学与其他文化话语、话语与社会之间的关系。在这个智性语境中,新历史主义被认为是以后结构主义为主的20世纪70年代的理论狂热的重要延伸,是一场彻底重新思考如何研究历史中的文本的运动。或者说,它是"致力于建构一种受理论启发的、后结构主义式的历史研究的几种批评模式中的一种"。② 这正是新历史主义可以宣称其"新",而与旧历史主义区别开来的最为重要的特征之一。

在新历史主义看来,旧历史主义的一些假设包括:历史是可知的;历史学家和批评家可以客观地看待历史事实。在这些前提下,文学常常被简化为仅仅是对外在于它自身的某种东西的反映,而批评则被简化为一种解释(而不是解读)模式,解释文学与一个固定的基础的关系。这种批评把文学研究简化为寻找主题性参考,或者阐明个别文本与一个时期的伟大人物或重大事件或观念的关系的活动。它的显著标志总是这样一个假设:文学是一面镜子,反映某种比它自身更为真实和重要的东西。③

而20世纪60年代的政治运动和70年代由法国理论家福柯、拉康(Jacques Lacan)、阿尔都赛、布迪厄、德里达(Jacques Derrida)等引发的后结构主义智性革命,则严重质疑和挑战了这些旧历史主义的假设。总的来说,这些质疑和挑战可以概括为以下几点:(1)"历史"一词有两个意义:(a)过去的事件;(b)讲述关于过去的事件的故事。后结构主义思想澄清,历史总是被叙述的,因此第一种意义上的历史是站不住脚的。过去

---

① Louis Montrose,"New Historicisms",in *Redrawing the Boundaries*,p.395.

② Ibid.,p.409.

③ 参见 Stephen Greenblatt,Introduction to *The Power of Forms in the English Renaissance*,pp.5-6。

永远不可能以纯粹的形式呈现在我们面前,而总是以"再现"的形式。而且经过后结构主义之后,历史成为了"文本化"的历史。(2)历史时期不是同一的实体。没有单一的"历史",只有非连续和矛盾的"种种历史"。没有单一的伊丽莎白时期的世界图景;关于整齐划一与和谐的文化的观念,是一个强加在历史头上的神话,统治阶级为了自己的利益而大肆宣扬。(3)历史学家不再宣称他们对过去的研究是超然和客观的。我们无法超越我们自身的历史条件。过去不是一个客观的实体,而是我们的建构:我们从自己特殊的历史关注出发,理解之前写就的文本,从中建构过去。(4)文学与历史之间的关系必须被重新思考。没有稳定和固定的"历史"可以被视为"背景",从而把文学视为"前景"。所有历史(或种种历史)都是"前景"。历史总是关于讲述过去故事的东西,是文本之上的文本。律师、畅销书作家、神学家、科学家、历史学家写作的"非文学性的"文本,同文学性文本拥有一样的地位,而文学作品不应该被视为"人类精神"的崇高和超验的表达,而应视为各种文本中的一种。把一个特权的伟大作家的内部世界与一个平常历史的"外部"世界对立的观念也是不能接受的。①

这种质疑和挑战的结果,就是新历史主义对孟特罗斯称之为的"对文本的历史性和历史的文本性的相互关注"(the historicity of text and the textuality of history):

> "文本的历史性"指的是所有写作模式的历史具体性、社会和物质植入——不仅包括批评家研究的文本,而且包括我们研究它们的文本;因此也指所有阅读模式的历史、社会和物质植入。而"历史的文本性"首先指的是,我们无法接近一个全面和真实的过去,接近一个没有经过所研究的社会的文本痕迹中介的物质存在;还有,我们不

---

① 参见 Roman Selden,Peter Widdowson and Peter Brooker(eds.),*A Reader's Guide to Contemporary Literary Theory*,4ᵗʰ edn,Beijing:Foreign Language Teaching and Research Press,2004,pp.188-189。

能把那些痕迹而不是其他痕迹的幸存仅仅认为是偶然的,而必须假定至少部分地是复杂的选择性保留和抹杀的过程的结果……其次,在物质和意识形态斗争中胜出的那些痕迹本身,被理解为从事人文专业的人当作描述和阐释文本基础的"文献"的时候,它们自身也会在后来成为调解的对象。正如海登·怀特和其他人已经提醒我们的那样,这些文本性的历史和人种学著作虽然不全面,但必然以它们自己的叙述和修辞形式组成它们使我们得以接近的那些过去或陌生的行动和意义("历史"或"文化")。①

历史学家本人也是历史主体(historical subjects),在很多方面都是由自身所处的历史时刻所决定的。反之,每一个历史编撰行为都来自于一个特定的时间和空间,是历史自身的一部分,而不在历史之外。在新历史主义者对历史的分析中,他们进一步强调,历史学家不可能简单地放下他们的时代前见。毕竟,这些前见决定了他们的视角,而这一视角又反过来决定了他们的历史观。霍华德(Jean E.Howard)总结说,对新历史主义而言,过去不是简单地在档案中"被发现",而是由历史学家/阐释者在以各种形式聚合在一起的文本化的痕迹组合中的一个建构。② 孟特罗斯也说:

> 我们的分析和理解必须来自我们自己历史地、社会地和体制地塑造的观察点。因此,一种新的历史批评实践诱发修辞策略,通过它们来突显文本性的建构行为,而这种行为正是传统的文学史模式抹杀或错误认识的。它还令我们必须在历史化现在的同时历史化过去,并历史化二者之间的辩证——那些相互的历史压力,过去通过它们塑造现在而现在则通过它们重新塑造过去。③

---

① Louis Montrose, "New Historicisms", in *Redrawing the Boundaries*, p.410.

② Jean E.Howard, "The New Historicism in Renaissance Studies", in *New Historicism and Renaissance Drama*, pp.26-27.

③ Louis Montrose, "Professing the Renaissance", in *The New Historicism*, pp.23-24.

因此,对文学史家而言,既然过去以文本建构的形式呈现在我们面前,既然"客观"、"事实"的历史资源是通过与文学文本一样的修辞和比喻机制组织起来的,那么,历史语境这个在传统历史批评中被视为文本分析的最终基础以及终极意义的容器,已不再被当做决定文本潜在意义的事实性基础了。正如侯德尼斯(Graham Holderness)所说:"旧历史主义依赖一种本质上经验主义的历史研究形式,对其挖掘和确定过去事件的能力极为自信,而新历史主义则借鉴了后结构主义的理论,只接受作为叙述或再现过去的一个当代行为的'历史'。"①

但是,需要指出的是,虽然用新历史主义所受的后结构主义的影响来区分新历史主义和旧历史主义的做法很普遍,但二者之间的关系并不是那么融洽。事实上,"后结构主义"与"新历史主义"这两个名称本身就暗示着矛盾。托马斯认为,"新历史主义"暗示过去之"新",而"后现代"则暗示了"新"的过时。"后"隐含着一种"过时性"(belatedness),一个一切总是已经出现过的时代。后结构主义和后现代主义均质疑关于"现代"的假设,尤其是启蒙运动和它对进步和理性的信仰。相反,"新"却隐含着一种对现代的冲动,而这正是后结构主义竭力质疑的。② 莱恩进一步认为,新历史主义这个术语本身就是矛盾的。因为"新"显示了对现代性观念的坚持,即把历史视为进步的线性发展。但线性发展观又与"历史主义"一词中的怀疑含义相冲突。③ 不仅如此,新历史主义这一术语还把"新批评"也牵连了进来。新历史主义的众多实践者当初都受到过新批评的训练,但新历史主义寻求的却是摧毁新批评的原则和方法。新批评家把作品从对时间、地点和功能外等部考虑中独立出来,聚焦在它作为语

---

① Graham Holderness, *Shakespeare Recycled: The Making of Historical Drama*. Hemel Hampstead: Harvester Press, 1992, p.32.

② Brook Thomas, *The New Historicism and Other Old-Fashioned Topics*, p.25.

③ 参见 Kiernan Ryan, Introduction to *New Historicism and Cultural Materialism: A Reader*, pp. ⅹⅲ - ⅹⅳ。

言符号的内在属性上。新历史主义者则坚持把文本置于语境中,坚持把它编织回其最初语境的互文性中。但是,新历史主义把历史变成一个文本,又把所有文本都当作文学文本一样对待,适用同样的阐释方式。因此,新历史主义与新批评的决裂,并不像看起来的那样绝对。二者之间虽然差异极大,但都力图使物质历史消失:新批评把作品与世界分离,而新历史主义则把真实简化为书面的。因此,新历史主义所受的解构影响使它显得像是新批评的高潮而非终结。

二、马克思主义

爱德华·派彻尔(Edward Pechter)在他的文章《新历史主义及其不满》("The New Historicism and Its Discontents")的一开始写道:"一个幽灵,新历史主义的幽灵,游荡在文学研究领域。"①他这句话对马克思的《共产党宣言》的暗指并非偶然,因为在他看来,新历史主义就是一种粗糙版的马克思主义。而科恩则把新历史主义视为一种受到"左派的感性的启发"的批评,在某种程度上是"一种左派幻灭的形式"。② 虽然二者的出发点千差万别,但在新历史主义马克思主义及左派传统影响的问题上却意见一致。

对马克思主义对新历史主义的启发最为详尽的论述之一来自凯瑟琳·伽勒赫(Catherine Gallagher)。她在《新历史主义与马克思主义》("Marxism and The New Historicism")一文中,为新历史主义与马克思主义和左派传统的渊源勾勒了这样一个谱系:二战前的左翼文学批评——20世纪60年代和70年代早期的大陆马克思主义审美理论(尤其是卢卡奇和法兰克福学派成员的)——新左派的政治文化。③

---

① Edward Pechter,"The New Historicism and Its Discontents:Politicizing Renaissance Drama",*PMLA* 102,No.3.(1987):p.292.

② Walter Cohen,"Political Criticism of Shakespeare",in *Shakespeare Reproduced*,pp.33,36.

③ Catherine Gallagher,"Marxism and The New Historicism",in *The New Historcism*,pp.37-48.

1.二战前的左翼文学批评的政治。它把希望从传统的革命性改变的能动者无产阶级身上,转到各种"颠覆"性的文化实践上,其中最主要的是审美现代主义。因此,20世纪60年代成年的文化批评的一代继承了一种对某些审美形式的政治有效性的信念。

2.20世纪60年代和70年代早期的大陆马克思主义审美理论。根据伽勒赫的论述,那些年流传最广的马克思主义批评大部分是西方马克思主义者的著作,尤其是卢卡奇和法兰克福学派成员的。这些著作传达的一个观念是:资产阶级把文化作为单独领域与社会整体区分开来,是为了创造对社会矛盾的虚假解决,通过把它们归之于社会之上的原因,让人能够既承认矛盾,又合理化矛盾。而马克思主义文学批评家的任务,就是要摧毁这种虚假的解决,在文本中探测出原始矛盾及其不可解决性的形式象征。或者,把资产阶级艺术作品尝试解决矛盾的做法,视为一种乌托邦式希望的表达,从而激励对现实的颠覆。20世纪60年代后期复兴的布莱希特,也强调了文化和文化分析在揭露意识形态矛盾中的作用,相信现代主义形式几乎神奇的颠覆性力量。

3.新左派。首先,新左派批评家不再宣称代表其他受压迫的群体,或者为他们代言。对20世纪60年代的激进分子来说,团结的基础已经从对具体阶级的认同,转向对打破阶级划分的共同的压迫。与经典马克思主义的社会学基础——有组织的传统无产阶级群体不同,新左派依赖的是少数族裔、妇女和大学生。新左派相信,局部斗争和微观冲突可以插入系统制造危机。这些新左派观念对当时还处在成长中的批评家产生了极大的影响。首先,是对不确定的否定性的强调,否定性和边缘性自身成为了价值。其次,再现逻辑的崩塌,不再有一个再现的特权王国(像新批评认为的那样),也不再有一个特权的指涉。文化行为开始抛弃其独立的地位,一切都同样地具有象征性和可读性。

在伽勒赫看来,在诸如来源、本质和社会冲突的场所以及再现问题上,新历史主义都保留了新左派的观点。新历史主义者不像一些马克思主义批评家那样,赞同关于阶级斗争的历史性元叙事,而是倾向于坚持权力不能与经济或政治权力等同,行动和反抗的场所也存在于日常生活的微观政治中。在传统马克思主义中占据重要地位的经济、政治参与者和事件,被曾经出于边缘、完全不重要、外在于历史的现象代替或补充,如妇女、罪犯、疯子、性行为、话语、市场、节日、各种戏剧。20 世纪 80 年代的新历史主义运动,正是试图质疑和动摇符号系统与事物、再现与被再现、历史与文本之间的区分。在这些方面,新历史主义都可以说与新左派的一些文化假设之间拥有一种显著的连续性。

　　但是,新历史主义者对马克思主义的遗产的心态又是颇为矛盾的。伽勒赫坦承:"我们很多人发现我们既不能更新我们对马克思主义的信心,又不能皈依解构,因为二者似乎都不足以解释我们自己历史主体性的排列,以及我们与权力系统的关系。……这不是一个幻灭的过程,而是我们对结合个人和政治自我反思的有效性的信念的延伸。"①在后来与格林布拉特合著的《实践新历史主义》中,她进一步解释说:

　　　　传统的"细读"倾向于建立一种强烈的与颂扬天才联系在一起的惊奇的崇拜感,新历史主义的解读更经常是怀疑、警惕、去神秘化、批判甚至敌意的。这种阐释对我们很多人来说,最初是通过处于马克思主义理论中心的意识形态批判得以强化的。但是,我们从一开始就对这些诸如上层建筑和基础或阶级意识关键概念感到不安,我们发现自己慢慢被迫把意识形态批判的观念变成话语分析。②

　　在新历史主义的众多马克思主义资源中,除了以上伽勒赫勾勒的这一线,还有另外一个不可忽视的重要资源,那就是威廉斯。威廉斯的《马克思主义与文学》以动态和对话的方式把意识形态加以理论化了。通过强调一个具体和有效的统治之内和之上的运动和倾向间的相互关系,威

---

①　Catherine Gallagher, "Marxism and the New Historicism", in *The New Historicsm*, p.42.

②　Catherine Gallagher and Stephen Greenblatt, *Practicing New Historicism*, Chicago: University of Chicago Press, 2000, p.9.

廉斯澄清了遗留的和新兴的、对立的和替代的价值、意义和实践的存在。这些"运动和倾向"变化的结合可以在意识形态领域内部创造各种观念场,可以在此对抗主流,主流也必须不断地被重新定义和重新辩护——因此必然地被不断改变。①而新历史主义在对霸权文化的本质和运作的理解上,也受惠于威廉斯的论述。威廉斯发展了葛兰西的霸权观念,认为霸权文化既不是单一的,也不是静态的,霸权也不等于文化统治;相反,任何一个特定历史时期的文化都被视为一个异质和不可简约地多样的社会形成,一个再现和阐释的动态过程,而不是一个意义和信念的固定的集合体。因此,在威廉斯的观念中,文化是一个进行中的、社会意义和社会自我的生产、协商和定界过程,通过话语和非话语的手段、在各种各样竞争的论坛中组成。再者,威廉斯提醒我们,任何一个特定时期占据统治地位的文化既不是总体性的,也不是排他性的,从来都不是一个既成事实,而是一个进行中的过程,必须被不断地更新、重新创造、保卫、修改,因为它不断地被不完全是自己的压力反抗、限制、改变、挑战——被边缘、残留和另类的文化,这些与占统治地位的文化一起,组成了霸权文化。因此,威廉斯提倡一种"文化的"而不是"历史的"唯物主义,从经典马克思主义的过度目的论的历史模型处华丽转身,把对任意特定时期的历史分析聚焦在"象征经济"上,以此来代替作为唯物主义最后基础的经济。这种批评能够讨论一种超出意识形态批评掌控的历史和文化具体性,尤其是当这种具体性与社会形成中多样、异质、经常是非话语性的文化实践和过程相关的时候。②

三、人类学

人类学一直是新历史主义一个很重要的影响之源。自 20 世纪 80 年代以来,文艺复兴研究中就出现了明显的人类学倾向。事实上,人类学思

---

① Louis Montrose, "New Historicisms", in *Redrawing the Boundaries*, p.404.

② Steven Mullaney, "After the New Historicism", in *Alternative Shakespeares*, pp.22-23.我们还将在第二章第一节中讨论威廉斯对格林布拉特本人的影响。

想已经完全改变了文艺复兴"文化"的观念。格林布拉特在《文艺复兴时期的自我塑造》中，就坦承了克利福德·吉尔兹、詹姆斯·布恩（James Boon）、玛丽·道格拉斯（Mary Douglas）、吉恩·杜维格诺德（Jean Duvignaud）、保罗·拉比诺（Paul Rabinow）、维克多·特纳（Victor Turner）等人的著作对他的影响。① 而且，相对于"新历史主义"，他更倾向于"文化诗学"这一更富含人类学意蕴的称谓。

在格林布拉特以上提到的人类学家中，以吉尔兹的影响最大。新历史主义的纲领方法大部分来自于对文化人类学挪用，尤其是吉尔兹对文化以及人种学应该如何解释文化的论述。而吉尔兹对对新历史主义而言最重要的文本是《厚描：走向一种文化的阐释性理论》（"Thick Description：Toward an Interpretive Theory of Culture"），其中的关键术语——文化、阐释、描述——都一一进入了新历史主义：文化是中心关注点，阐释是实践，而描述则是其挪用的方法。

吉尔兹将文化视为人类学的中心。他对文化定义是："文化从根本上说是一个符号系统。与马克思·韦伯一样，我相信人被困在自己编织的意义之网中，而文化就是那些网。"②在另一个地方，他又把文化定义为"相互交织的可解释的符号系统"（p.14），把人种学研究描述成像是"读一部手稿——陌生、泛黄，充满省略和不一致、可疑的修正、倾向性的评论"（p.10）。人种学研究的本质必然与对要观察的文化的认识密切相关。如果把文化看成"多种复杂的认识结构，相互叠加或交织，陌生、不规则，人种学家就必须首先自己设法理解，然后再传达给读者……"（p.10），那么"在事实基础之下，我们就已经开始在解释了，而且更糟的是，我们的是解释的解释"（p.9）。这样看来，文化是含糊的却又是符号的。吉尔兹认为，人种学的理解"不是一种寻找规律的实验科学而是寻

① Stephen Greenblatt, *Renaissance Self-fashioning*, p.4.
② Clifford Geertz, *The Interpretation of Cultures*, New York：Basic Books, 1973, p.5.本节接下来对此书的引用将直接在文中标注页码，不再单独注释。

找意义的解释学"(p.5)。对文化的这种看法是吉尔兹人种学理论的中心。他把坚持人种学是"解释性的"视为人种学描述的三到四个关键特征之一。他甚至认为,人类学写作本身不光是阐释,甚至还可能是"虚构"(fiction),意思是它们是某种"制造"或"塑造"的东西(p.15)。但他并没有暗示人类学阐释是假的,或只是"思想试验"。虽然人种学写作是阐释性的,是"制造"出来的,但他仍相信,进行评估的适当方法是"在厚描中仔细尝试"(p.6)。他坚持厚描呈现的直接和真实,是复杂的细节及微小却纹理细密的事实(p.28)。这些都从与极小的事物的极为广泛的接触中得来。与抽象再现相比,厚描专注于具体的行为。因为正是通过行为的流动,文化形式才找到表达的出口(p.17)。厚描这一人类学反思的主要方法,是对具体的文化材料的地方性和具体的描绘。

从以上描述我们可以看出,新历史主义的阐释策略与吉尔兹所描述的人种学阐释之间有着明显的相似。首先,格林布拉特把梳理出意义结构明显地视为与文学批评家的活动相似。他承认受益于"人是未完成的动物"这一观点,而且他的解释与吉尔兹的如出一辙。他说:"具体文化及这些文化的观察者不可避免地接近对现实的隐喻性把握,而人类学阐释必须少关注风俗制度的技术层面而多关注社会成员应用到经验中的阐释性建构。"①这一观点与吉尔兹对人种学写作的虚构本质是同源的。他又说:"与这一实践亲近的文学批评,必须意识到自己作为阐释的地位,坚决把文学理解为组成一个特定文化的符号系统。"②

其次,新历史主义与文化人类学共享的最重要的智性假设之一,是普遍理论在阐释实践中的作用。吉尔兹相信,厚描必须处理具体的实际,但这种方法的潜在弱点是:它对任何东西——文学、梦、症候、文化——的阐释方式从本质上来说,都倾向于拒绝或被允许拒绝观念性的表达,从而逃

---

① Stephen Greenblatt, *Renaissance Self-Fashioning*, p.4.
② Ibid., p.4.

避系统的评价模式。虽然吉尔兹承认,对于一个宣称自己是科学的研究领域来说,这是行不通的,但他却还是坚持,文化阐释的许多特征使得对它的理论发展非常地困难。它要求理论始终保持与其基础的紧密联系,而不是像在科学中那样,趋于想象地抽象。在人类学中,简短的推理才是有效的,繁长的推理会偏离轨道,变成由符合逻辑的梦想和形式堆成的学术困境。实际上,吉尔兹认为,理论的基本任务不是将抽象的规定编码,而是使厚描成为可能;不是归纳案例,而是在案例中归纳。这又与这一观点联系在一起:

> 主要的理论贡献不仅在于具体的研究中……但它们很难从这些研究中抽象出来,整合进任何我们可以称之为"文化理论"本身的东西。理论公式如此低地盘旋在它们控制的阐释上空,以至于它们没什么意义或让人感兴趣。这是因为……独立于它们的应用,它们不是显得平淡,就是显得空泛。(p.25)

这在新历史主义的实践中变成了,不能或不愿通过案例归纳总结,经常与不愿意在其内部归纳结合在一起的。它所依赖的,是共鸣性逸闻、暗示性例子、貌似不相关的文本间令人惊讶的相互指涉,及亲历或虚构的实践之间令人震惊的联系。因此,新历史主义式的阐释策略通过对具体材料的地方性解读,以吉尔兹式的方式,构成了自己的厚描。

新历史主义与吉尔兹的人种学共享的另一个假设是:文化的阐释必然是既微观又内在不完全的。格林布拉特在《莎士比亚的商讨》中评论道,组成他这部书的论文实践了从对文学领域假设的中心的关注到其边界的关注的转变,为的是

> 追踪那些处于边缘而只能被瞥见的东西。这样做的代价将是一个总体解读的令人满意的幻象,那种强力的批评家传达给我们的影响,只要他们有足够的时间和空间,他们可以阐明文本的每一个角落,把他们所有不相关的观点都编织进一个统一的阐释视界中。①

---

① Stephen Greenblatt, *Shakespearean Negotiations*, p.4.

这表明新历史主义的方法源自一个碎片化了的视界。当这一视界成为批评实践的时候,就典型地表现为对逸闻或特殊作者和文本的没有解释的共鸣和中心性的强调。① 与此相伴的,是同样典型的对任何这种解读的应用性的矛盾态度。

在一篇典型的新历史主义论文或新历史主义著作的章节中,吉尔兹的厚描模式表现为一开始就运用示范性的逸闻。逸闻的使用在这里被当做一种文化和历史疏离的策略。在使用好了的情况下,逸闻被精心地编织进阐释单元,用以论证论点。使用不好时,则可能流于赶时髦或形式,成为对历史中奇人奇事毫无关联的堆砌。正是鉴于此,科恩把新历史主义的方法归结为"随意的联系性"(arbitrary connectedness)。他说:"统治这一策略的方法上的假设是,一个社会的任何一个方面都与其他任何方面有关。没有一个组织性的原则来确定这些联系。"②而多米尼克·拉卡普拉(Dominick LaCapra)则把新历史主义的厚描称为:"肤浅的心理联想主义、并列或拼贴……脆弱的蒙太奇,或者,信手拈来的拼凑物。"③新历史主义对这些攻击往往无力还击,虽然它的倡导者一直坚持这一方法的合理性,但确实无法充分地将自己的方法或文化模式理论化。因此,有些时候,新历史主义者的研究会让人觉得,他们分析的对象只是偶然挑选的,或是批评家的突发奇想,而不是出于某种逻辑关系而出现的。(详见第六章第二节)

因此,吉尔兹的方法和风格更多地是在人类学领域之外被称赞和模仿。④ 而在人类学领域之内,其他人类学家已经尖锐地批判过吉尔兹,认为他倾向于将动态的物质斗争升华为集体想象的形式,对陌生的世界观

① Stephen Greenblatt, *Shakespearean Negotiations*, p.6.

② Walter Cohen, "Political Criticism of Shakespeare", in *Shakespeare Reproduced*, pp.34-5.

③ 转引自 Louis Montrose, "New Historicisms", in *Redrawing the Boundaries*, p.400。

④ Louis Montrose, "New Historicisms", in *Redrawing the Boundaries*, pp.399-400.关于吉尔兹的厚描方法及其在人类学领域引发的争议,可参见 Douglas Bruster, *Shakespeare and the Question of Culture* 的第二章。

所进行的印象主义式描述,厚描只能生产孤立或支离破碎的"地方性知识",无法将"文化文本"彼此之间或与经济和社会变化的普遍过程联系起来。吉尔兹关注的是固有的文化意义而不是普遍的社会规律,是文化的凝聚力而不是社会斗争。

第二章　成为格林布拉特

作为一个文学批评家,格林布拉特拥有足以让任何从事这个职业的人艳羡的履历。他先后在耶鲁大学(B.A.1964,M.Phil.1968,Ph.D.1969)和剑桥大学(B.A.1966,M.A.1969)取得学位。毕业后,他先是执教于加州大学伯克利分校(1969—1997年),是该校的明星教授,1997年又跳槽到哈佛大学,2000年成为该校级别最高的19名科根校级教授之一。他是美国艺术与科学学院院士,曾任MLA主席(2002年)。他是15部专著(其中12部英文、2部德文、1部波兰文)的作者。他是诺顿莎士比亚的主编、诺顿英国文选第7版的副主编及第8版的主编。此外,他还经常往来于美、欧、亚、澳、非各大洲之间,在诸多世界名校讲学,其中就包括了我国的一些大学。这些旅行既为他的研究提供了丰富的材料,也极大地扩大了他在世界范围内的文学与文化学术论坛上的影响力。而重要的一点是,他至今仍然活跃在文学批评领域,为它提供新的话题和视角。

2004年,格林布拉特出版了也许是史上最为畅销的莎士比亚传记之一《俗世威尔》(*Will in the World*)。它的副标题是:"莎士比亚是如何成为莎士比亚的?"他在书中对这个的回答是:"如果要明白莎士比亚是谁,重要的是要循着他留在身后的言辞痕迹,溯源于他曾经历的人生,寻踪于他曾敞开心扉的人间世界。而如果要明白莎士比亚是如何运用其想象力将他的生活转换成艺术,那么重要的是要运用我们的想象力。"①本章我

---

① Stephen Greenblatt, *Will in the World:How Shakespeare Became Shakespeare*, New York and London:Norton,2004,p.14. 译文引自[美]格林布拉特:《俗世威尔——莎士比亚新传》,辜正坤、邵雪萍、刘昊译,北京大学出版社2007年版,第6页。

们要问的问题则是:格林布拉特是如何成为格林布拉特的? 类似地,在寻求这个问题的答案的过程中,我们也需要运用我们的想象力,在他的人生经历、社会历史处境,重要的是,在他的批评文本中,慢慢勾画出他呈现给我们的模样。或者,我们可以借用另一个他喜爱的术语来表述,那就是,本章试图描绘他是如何"自我塑造"以及被塑造的。不过,当格林布拉特写作《俗世威尔》的时候,他面临的是一个第一手资料极度匮乏的境地。除了作品,莎士比亚似乎没有给后人留下太多可以追踪的个人生活的痕迹。因此,尽管一直以来都不乏为莎士比亚立传者,但每一个作者都无法断然地说自己所述的就是事实,而是与格林布拉特一样,不得不承认它们或多或少带有想象的成分。而当我们试图追踪格林布拉特的足迹的时候,则要幸运得多。这不仅是因为凭借当代发达的资讯技术,我们可以更方便地获取资料;还因为格林布拉特本人常常乐于夫子自道,在文章和著作中讲述个人的生活。本章的第一节将主要沿着他的生平、教育和学术轨迹,截取那些对塑造他身份起过重大作用的那些事件和因素来进行论述。第二节则主要集中在他的批评实践上,探讨他如何在文本中塑造自己作为文学批评家的角色。我们希望通过这些追踪,让"格林布拉特"不再只是一个名词或者符号,而可以变得丰富和立体起来。更为重要的是,我们不只是在简单地追踪他个人的生平和批评事业。他是贫困犹太移民的后代,在动荡的 60 年代度过学生生涯,70 年代开始在学术界崭露头角,终于在 80 年代成为一代批评新风尚的开创者。他师从新批评大师,却以反新批评的激进姿态赢得声誉;他质疑权威,却最终成为他那一代人中的权威。所有这些,让他的人生经历和学术经历具有了某种典型性。我们因此可以将他当做一个样本,透过他,我们不单单可以窥见当代批评家一些普遍的成长和经历,还可以窥视当代批评甚至文化近几十年间的变迁。

第一节　塑造格林布拉特

一、身份

（一）第三代犹太移民

格林布拉特 1943 年 11 月 7 日出生于波士顿,在马萨诸塞州的剑桥长大,是立陶宛犹太移民的第三代。在刊登在《伦敦书评》(*The London Review of Books*)上的一篇家族自传性的文章《不可避免的大坑》("The Inevitable Pit")中,格林布拉特坦承,他对于自己立陶宛犹太移民后裔的身份认同是一个渐进的过程。首先,对于 19 世纪 90 年代初期祖父母移民美国的具体时间和原因,他并不确切地知道。可能的一个原因是,当时沙皇政府在立陶宛施行"俄罗斯化"的政策,要求符合要求的犹太青年男子服 25 年的兵役。这一方面是出于孤立犹太人的企图,另一方面又想通过摧毁他们独立的身份来吸收他们。于是,他的祖父母为了逃避兵役,但更主要的是为了摆脱穷困,便举家移民到了美国。不过在祖父那一代,他们的生活并没有多大起色——他祖父终其一生都是一个驾着四轮马车四处收购和贩卖旧货的小贩(ragpicker)。但从他的父辈开始,他的家人开始追求教育和职业上的发展,并卓有成效。格林布拉特的父亲上了法学院,后来成为波士顿小有成就的一名律师。因此,到 20 世纪 40 年代的时候,他的家庭已经走出贫困,过上了典型的美国中产阶级生活。① 1985年,当时已经在学术界占据一席之地的格林布拉特,在一篇文章中,回忆了自己大学一年级在耶鲁大学的图书馆看到地方志中有关祖父职业的记载时的情形。他感慨道,他的祖父是小贩,父亲成为了律师,而自己则成为了学者,三代人职业上的变迁——从底层的小生意人到商人或专业人

---

① Stephen Greenblatt, "The Inevitable Pit", *London Review of Books*, 21 September 2000, p.8.

士再到学者——诠释了一般移民家庭在美国的成功模式,同时也是一个"文明化"(civilizing)的过程,①亦即从"没文化"(uncultured)到"有文化"(cultured)的过程。

也许是这一犹太移民后代的背景,让格林布拉特在《俗世威尔》中,对同样出身卑微的莎士比亚向上流动的野心和努力,无意识地生出同情和理解。说他的这种理解和同情是无意识的,是因为他并不认为自己同样具有野心,他对自己的成功也似乎有点不以为然。他的父母作为第二代移民,当然会教导自己的孩子要努力,要出人头地。但他并不认为父母的期望是他努力的显在驱动力。② 他自己的说法是,作为第三代,他已经不用像父辈那样急于需要用成功来证明自己了。他选择的学术之路,是出于自己的"自由意志"的结果。③ 但是,对他自己的说法,我们需要持有所保留的态度。我在这里并不是暗示他"矫情",或者有意撒谎,而是想指出,对俗世的权力和野心,他一直都有一种矛盾的心态:既向往,又排斥。考虑到他终身都在研究像托马斯·莫尔(Thomas More)、沃尔特·雷利(Sir Walter Raleigh)这些处于同样矛盾中的人,他的这种态度也就不足为奇了。

作为犹太移民后裔,格林布拉特大学一年级去申请给英文老师做学生助手时,曾经因为自己的犹太身份而遭负责资助的老师鄙视和揶揄,指责他们犹太人是骗子,申请学校的时候说自己有能力负担学费以便更容易被录取,来了之后又到处哭穷来骗取学校的资助。在这之前,虽然有针对犹太人的歧视,但格林布拉特自己从没有特别地觉得自己是犹太人就与众不同,或者受到了歧视。这一次屈辱的经历让他第一次有了犹太人

---

① Stephen Greenblatt,"China:Visiting Rites(Ⅱ)",in *The Greenblatt Reader*,Michael Payne(ed.),London:Blackwell Publishing,2005,pp.282-283.

② Lucasta Miller, "Where There's a Will, There's a Way". http://www.theage.com.au/news/Books/Where-theres-a-Will-theres-a-way/2005/03/10/1110417621626.html.

③ Stephen Greenblatt,"China:Visiting Rites(Ⅱ)",in *The Greenblatt Reader*,p.283.

的身份感。而且格林布拉特一定对这次经历耿耿于怀，因为他随后报复性地写道，现在我的儿子刚从耶鲁毕业，我的老婆在耶鲁任教，耶鲁、普林斯顿、哈佛的校长也都是东欧犹太人的后裔，他同班的犹太同学，刚被提名为民主党副总统候选人。而当年羞辱他的那个人，在第二年就丢掉了工作。①

但是，除了这一屈辱的小插曲，犹太身份对格林布拉特到底意味着什么呢？在《不可避免的大坑》的一开始，他就说："我是一个在越来越具体的方面认为自己是东欧犹太人的美国人。"②但对格林布拉特而言，意识到自己的犹太身份，并不是一个容易的过程。尽管他的家族由于早已移民，从而幸免没有在20世纪30年代被扔进纳粹在立陶宛为犹太人准备的万人坑，但在美国，他们却掉进了另一个大坑：同化的大坑。他们传统的犹太信仰、传统和语言被一代一代淡忘；他们不再是东欧人，犹太人，而成为了美国人。

在2001年的《炼狱中的哈姆雷特》(Hamlet in Purgatory)中，他才第一次在自己学术著作中认同自己的犹太信仰传统。虽然这一认同没有《伦敦书评》中发表的简短的回忆录那么信息丰富和感人，但它们的相似性却不容置疑。而触发这种认同和思考的，是格林布拉特父亲的去世。在本书的序中，他颇具深意地沉思了他父亲去世对他的影响，以及犹太人儿子为死去的父亲所作的祈祷(Kaddish)与天主教徒为那些在炼狱中的人所作的祈祷的相似之处。他说："我无法简单地把我的出生放进括号中，我发现自己经常沉默或悄悄地把它们变成对我所做的研究的热爱。"③他的父亲生前不相信自己的儿子会在自己死后为自己祈祷。而显然，这种怀疑激发了格林布拉特，促使他开始重新思考和评估自己的犹太性，接受自己的历史身份，并将这种思考带到自己的学术研究中，因此他

---

① Stephen Greenblatt, "China：Visiting Rites(Ⅱ)", in *The Greenblatt Reader*, pp.283-284.

② Stephen Greenblatt, "The Inevitable Pit", p.8.

③ Stephen Greenblatt, *Hamlet in Purgatory*, Princeton：Princeton University Press, 2001, p.5.

才要在书中用犹太性梳理自己的思想。

（二）故事与身份感

在《俗世威尔》中，格林布拉特曾想象孩童时代的莎士比亚在词汇中感到的乐趣，断言他对语言有"永不疲惫的渴求"。而格林布拉特自己也是从童年开始就对阅读有一种类似的出于本能的热爱。在阅读中，他逃离了20世纪50年代郊区的乏味生活，而进入"心灵的旅行"。他的家人并不特别热爱读书，他的父母甚至常常让他多看点电视，少看点书，免得把眼睛看坏了。因此，格林布拉特认为自己少时对书的热爱可能是一种隔代遗传，来自他的外祖父，一名立陶宛犹太社区的学者，常常"坐在后面的屋子里研究犹太法典"。① 格林布拉特小时候最喜欢的书是《一千零一夜》和理查德·哈里伯顿（Richard Halliburton）的《奇迹之书》（*Book of Marvels*）。后来，虽然他"从天真过渡到席勒所说的伤感，也就是说，不再读关于奇迹的书，而开始读民族志和小说"，但是童年时代对他者文化的强烈好奇和对故事的迷恋却保留了下来。这种迷恋使得他几乎所有的文章都是围绕着逸闻建构的。② 当逸闻不再只是为了满足好奇而成为一种批评形式时，它就成为一种手段，用来打破关于总体化、完整和进步的宏大叙事的历史。通过干扰那些需要解释、语境化、阐释的东西，逸闻使格林布拉特得以"触摸真实"。

然而，对故事的迷恋不仅在某种程度上解释了格林布拉特的方法（详见本文第三章第二节），而且与他身上"作者性"（writerly）的东西、与他的自我意识、与他的身份经历也息息相关。因为讲述和被讲述的经历，促进了他的身份认同。在《学会诅咒》的导言中，格林布拉特写道，正是"故事讲述"让他拥有了最初的身份或作为一个自我的回忆：

---

① Lucasta Miller, "The Human Factor", *The Guardian*, Saturday February 26, 2005, http://books.guardian.co.uk/review/story/0,12084,1424576,00.html.

② Stephen Greenblatt, *Marvelous Possessions: The Wonder of the New World*, Oxford: Oxford University Press, 1991, reprinted 2003, p.2.

　　叙述我自己的生活或让我妈妈叙述给我。我猜我在讲述自己的故事的时候通常使用人称代词"我",而我妈妈则用的是我的名字,但最初的自我经历的核心存在于那些故事之中,而不是对相互和不调停的拥有一个身份。事实上,故事不必直接与我有关也能让我把它们当做我身份的表达来经历:我母亲总是喜欢给我讲关于"可怕的斯坦利"的长故事……斯坦利是一个"他者",但同时也是另一个我,而我的自我意识似乎是与他悲惨命运的警示性故事联系在一起的。①

　　这种深刻的身份认同的欲望从一开始就占据了格林布拉特的思想。在学术写作中,他一直都认为批评家没有必要一定要使用一个中立、非个人的虚构的声音。也就是说,批评家个人的声音在他看来是极其重要的。在2001年的一次采访中,他指出,文学批评常常让人不忍卒读,就是因为缺乏个人情感倾注,而改变的唯一办法,就是批评家真正地把自己作为一个人融入他批评的字里行间。他不能站在一边操作文本,好像自己并不存在于文本中一样。②所以,我们看到,在格林布拉特很多著作的前言和导言中,都包含着自传性的沉思。对他来说,写作实践更多的是一种自我表达的行为。③ 虽然自我表达总是不可避免地成为别的不同的东西,然而,承认和理解这种不同并不是要否定自我表达,而是帮助我们更清楚地看到一个人在这个世界的身份来自何处、又牵涉到何种类型的商讨和冲突。④ 因此,格林布拉特本人从来都不愿意忽视这一"作者性"的问题:"文学批评家受到的训练,使他们对自己分析的作者身上的这些'作者性'的问题敏感,但他们对自己身上的'作者性'却普遍地充耳不闻。"⑤

---

①　Stephen Greenblatt, *Learning to Curse*, p.8.

②　Stephen Greenblatt, "Greenblatt: The Wicked Son", interviewed by Harvey Blume, http://www.bookwire.com/bbr/reviews/june2001/GREENBLATTInterview.html.

③　Stephen Greenblatt, *Learning to Curse*, p.8.

④　Ibid., p.11.

⑤　Ibid., p.6.

因为他在自己的写作中不断强化这种自我意识,因此,读者在阅读他的文章的时候,总能意识到他的存在,从而关注他在自己文本中的身份认同。这一点之所以重要,是因为他用一种艺术的方式,将这种对自我身份的关注整合进了自己的论述,或者我们可以说,他不仅试图在叙述中理解身份认同,而且试图在文本中表演身份认同。

二、耶鲁、剑桥

在进入大学前的一年夏天,格林布拉特在一个儿童夏令营中做管理员。期间,他常常和另一个管理员同伴一起弹吉他、唱忧伤的老歌。同伴说要把他介绍给他的一个朋友,也许他们三个可以一起唱。但格林布拉特拒绝了,因为他要上大学。那个同伴是阿特·加芬克尔(Art Garfunkel),而他的朋友则是保罗·西蒙(Paul Simon)。[①]他就这样错过了成为家喻户晓的歌星的机会。但这似乎并没有什么值得遗憾的,因为后来的事实证明,他选择的学术之路同样精彩。

1961年,格林布拉特进入耶鲁学院(Yale College),开始了他的大学生涯。大学时代的格林布拉特勤奋好学,而且很早就表现出了学术天赋。1964年,格林布拉特作为最优等生(summa cum laude)毕业,而他由艾尔文·柯南(Alvin Kernan)指导的学士论文很快由耶鲁大学出版社出版,这就是1965年的《三个现代讽刺作家》。20世纪60年代的耶鲁,可以说是形式主义的大本营,坐镇英语系的,是克林斯·布鲁克斯(Cleanth Brooks)、威廉姆·K.维姆萨特(William K.Wimsatt)、梅纳德·麦克(Maynard Mack)这些大名鼎鼎的新批评家。而他的《三个现代讽刺作家》就是在新批评的范式下的习作。

1964年大学毕业后,格林布拉特并没有直接进入耶鲁的研究生院,

---

① "Greenblatt Named University Professor of the Humanities", *The Harvard University Gazette*. 保罗·西蒙和阿特·加芬克尔组成的二重唱曾在60年代后期在美国风靡一时。

而是作为富布赖特学者在英国的剑桥大学访学两年。这两年在格林布拉特思想发展史上至为关键。一方面,英国文艺复兴时期的诗人、政治家沃尔特·雷利诗歌"神秘的现代性"吸引了他,在他心中激起一种"与死者对话"的欲望,他的研究从此由现代转向文艺复兴并一直停留在这个时期;另一方面,他也被他的老师之一的雷蒙·威廉斯的"思想力量和道德权威所吸引"。在形式主义占据主导地位的耶鲁,马克思主义文学批评被认为"从来都不曾真的关注过文学和文学问题"而遭到冷遇。马克思主义批评家被他的老师们斥为只会得出"一个彻底毁灭文学视点的结论",而其批评是"社会现时主义批评粗糙的决定论和不一致的政治宣传"①。在这种熏陶下,格林布拉特坦承,自己对威廉斯"微妙的批评和理论智慧"完全没有准备:

> 在威廉斯的课中,所有那些被我所受到的训练小心排除在文学批评之外东西——谁拥有通向印刷业的通道、谁拥有土地和工厂、在文学文本中谁的声音被压抑谁的声音又被代表、我们建构的审美价值是为什么社会策略服务的——都在阐释的行为中回来了。②

于是,当他返回耶鲁进入研究生院后,开始对它的研讨会感到不安。这些研讨会在一个叫作伊丽莎白的绅士俱乐部举行,主持的则是维姆萨特。作为新批评的代表人物之一,维姆萨特的中心信条是"意图谬误"(intentional fallacy),坚信批评家不应该对文本的作者感兴趣,就像吃布丁的人不应该对做布丁的厨子感兴趣一样。③ 维姆萨特对自己的审美理论有着绝对的信仰,但剑桥的两年经历让格林布拉特对他那一套十分怀疑。于是,当他写作博士论文的时候,选择了伊丽莎白一世时代的人物瓦

---

① Stephen Greenblatt, *Learning to Curse*, p.2.

② Ibid., p.3.

③ 格林布拉特对维姆萨特诗歌与布丁的比喻印象深刻,曾不止一次在采访中提及(如Lucasta Miller 的采访"The Human Factor"以及 Jeffrey Williams 的采访)。这个比喻本身见William K.Wimsatt, *The Verbal Icon: Studies in the Meaning of Poetry*, Lexington: The University Press of Kentucky, 1954, p.4。

尔特·雷利爵士这样一个作品深植于历史当中的人物。通过关注"写作"在雷利事业生涯中的功能,格林布拉特希望在自己的学位论文中,把他对雷利的迷恋和所受威廉斯的影响结合起来。因此,在论文中,他不仅要考察雷利的诗本身,还要考察雷利如何在自己作为的军人、探险者和朝臣的生涯中利用那些诗。显然,格林布拉特试图从一个更政治化和更广阔的角度来考察文学。但这样的做法显然与耶鲁当时的批评氛围格格不入。当时,新批评形式主义依然占据主导地位,同时理论热、解构潮逐渐兴起,年轻的"耶鲁四君子"崭露头角。聪明的学生一般会在形式主义与理论之间选择,而不是从神圣的高雅艺术或理论的领地,跑到诸如事业、生活或政治这些"俗务"中的。格林布拉特下定决心"不走寻常路",因此而遭遇到了阻力和嘲笑。多年后,格林布拉特回忆说,当他把自己的想法说给当时英语系的年轻教授、当时耶鲁有名的解构"四君子"之一的哈特曼(Geoffrey Hartmann)听的时候,哈特曼的反应是:"你干嘛不去编一个雷利次要作品的文集?"不仅哈特曼,格林布拉特自己也意识到,在当时(1966、1967 年)的耶鲁,这相当于提议在乌兰巴托修一座水电站一样荒谬。不过,他没有轻易放弃,最终还是为自己的论文找到了一个读者:就是他学士论文的教师阿尔文·柯南。柯南对他的题目很感兴趣,鼓励他做下去。[①] 格林布拉特没有辜负柯南的信任,这篇名为《沃尔特·雷利爵士:文艺复兴人物和他的角色》的博士论文被证明是极为成功的,它获得了耶鲁大学的人文和社会科学最佳博士论文奖,1973 年出版后,又获得了当年现代语言协会的提名奖。而最为重要的是,这篇论文为格林布拉特开启了一扇通往新历史主义的大门。

三、伯克利岁月

取得博士学位之后,因为忍受不了东海岸的保守的学术气氛,格林布

[①] Jeffrey Williams with Stephen Greenblatt, http://theconversant.org/?p=5853.

拉特逃离了耶鲁,在加州大学伯克利分校找到了一份教书的工作,一待就是 28 年(1969—1997 年)。如果说在剑桥大学的两年引发了他对历史的兴趣,威廉斯的马克思主义让他变得激进,那么来到伯克利则加固了这种激进主义。

格林布拉特曾在《学会诅咒》中,极度怀旧地回忆了那些"激进狂热"的日子:

> 当我 1969 年到伯克利的时候,加州大学正处于混乱之中。国家卫队和全副武装的警察与大量学生和教师的反越战示威冲突,空气中经常弥漫着催泪弹的味道。一切都被打乱了,所有常规都被打破,没什么是想当然的。课还在上,但讲台经常会被示威者挪用,不管教授允许不允许。讨论会经常严重跑题,可以从本·琼生的韵律转到对柬埔寨的空战。很多学生和至少一部分教师在号召大学的"重组"——虽然没有一个人确切知道"重组"是什么——所以即使是普通的课程也有一种临时性的意味。①

边界,尤其是学术的边界,就是用来被打破的。"打破边界"后来一直都是格林布拉特写作和研究中的一个主旋律。所以,当他 2005 年回望他在伯克利的早期岁月的时候,禁不住对采访他的英国《镜报》(*The Guardian*)记者米勒(Lucasta Miller)感叹:真是壮观啊。②不过,对于校园政治的回忆,并不能说明他是一个积极的参与者。英国小说家兼批评家大卫·洛奇(David Lodge)在其著名的校园三部曲之一的《换位》(*Changing Places*,1975)中,曾经描写过这一时期的伯克利英语系。格林布拉特及其前妻在书中的化名是古德布拉特(Gootblatt)和贝拉(Bella)。③ 洛奇的古德布拉特教授魅力十足、思想开放,但他的政治行为

---

① Stephen Greenblatt,*Learning to Curse*,p.5.

② Lucasta Miller,"The Human Factor."

③ 格林布拉特与前妻 Ellen Schmidt1969 年结婚,1996 年离婚。1998 年他与现任妻子 Ramie Targoff 结婚。

顶多只能算敷衍了事：他唯一参加的一次抗议是极其小型的，没有军队、警察或催泪弹，而他还无来由地隐藏自己的脸，后来又迫不及待地回到办公室，在电子打印机上敲击文章。洛奇的这一描述也许并不公正，尤其是它并不是基于亲身的交往。洛奇本人并没有真正见过格林布拉特，洛奇访问伯克利期间，格林布拉特和他的前妻正好离开伯克利去了英国。而且这也与格林布拉特本人的回忆和自我再现不大相符。但是，不得不说，它确实吊诡地契合了后来他的批评者对他的批评：他倾向于暗示比他陈述的多、夸张和自我戏剧化。

　　而在思想上，福柯从 1975 年开始不时在伯克利讲座和停留，他的到来极大地影响了格林布拉特后来的批评意识，以至于很多人都认为，福柯是格林布拉特著作不具名的合作者。格林布拉特曾描述自己当年去听福柯演讲时的感受："我简直不能相信，他的每句话都比上一句更具魔力和美丽。我向朋友们奔走相告，这家伙太神奇了。……我就像完全疯了一样。"福柯带给格林布拉特的信息是："即便是某种看似永恒和普世的东西，也有一个历史。"甚至我们对最基本和最深的感情的态度——如性、身份、男性气质、女性气质、爱等——都可以被追溯到某些历史事件。而且福柯告诉格林布拉特，这些态度都是文化的产物。"这让我激动，因为它意味着那些看似给定的东西，其实不是给定的，它们是被制造出来的。而如果它们是被制造出来的，那也就意味着它们是可以被改变的。"于是，格林布拉特开始在伟大的文学作品中和逸闻中，寻找那些制造过程的证据。①但福柯相信权力无处不在，反抗只有在边缘才有可能。他的这种政治悲观主义与格林布拉特美国式的乐观主义形成了鲜明的对照，让他无法全盘接受福柯。格林布拉特曾坦承："我是个彻底的 60 年代的孩子，

---

① Mitchell Stephens, "The Professor of Disenchantment: Stephen Greenblatt and the New Historicism", *West Magazine* (San Jose Mercury), March 1, 1992, http://www.nyu.edu/classes/stephens/Greenblatt%20page.html.

不想匍匐在任何一个人的脚下做一个虔诚的信徒。"①

可以说,伯克利相对宽松的学术环境和活跃的思想氛围在很大程度上造就了后来的格林布拉特。虽然在 20 世纪 70 年代中期的时候,他曾因为自己与马克思主义理论扑朔迷离的关系而遭到学生的诘难②,但他很快就把自己塑造成了一个拥有自己的卡里斯马(charisma)的反体制英雄。到 20 世纪 80 年代初期抛出"新历史主义"的时候,格林布拉特已经成为伯克利的明星教授,在学生中拥有精神导师一样的地位。③在伯克利的这些年也是格林布拉特学术上的丰收年。以 1980 年的《文艺复兴时期的自我塑造》为开端,他具有开创性意义的那些著作基本上都是在伯克利期间完成和出版的,包括 1988 年的《莎士比亚的商讨》、1990 年的《学会诅咒》、1991 年的《不可思议的领地》,以及大量期刊文章。

除了个人学术上的努力和成就,在伯克利期间,格林布拉特还与同事一起推动了新历史主义的发展,使伯克利成为新历史主义的大本营,而新历史主义则被认为在很大程度上是一种"西海岸"现象。这其中最重要的事件之一,就是编辑出版新历史主义的旗舰刊物《再现》。在《实践新历史主义》的导言中,格林布拉特和伽勒赫描述了这一刊物的缘起:

> 刚开始,我们急切地阅读源自巴黎、康斯坦茨、柏林、法兰克福、布达佩斯、塔尔图和莫斯科的"理论"作品,与一群朋友定期聚会来讨论它们。……后来聚在一起讨论理论的这群朋友开始阅读彼此的作品,真诚而无情地探索每篇文章下面的假设。这些谈论的参加者不仅在理论上各有不同,而且来自不同学科……经过几年定期的聚会,我们认识到这种非正式的讨论对我们每个人的改变所具有的重要性,及这些讨论带给我们的研究的活力。于是我们开始考虑把这种讨论扩大的方式,因为我们从以往的经验中知道,那种把我们聚在

---

① Lucasta Miller, "The Human Factor".
② Stephen Greenblatt, *Learning to Curse*, p.197.
③ Lucasta Miller, "The Human Factor".

一起的卡里斯马时刻不会长久。我们需要一个结构，提供一套正在进行的挑战，因而一个存在的理由……我们最终同意出版一个杂志，

因为我们自己就可以组成编委会，从而继续扩大我们的讨论。①
如今，《再现》已经成为美国主要的文学期刊，而其中的很多论文都已结集出版，如1988年的《再现英国文艺复兴》，而1997年为纪念吉尔兹的退休的专刊《文化的命运：吉尔兹及其他》也在1999年出版。所有这些，都强化了新历史主义的流通，使它不像20世纪80年代初期人们预期的那样，只是一时的风潮，而获得了持久的力量。

在这里有一点需要指出的是，虽然格林布拉特在上述引文中提到曾经对"理论"如饥似渴，但对福柯、阿尔都塞这些据说影响他的学者的理论著作，他的研读和理解究竟有多深多广，其实是一个可以存疑的问题。这个怀疑来自于他的导师柯南自传中的一段话。柯南说，存在主义曾经风靡20世纪50年代的美国大学校园，但人们对存在主义的了解不是来自于阅读萨特的《存在与虚无》，或者海德格尔的《存在与时间》这样艰深的哲学著作，而更多是来自于阅读加缪的小说，尤其是那篇名为《西西弗的神话》的短文。②因此，至少有一些人是以一种"庸俗"的方式理解并信仰存在主义的。已有学者指出，格林布拉特看似受后结构主义理论家影响颇深，但骨子里还是50年代的庸俗存在主义。③ 除了庸俗存在主义，我们其实可以在他的著作中看出，他确实不是一个对理论十分热心的人——他感兴趣的一直都是故事和阐释。这大概也是他为什么拒绝理论化新历史主义的原因之一：除了反体制的姿态，也许还有自身对理论的排斥。这样的论断并非毫无根据。如果我们检视格林布拉特的著作就会发现，除了吉尔兹、本雅明等少数几个之外，他其实极少大量引用后结构主

---

① Catherine Gallagher and Stephen Greenblatt, *Practicing New Historicism*, pp.1-4.

② Alvin Kernan, *In Plato's Cave*. New Haven and London: Yale University Press, 1999, p.98

③ Paul Stevens, "Pretending to Be Real: Stephen Greenblatt and the Legacy of Popular Existentialism", *New Literary History*, Vol.33, No.3, pp.491-519.

义理论家(即使是福柯也不能例外)①,更少引用他同时代的批评家。而在一次访谈中,格林布拉特也坦承,他本人跟福柯并不是很相熟,而与德赛托更熟,而且也承认,作为作者,德赛托对他的影响是最大的,尤其是德赛托的《雷顿鬼影》(*The Possession at Loudun*),其精彩的叙述故事的方式,虽然受到理论启发但理论色彩并不那么强烈,都给格林布拉特很大的冲击。另外,格林布拉特还坦承,他对福柯、德里达的接受更多是通过尼采的。尼采的《道德谱系学》是他唯一正经研读过的理论著作,曾经给他带来了强烈的冲击,让他愤怒又不得不承认他说得对。②

四、当年的叛逆,今日的正统

当年,格林布拉特因为不能忍受东海岸保守的学术气氛,作为一个叛逆出走西海岸。但是,28 年以后,他又重回东海岸。只是这一次,他是作为众人仰望的学术权威,回到美国最顶级的学校哈佛大学,先是担任哈里·列文(Harry Levin)文学教授,后又担任最顶级的科根人文学校级教授。伊格尔顿(Terry Eagleton)曾说,美国的大学愿意乐于奖励天才,即便他是异端。因此,叛逆的格林布拉特在职业晋升的梯子上越爬越高,到20 世纪 90 年代末的时候,他蓦然发现,自己已经成为了像维姆萨特在 20世纪 60 年代的耶鲁那样举足轻重的"大人物"。不过他并未因此而自得,反而对于自己成为学术大腕的地位感到不安。也许他的一部分还是愿意是一个理想主义的激进分子,而不是受邀去白宫与总统进餐的"显贵"。③

1992 年,诺顿董事会主席唐·兰姆(Don Lamb)前往伯克利,邀请格林布拉特主编《诺顿莎士比亚全集》。历时 5 年,全集终于在

---

① Catherine Belsey 也有类似的观察,见 Catherine Belsey,"Historicizing New Historicism", in *Presentist Shakespeare*, Hugh Grady and Terence Hawkes(eds.),Presentist Shakespeare,London and New York:Routledge,2007,p.29。

② Jeffrey Williams with Stephen Greenblatt,http://theconversant.org/?p=5853.

③ Lucasta Miller,"The Human Factor".

1997 年出版。① 格林布拉特在导言中历史主义地强调了物质生活、社会和宗教斗争、性别建构、权力、他者性和现代早期娱乐工业，让读者经历从现代视角看来的莎士比亚时代和他的生活的陌生性。这一版本的其他三个主编沃尔特·科恩、吉恩·E.霍华德和和 凯瑟琳·艾萨曼·毛斯 (Katharine Eisaman Maus)也都是新历史主义的倡导者。因为诺顿版着眼的是学生用书，因此新历史主义的旨趣也随着它播散到广大学生中间。

与《诺顿莎士比亚》相比，影响更大的是可能是《诺顿英国文学选集》。自 1962 年出版以来，它一直都是美国以及世界各地大学英国文学概况课使用的最主要的文集，上百万的学生主要是通过这一文选接触到英国文学的。鉴于此，《纽约时报》认为，它的编者占据的是文学界最有权力的职位之一，称之为"正典的看护者"（"the keeper of the canon"）。② 格林布拉特是诺顿文选迄今 50 年历史上的第二位总主编。他的前任是大名鼎鼎的 M.H.艾布拉姆斯(M.H.Abrams)。从 1962 年的第一版开始直到 2000 年，艾布拉姆斯一直都担任着前 7 版的总主编。而随着艾布拉姆斯的隐退和格林布拉特的上任，我们实际上可以把全新的第 8 版的出版视为一个代际转换的标志：浪漫主义学者在把持经典 40 多年后，把鉴定经典的权力交给了新历史主义者。

这样的代际转换，其实是回应了学界的变化。自 20 世纪 80 年代以来，随着文学批评风尚的变化，艾布拉姆斯的文选受到越来越多的诟病，认为它"太正典"(too canonical)。直到 1999 年格林布拉特参与编辑第 7 版时，这种状况才开始有所改变：正典敞开怀抱，把更多后殖民的作家和女性包括进来。而当格林布拉特正式担任第 8 版的总主编时，这种改变

① "Greenblatt: Act 2, Scene 1", 28 March 1998, http://www.timeshighereducation.co.uk/ 159034.article.

② Rachel Donadio, "Keeper of the Canon", *New York Times*, January 8, 2006, http://www. nytimes.com/2006/01/08/books/review/08donadio.html? n = Top/Features/Books/Book% 20Reviews & pagewanted=print.

就更大了：不仅增加了很多新作家，而且更加多样化。一些英国之外的作家也被包括了进来，如奈保尔（V.S.Naipaul）、阿契贝（Chinua Achebe）、拉什迪（Salman Rushdie）和索因卡（Wole Soyinka）等。此外，对文学时期的划分也有了变化。更多女性作家的作品和之前不被认为是文学的作品的也加入了进来。担任这部世界最为广泛使用的英国文学选集的主编，使格林布拉特意识到，他正在承担一个可怕的责任。但他并不愿意或者认为自己可以主导文集的编撰。他用典型的格林布拉特式的话语解释说："我是责任重大，但我不想做一个总审查官。在文集形成的过程中有很多声音，我不是唯一负责的人。"①

第二节　格林布拉特的批评实践

在上一节中我们已经循着他的生活和经历追踪了他是如何被塑造又自我塑造的，在这一节中，我们将循着他的批评轨迹追踪他在批评上的塑造。在这方面，我们大致可以 10 年为界，把他的批评实践划分为四个阶段。但这里需要指出的是，这种划分只是临时性的，为论述方便起见的权宜之计。因为格林布拉特的批评实践既有发展，也有延续性，把它们截然割裂开来，既不符合实际，也与他的信条相悖。

一、20 世纪六七十年代：起步阶段

20 世纪 60 年代和 70 年代是格林布拉特学术生涯的起步阶段。我们在上一节已经介绍过，60 年代他的主要经历是在耶鲁和剑桥学习，获得学位，然后从 1969 年开始在加州大学伯克利分校开始职业生涯，并在

---

① Rachel Donadio, "Keeper of the Canon", *New York Times*, January 8, 2006, http://www.nytimes.com/2006/01/08/books/review/08donadio.html? n = Top/Features/Books/Book% 20Reviews & pagewanted=print.

学术界崭露头角。在他批评视角形成的这 20 年间,他出版了两部著作:分别是他的学士论文《三个现代讽刺作家:沃、奥威尔和赫胥黎》和博士论文《沃尔特·雷利爵士:文艺复兴人物和他的角色》。在最早的这两部著作中尤其是第一部中,虽然还未能显示出后来的典型的新历史主义的阅读方法,而更多地属于传统的文学批评,但还是显示出一种主题上的连续性。

(一)《三个现代讽刺作家》

这是格林布拉特的第一部著作,在艾尔文·柯南的指导下完成,作为耶鲁大学优秀本科学位论文出版。本书为读者详细分析了三位英国作家的主要讽刺作品:沃(Evelyn Waugh)对建筑和风景的象征用法;奥威尔(George Orwell)两部最重要的著作以及一些不常被关注的讽刺小品文,强调它们是文学作品而非文献记录、政治宣传或预言;赫胥黎(Aldous Huxley)对人与自然的逐步疏离和享乐主义的滋长的描述。在结论部分,格林布拉特试图提炼出所有讽刺作品的基本特征,指出尽管背景和态度不同,但沃、奥威尔和赫胥黎的作品都证明:"恶性循环"(demonic spiral or circle)几乎是所有讽刺作品的中心,因为它是每部作品所有细节的所倚。①

在 1993 年的《纽约时报》的一次采访中,他对本书的评价是:"不成熟,完全不成熟。"②这在某种程度上是恰当的,因为当时就有论者指出,格林布拉特在结论部分试图发展新的讽刺理论,却犯了以偏概全的错误:把沃、奥威尔和赫胥黎的现代讽刺的特质说成是所有讽刺的特质。另外,他在参考文献的细节上也很粗心:错误的页码、不正确的出版年、不确切的引文等。③

尽管如此,我们却不能像格林布拉特本人那样以一句"不成熟"就把它抛到一边,因为我们在这里还是可以看到在他成长过程中的两个重要

---

① Stephen Greenblatt, *Modern Satirists: Waugh, Orwell, and Huxley*, New Haven and London: Yale University Press, 1965, p.117.

② Adam Begley, "The Tempest around Stephen Greenblatt", *New York Times Magazine*, 8 March 1993, p.38.

③ D. Paul Farr, Review of *Three Modern Satirists*, in *Modern Philology* 64, No.2(1966):p.179.

影响:一是他的论文指导老师柯南,另一个则是奥威尔。关于前者,《三个讽刺作家》与柯南 1959 年的著作《腐烂的缪斯》(*Cankered Muse*)在主题和观点上都有诸多连续性。柯南认为,个人在自然、历史和社会的非道德力量面前是无助的,这种悲观的观念反映在讽刺作品中,就是对景的集中关注。格林布拉特在《三个讽刺作家》中则认为,"始终贯穿在这三位讽刺作家的作品中的唯一重要的主题,是人的身份的丧失"。[①] 人物因为各种外在的社会力量(技术、现代国家、抽象智慧的独裁)而丧失他们的存在。但是,柯南的论述主要专注在形式上而不是作者上,以免落入意图谬误的歧途。他一再证明,主要人物、观察者、讽刺者都不是作者,而仅仅是文类的一个形式手段或功能。格林布拉特在大部分时候都忠实于他的导师,只是在最后显出了反叛的意味。他说:"我们深陷恶性循环,但也许通过讽刺作家的一再强调,能使我们能意识到这一点,他们因此带给我们力量,让我们得以打破这些圈子,重新找回一种充满了真正的方向、意义和人性的生活。"[②]这便是强调了作者的主动介入,而与柯南的结论相左了。格林布拉特在后来的很多著作和文章中都多次提及过他人对他的影响,却似乎极少提到柯南。这使得柯南在 1999 年的回忆录《在柏拉图的洞穴中》(*In Plato's Cave*)中,提到自己这位当时已功成名就的前学生对他的态度时,不免带有一丝的怨气。[③]我们不好妄加揣测格林布拉特这

---

① Stephen Greenblatt, *Modern Satirists:Waugh,Orwell,and Huxley*, p.109.

② Stephen Greenblatt, *Three Modern Satirists*, p.117.

③ 柯南与格林布拉特相交的细节,参见 Alvin Kernan, *In Plato's Cave*, pp.282-285.柯南说:"斯蒂夫与我趣味相投。"他们经常就学术问题进行深入讨论,并且卓有成效。他指导的格林布拉特的学术论文和博士论文都得了奖,并很快出版。但是格林布拉特对他的态度令他有些失望。他写道:"当几年后,已经成为伯克利的一名教授、在学术界名声大噪的斯蒂夫,在一本著名的期刊中发表了一篇文章,阐明一种俄狄浦斯式的智性发展理论时,他没有提到我,清楚地表明对他来说很重要的一点是觉得他的成就完全是他自己的功劳,这让我感到有点惊讶……我注意到,我的名字很少出现在他的著作的索引中,有一次他送给我一本书的软皮版,那本书是献给我和他的另一个导师普莱斯(Martin Price)的,而在该书的最初的硬皮版中,献词被不注意地省略掉了。"(pp.283-84)

样做的原因,但考虑到新历史主义从一开始就祭出的反形式主义大旗,有一种可能性也许是他试图与柯南的新批评立场撇清。但是,这种表面上的撇清,甚至高调的反叛,并不能把格林布拉特从柯南以及其他新批评家那里受到的训练一笔勾销,它其实已经深入到格林布拉特的批评实践中。

而奥威尔的影响也不容忽视。在《学会诅咒》一书的导言中,格林布拉特回忆在剑桥时的一段迷惘时光,其叙述方式,包括他的迷惘,都与奥威尔在《我为什么写作》("Why I Write")中的记述几乎如出一辙。[1]但这不是重点,重点在于,格林布拉特在《三个现代讽刺作家》中对奥威尔的解读在很大程度上让他准备好了接受福柯。例如,在奥威尔的《一九八四》(1984)中,消灭人的身份的虚无,被定位在国家政权的权力对反抗的需要的矛盾中。虽然权力的目的是权力本身——施加折磨、痛苦和羞辱——但颠覆行为将永远存在,因为它们恰恰是权力的条件。"每一天,在每一个时刻,它们都将被挫败、羞辱、嘲笑、唾弃——但是,它们将一直幸存下来。""在即将到来的世界,我们将总是会有任由我们支配的异端,在痛苦中尖叫,因为那种痛苦是那些希望的事物的保证,是我们权力的证明。"[2]类似地,在《规训与惩罚》中,监狱体制的权力被再现为一个目的自身。因为它的失败是其功能的一个基本部分,惩罚系统只能生产它需要遏制的罪犯。[3] 由此可以看出,这一"颠覆是权力的条件"的主题,与后来被视为他的代表性论文《隐形的子弹》中的论述,显示出了相当的连续性。

(二)《沃尔特·雷利爵士》

1973 年出版的《沃尔特·雷利爵士》是以 1969 年的博士论文为基础

---

① 参见 Stephen Greenblatt, *Learning to Curse*, p.10 和 George Orwell, *Why I Write*, New York: Penguin Group, 2005, p.3。

② George Orwell, *1984*, New York: Penguin Group, 1981, p.268.

③ 参见 Michel Foucault, *Discipline and Punish: The Birth of the Prison*, Alan Sheridan (trans.), New York: Vintage Books, 1977, p.271。

的。格林布拉特在书中试图证明,雷利一直都把自己的身份当作一个艺术品在进行塑造,他就是他自己的史诗。

在这部著作中有几点需要注意:(1)如前所述,选择雷利这样一个作品深植于历史当中的人物,对格林布拉特后来的事业而言可以说具有决定性的意义。他后来一直关注的都是那个时期。(2)格林布拉特在本书的研究中试图扩大批评的焦点,把通常并不认为是文学的作品也包括进来,甚至是雷利作为军人、探险者和朝臣的一生。因为在他看来,那些作品所蕴含的节奏同作者本身思想、感觉和行动的律动是一个频率。因此,在这部早期的著作中,格林布拉特扩大了研究对象的范围,"不但包括了明显的文学作品,还包括了小册子、书信、演讲,甚至行动"。① 这种倾向在后来逐渐成为他的著作的一个特质,也常常被认为是他对文学批评的重要贡献之一:即打破文学与非文学的边界。(3)格林布拉特不仅试图打破文学与非文学的边界,而且还要打破生活与艺术的边界。他认为,在雷利一生中的关键时刻,生活和艺术的界限完全被打破了,而要理解这些时刻,我们就不能像传统做法那样去区分真实与想象,因为在雷利的生活中,二者之间是交织在一起的。这一点的重要性在于,这并不仅仅是雷利一个人的问题,而是广泛地存在于格林布拉特所研究的文艺复兴作家中,几乎是一个时代的特质。此外,他在对雷利的研究中,一再强调雷利的"人生如戏"之感,而我们不难发现,在后来他对莫尔的研究中,他仍然沿用了这一思路。于是,像"角色"(role)、"角色扮演"(role-playing)、"塑造"(fashion)、"戏剧性"(theatricality)这样的词汇经常出现在他的研究中。因此,仅从词语的使用上,就已经可以见出《沃尔特·雷利爵士》与后来使他名声大噪的《文艺复兴时期的自我塑造》之间的连续性。我们由此可以断言,从很多方面而言,对于格林布拉特后来所致力于的对文艺

---

① Stephen Greenblatt, *Sir Walter Ralegh*: *The Renaissance Man and His Roles*, New Haven: Yale University Press, 1973, p.99.

复兴时期的新历史主义研究,雷利都是一个起点。(4)新批评的残留。这一点最明显地表现在第三章对雷利的宫廷诗的分析。这一章几乎都是细读式的,焦点也往往是意象、风格、韵律、结构等形式因素对内容的表达上。如前所述,虽然格林布拉特在80年代之后一直以反形式主义的姿态出现,但他所受到的形式主义训练和影响却一直挥之不去。① 因此,《沃尔特·雷利爵士》虽然在他为数众多的著作中并非重量级,但其作为他学术研究起点的意义却是毋庸置疑的。

二、20世纪80年代:声名鹊起

20世纪80年代是新历史主义崛起并风靡的时代,也是格林布拉特在文艺复兴和莎士比亚研究中取得丰硕成果和确立其作为新历史主义最重要的代表人物的时代。以1980年的《文艺复兴时期的自我塑造》和1988年的《莎士比亚的商讨》为代表,格林布拉特为新历史主义文化诗学批评树立了典范。在这期间,他还主编了几部意义深远的文集,包括加州大学出版社的"新历史主义:文化诗学研究"系列丛书(他本人的《莎士比亚的商讨》也是其中之一),《英国文艺复兴的形式的权力》和《再现英国文艺复兴》等。

(一)《文艺复兴时期的自我塑造》

我们已经说过,《文艺复兴时期的自我塑造》与格林布拉特前一部著作《沃尔特·雷利爵士》的研究在很多方面都有着直接的继续性。但《雷利》在当时并没有在学术界引起轰动,而时隔七年之后,《塑造》却带给格林布拉特持久的声名,被一致认为是一部经典之作,"新历史主义的杰出实例"②,获得过英国文化委员会人文类最佳著作奖。正是这部著作,最初奠定了他作为新历史主义最重要的实践者的地位。究其原因,不仅因

---

① 本书将在后文专门论述这个问题,就不在此赘述。
② Jonathan Dollimore, *Political Shakespeare*, p.3.

为它标志着格林布拉特本人研究中的一个重要发展,而且因为还标志着英语研究中一个重要的方向转变。

在《文艺复兴时期的自我塑造》中,格林布拉特在身份问题上的视角发生了变化。他关注在 16 世纪"自我感"是如何形成的,但却不相信当时的人有关自"个人自治"的说辞。相反,他聚焦在文化对自我的束缚上,向我们揭示,所谓个人自由观念、个人可以决定自我拥有的形状的说辞,其实都是谎言而已。因此,格林布拉特的目的是将诸如皮科(Giovanni Pico della Mirandola)①之类的说辞去神秘化。他们认为人拥有可以像变形虫般成为自己渴望成为的任何人的能力,而格林布拉特则告诉我们,自我是文化建构的结果而不是个人随心所欲的结果。

《文艺复兴时期的自我塑造》与其他 20 世纪 70 年代末和 80 年代初其他广受欢迎的著作(如赛义德的《东方主义》,林屈夏的《新历史主义之后》,詹姆逊的《政治无意识》及伊格尔顿的《文学理论》)一起,对当时的学术市场起到了纠偏的作用。在它们的影响和带动下,文学批评开始以一种更开放的态度,来面对和接收来自社会科学其他领域的影响,如巴赫金、布迪厄、吉尔兹等各不相同的思想家。除了在文学研究主题和智性传统上带来的改变,《文艺复兴时期的自我塑造》还在研究方法上重新塑造了文艺复兴研究。格林布拉特在本书中提出,要用一种"文化诗学"的方式来研究文艺复兴。因为我们将在后面的章节中对此进行详细讨论,这里就不再赘述。

(二)《英国文艺复兴中形式的权力》

这并不是格林布拉特的著作,而是他在为 1982 年春季出版的《文类》(Genre)杂志编辑的一组文章的合辑。在为文集撰写的引言中,格林布拉特提出了"新历史主义"这一术语。虽然在《文艺复兴时期的自我塑

---

① 即皮科·德拉·米兰多拉,康科地亚伯爵(1463—1494 年),意大利文艺复兴时期哲学家。其著作《论人的尊严》(Oratio de Hominis Dignitate)被称为"文艺复兴时代的宣言"。

造》中,他已经提出了"文化诗学"的说法,而且一直钟情于它,但事与愿违,"新历史主义"这个标签代替"文化诗学"迅速流行起来。其实,在"新历史主义"这一术语被广泛使用之前,在文艺复兴研究领域,已经有批评家在以新历史主义的模式在进行研究。这是一种既不同于 19 世纪晚期和 20 世纪早期占据统治地位的旧历史主义,又不同于二战后部分取代旧历史主义的形式主义批评的模式。但直到格林布拉特提出用"新历史主义"来命名,这场运动才获得了其"专有名称"。新历史主义之所以能代替"文化诗学"流行起来,一方面是契合了理论狂热时期人们不断求"新"的心理,渴望用一个新的标签来标榜自己的身份;另一方面,"新历史主义"这一称谓本身虽然简单得略显简化,却让人一目了然。它抓住了文艺复兴研究中这场新兴运动的最初要义:相对于旧历史主义,它是"新"的,相对于新批评,它又是"历史"的。而格林布拉特在此提出的新历史主义的几个主要方法和假设,后来一直都被视为对新历史主义的权威定义。

格林布拉特在此对新历史主义所作的最为基本的假设是,文学作品不是有机整体,而是不同意见和变换的兴趣的场所,是正统和颠覆冲动冲撞的地方。对他来说,既然文学作品有社会冲突的痕迹,它们就没有单独的、决定性的和客观的意义。他相信,统治文本意义的是全部的情形(包括社会、文化、政治等各个方面,亦即所谓的"历史"),而不是单独的文本本身。他与之前的历史主义分裂,坚持认为这种全面情形(历史)不是统一、单独可知的背景,可以作为一个固定的参考点,而是一个本身就需要阐释的社会力量变换的场所。再者,试图理解文本与语境关系的阐释者并不站在某种历史之流之外的阿基米德点上。他相信,考察文艺复兴英国的文学的田野工作者与他研究的对象一样,是受文化束缚的。

(三)《莎士比亚的商讨》

与《文艺复兴时期的自我塑造》中的文章一样,《莎士比亚的商讨》中的文章在收入之前,也已经在会议上宣读过,并在期刊上发表过,有的在收入本集之前已经出现在其他文集中。每次出现又都与上一次稍有不同,经过了一个复杂的个人修改和被他人重新评估的过程,他的思想观点在这种学术合作的网络中不断修正和发展。本书具有除具有导言性质的第一章,其余4章中有3章是从1981年起就已经有了各种版本。这种把之前已经出现过的文章重新包装的做法,几乎让他的著作成为了一种"学术轰炸"。不过,自从《文艺复兴时期的自我塑造》出版后,格林布拉特的作品一直处于一种供不应求的状态,这使他每一部著作的出版都不可避免地成为了一个"事件"。这种轰炸让他的理论视角和分析实例广泛播撒,也恰好论证了他在本书中关于社会能量流通的观点:他的文章在智性和社会能量的流通中旅行并组成了这一流通。因此,我们可以把它视为社会能量的流通的当代学术版。而从另一方面看,在当时新历史主义逐渐成为英国文艺复兴文学研究中的主导模式的时候,本书的出版也为人们提供了一个审视这一运动的机会。

格林布拉特在《文艺复兴中权力的形式》中提出的新历史主义的假设,在《莎士比亚的商讨》中继续运作。但这一次,他的主题从《文艺复兴时候的自我塑造》的自我的社会建构,变成了文学的社会建构。他在本书的第一句话中就说:"本书认为,艺术品,不管如何打着个人创造智性和私人迷恋的印记,都是集体商讨和交换的产物。"①他的中心论点则是:没有自足的艺术品,天分不是伟大艺术的能量的唯一源泉。戏剧是由个人写就的,但是个人自身也是集体交换的产物。艺术品更是没有任何特权或自主权:它们都像所有文本一样,参与了社会能量的流通。

"社会能量"、"流通"和"商讨"是格林布拉特在本书中用来描述社会和个人因素在文化产品的生产过程中的相互渗透时使用的词汇。他令人信服地论证了文学作品是集体产物而非个人产物。但是,本书中却隐藏着一个悖论:这一对集体的信仰明显地是以一种极具个人风格的方式

---

① Stephen Greenblatt, *Shakespearean Negotiations*, p.vii.

书写的。书的第一章一开始就说："我始于一种与死者对话的欲望",而书的末尾作者总结说:"我想以……结束"、"我将让他用自己的话讲述故事"。在他的整个著作中,"我想……"以一种在学术写作中不常见的频率出现。格林布拉特就像《暴风雨》中的普罗斯佩罗一样,是掌控他的世界的魔法师。他是一个批评家,同时也是一个剧作家,在自己的批评写作中指挥着莎士比亚和他人在什么时候说他们的台词、什么时候扮演他们的角色。如他自己所言,他是能让死人说话的巫师("文学教授是发着薪水的中产阶级巫师。如果我从不相信死者可以倾听我,如果我知道他们无法诉说,我也确信,我能重新创造与他们的对话"①)。他强烈的个人印记让批评的"客观性"成为浮云,同时又用一种自相矛盾的方式暴露了其论点的局限性,也就是说,他的个人印记反驳了集体建构这一他试图极力证明的主题。而他在《隐形的子弹》一文中提出的文艺复兴权力的"颠覆与抑制"模式,我们将在后文进行论述。

三、20 世纪 90 年代:关注他者

　　进入 90 年代之后,格林布拉特在学术上似乎进入了一个相对停滞的阶段,或者说,经过 80 年代的爆发,他开始在 90 年代收获前期耕耘的果实。这期间他仍有著作出版,分别是 1990 年的《学会诅咒》和 1991 年的《不可思议的领地》。但《学会诅咒》中收录的,是他 1975—1990 年间发表的一些论文,而《不可思议的领地》收录的则是 1988 年所作的系列讲座。所以严格来说,它们都不算 90 年代的成果。不过,同 1993 年主编的论文集《遭遇新大陆》(*New World Encounters*)一起,这期间出版的著作还是在主题上表现出了某种一致性,那就是对他者的关注。这与当时渐成气候的后殖民批评有些不谋而合的意味。

(一)《学会诅咒》

　　格林布拉特坦承,《学会诅咒》中的论文并不讲述一个统一的故事,

---

① Stephen Greenblatt,*Shakespearean Negotiations*,p.1.

而是描述了一个思想轨迹：即他成长和教育中那些塑造了他典型的认识、对这个世界的典型的提问方式、及在他开始研究之前就帮助塑造了他可能的字句的一些特殊事件。① 因此，在格林布拉特成为他早期在维姆萨特那里感到的神一样的人物的时候，本书的出版可以说为人们提供了一个窥视他批评发展的机会。

而这一目的，也在很大程度上决定了本书的结构编排。本书的开始和结尾的论文比格林布拉特其他任何作品都更具个人色彩。他始于描述他的"思想轨迹"，从本科生的时候，被威严的维姆萨特吓到，到在剑桥与威廉斯的马克思主义相遇，然后在伯克利与福柯相遇，到他自己的"文化诗学"或"新历史主义"。他详细描述了自己对故事讲述的迷恋，用以解释为何在他的批评实践中充斥逸闻故事。他说："历史逸闻的作用更少的是解释性证明，更多的是烦扰，要求解释、语境化和阐释。"②他的故事不是目的，而是手段，用来打破历史的总体化。在倒数第二篇论文《走向一种文化诗学》中，他把新历史主义视为根本不是教条，而是一种实践，把文化产物视为与创造它的体制和实践处于某种动态协商中。他还在文中澄清了他的实践与马克思主义和后结构主义理论及旧历史主义之间的关系。③ 在最后一篇文章《回声与惊奇》中，格林布拉特回到他的中心信条：对作品的"回声"的信仰，其与周围世界的复杂的相互联系。当我们认识到，文本既象征了生产它们的社会的想象和意识形态结构，同时又是它们的物质表达，"惊奇"之感便油然而生。④ 在开始和结尾相对理论性的阐释之间的，则是他典型的批评实践。每一篇都始于从编年史中找出的一个奇闻或奇物，然后由它导入对现代早期文本的讨论。

文集中的文章是按照年代顺序编排的。当本书在 2007 年作为劳特

---

①   Stephen Greenblatt, *Learning to Curse*, p. ix.
②   Ibid, p.7.
③   Ibid, pp.197-198.
④   Ibid, p.227.

利奇经典系列出版时,格林布拉特又专门撰写了一个前言,更为详尽地交代了其中一些文章的写作缘由和动机。① 这篇前言为我们提供了更为清晰的历史框架来理解这些文章。同时,前言和各篇论文一起,向我们呈现了一个格林布拉特批评实践的进化史。

(二)《不可思议的领地》

1992 年是哥伦布发现新大陆 500 周年纪念。这是当时学术界的一件大事,出现了无数纪念著作和文章。格林布拉特的这部著作,就在这个语境中,探索了欧洲人如何试图理解、控制、同化或妖魔化他们在 1492 年初次遇见的陌生民族。格林布拉特在书中试图证明,关于发现的语言就是关于惊奇的话语。② 当欧洲探险者为欧洲读者描述新大陆的时候,他们用的是来自自己文化的再现方式,来描述他们经历的那些神奇。但格林布拉特的兴趣不在于新大陆和其居民是如何被再现的,也不在于这些再现是否"准确",而是聚焦在欧洲人对新旧世界的相遇的反应。用准确与否、逻辑与否来断定这些反应,就是误解了这些反应的本质,因为"它们最大的兴趣不是关于他者的知识,而是在他者身上的实践;而且……产生这种再现的主要能力不是理性而是想象"。③

这部格林布拉特自己谦虚地称为"游记研究"④的著作收录的是 1988 年牛津大学克莱雷登讲座(The Clarendon Lectures)和芝加哥大学的卡朋特讲座(The Carpenter Lectures)。但还有一个值得一提的语境:那就是关于曼德维尔(John Mandeville)和哥伦布的章节始于 1987 年,最初是为以色列的两个不同场合草拟的。第一个是在特拉维夫的巴伊拉(Bar Ilan)大学的"风景、艺术品和文本"("Landscape, Artifact, Text")会议的演讲,第二个是在耶路撒冷的希伯来大学的演讲。格林布拉特承认,不管是

---

① Stephen Greenblatt, *Learning to Curse*, pp. ix - xvi.
② Stephen Greenblatt, *Marvelous Possessions*, p.20.
③ Ibid, p.13.
④ Ibid, p. vii.

特拉维夫,还是耶路撒冷,这两个演讲的最初目的地都不是一个中立的存在。而他在书写欧洲的时候,也无法把自己放在一个安全距离之外,而不受到他所描述的那种话语实践的影响。相反,他说:

> 我已经非常努力地在我的研究中表达一种对犹太复国主义的批判。我是在它的熏陶下长大的,直到现在,即便在深深的道德和政治保留中,我还感到一种复杂的联系。犹太民族梦想占领岩石顶(the Dome of the Rock),且利用关于惊奇的话语来弥补领土要求在司法上的瑕疵。我的批判主要集中在这一点上。历史上对犹太人的铲除和屠杀所留下的精神、历史和心理的遗产上,则是我与它的联系所在。虽然批判或联系都不构成本书的意义——毕竟,本书是关于别的时代、别的地方的——但我却感受到了它们的压力,以及随之而来的一个问题:在一个充满迷惘、对他者的仇恨和占有欲的时代,我们如何才能使惊奇的能力不受到毒害? 我现在仍然试图寻找答案。①

1987年底,在以色列占领区,爆发了第一次巴勒斯坦人的暴动。当格林布拉特在这两个大学演讲时,台下的以色列观众正处在暴动的阴影中。虽然他的文本中没有一个字是关于现代以色列国家的,但在这样的语境中,他在此之前所说的"对犹太复国主义的批判记录在我研究的肌理中"②意味着什么,就不难揣测了。在对曼德维尔的反犹太主义的批判中,格林布拉特讽刺地给他的以色列观众提供了一个他们自己的镜像。他的看法是:很多以色列人发现巴勒斯坦人无法忍受,因为这些不可救药的敌人,这些以色列人依赖他们来定义自己身份却被蔑视的他者,太像他们自己了——"他们既是重新占领的梦中的竞争者,又是流浪的梦中的竞争者"③。虽然他对犹太复国主义的批判是间接的,但显然犹太复国主义的话语在很大程度上与西方殖民主义话语是纠缠在一起的——西奥

---

① Stephen Greenblatt, *Marvelous Possessions*, pp. viii-ix.

② Ibid, p. vii.

③ Ibid., p. 81.

多·赫泽尔(Theodor Herzl)曾说,在巴勒斯坦的犹太政权"是欧洲在亚洲的堡垒的一部分,一个文明对抗野蛮的前哨"。①

四、21世纪:回归正统、走向大众

随着格林布拉特在1997年回归东海岸,担任哈佛大学教授,他的研究又出现了新的倾向:一是表现出对宗教问题的持续关注;二是逐渐走向大众。

(一)《实践新历史主义》

格林布拉特在这部与伽勒赫合著的文集的导言的一开始就说:"我们始于想解释新历史主义如何改变了文学历史领域。这个目标在我们,是一个迟来的承认。"②而促使他们做此迟来的承认的语境之一如前所述,就是新历史主义的批评实践在进入20世纪90年代以后一再受到严厉挑战,因此,他和伽勒赫选择在此时出版《实践新历史主义》,尝试回应这一挑战。对此,弗兰克·科默德(Frank Kermode)一语中的。他在《纽约书评》中的文章《废墟中的艺术》("Art Among the Ruins")中指出:

> 正是通过格林布拉特的影响,新历史主义已经在学界整整一代文学批评家中间成为占据统治地位的兴趣。因此,毫不奇怪,他们中的一些人现在显示出不安的迹象,暗示是时候继续往前走了。……但是,格林布拉特和他的合作者伽勒赫似乎选择了这个时刻,当这一风潮被认为高潮已过的时候,为我们提供实例证明,这一方法在正确的手中仍然可以成就什么。③

因此,格林布拉特的两篇"实践性"的文章再现了新历史主义典型的操作方法和结论。第一篇考察了在一个15世纪祭坛装饰中关于圣体

---

① Theodor Herzl, *The Jewish State*, Minneapolis: Filiquarian Publishing LLC, 2006, p.28.
② Catherine Gallagher and Stephen Greenblatt, *Practising New Historicism*, p.1.
③ Frank Kermode, "Art among Ruins", *The New York Review of Books* 48, No.11 (July 5, 2001), http://www.nybooks.com/articles/14322.

(Host)再现的隐含假设,以及那些假设与体制性策略之间的联系:如鼓励把圣餐中关于肉身与精神的关系的焦虑投射到被指责亵渎圣体的犹太人身上:那些亵渎圣体的人在这些故事中流血,从而证明了肉身的真正在场。第二篇论文也是关于物质的尴尬处境的:圣餐中象征圣体的残留问题。格林布拉特基于哈姆雷特中关于圣餐语言,得出这样一个类比:新教改革者在反对弥撒的论争中嘲讽圣餐面包,是为了解放被囚禁的精神真理;而哈姆雷特亵渎地嘲笑一个鬼魂式的皇父的命令,是为了施行献祭的阴谋。

格林布拉特和伽勒赫的导言坦承,新历史主义确实拒绝理论化。不过他们认为,即使在他们的实践中,个案比大一统的理论显得更为重要,但这并不表明新历史主义的证据与理论之间的关系是如此简单的。除了导言中的论述之外,在前两篇有关新历史主义的文章中,格林布拉特考察了吉尔兹式人类学中的逸闻和俄尔巴赫(Erich Auerbach)的《论模仿》(*Mimesis:The Representation of Reality in Western Literature*)中的文学片段;伽勒赫则在文化主义的英国激进历史观和法国福柯主义的基础上,发展出一种"反历史"叙述。就这两篇文章而言,是达成了他们的初衷的:在与之前历史主义的诸多局限的对比之下,即便他们没有证明新历史主义分析或原则的有效性,但也使新历史主义的价值和偏好显得合理。因此,这可以说是一部出自新历史主义创始人之手的理论与实践的"手册"。

(二)《炼狱中的哈姆雷特》

与《实践新历史主义》中揭示莎士比亚的圣餐戏剧的两篇论文一起,《炼狱中的哈姆雷特》显示了格林布拉特对宗教问题的集中关注。但这种专注其实从1976年《莎士比亚与驱魔师》中对《李尔王》的解读就已经开始了。《文艺复兴自我塑造》中关于莫尔和廷代尔的章节也涉及了宗教的问题。宗教和宗教想象在新历史主义之父身上开花结果,也许有点出人意料,但鉴于格林布拉特一直都拒绝一个固定模式,这样的转变事实上可以被视为他在批评实践上的新探索。

格林布拉特坦承自己一再被《哈姆雷特》中的鬼魂所吸引,认为它虽然出场不多,也没有多少台词,但却如此逼真,令人难忘。他想弄明白莎士比亚是如何达成这种效果的。[①] 他相信"凡事都有来源,即使莎士比亚的戏剧也是如此",因此他想知道,莎士比亚"从哪里得到创作素材,又对其进行了何种改变。"而要理解这一点,则需要理解"炼狱的观念在中世纪晚期的英语文本中是如何形成,(p.4)在16世纪和17世纪早期又是如何受到英国新教徒攻击的。"(p.3)格林布拉特相信,莎士比亚在《哈姆雷特》中挪用了这些素材。

他在书中花了大量篇幅(五章中的前三章)叙述有关炼狱的历史背景。第一章从16世纪新教改革者西蒙·费什(Simon Fish)写于1529年的一篇攻击炼狱的檄文《乞丐的祈求》(*A Supplication for the Beggars*)开始,回顾了与炼狱有关的体制在当时英国人的宗教生活中的位置,考察了宗教改革早期对炼狱的广泛批判,那就是,认为它是诗人的寓言("A Poet's Fable"),是一个骗术。格林布拉特接下来在第二章里探讨的问题是,如果我们严肃地对待这一指责,真的只是把炼狱当做一首庞大的诗歌(亦即一个"想象的现实",p.47),意味着什么。这一章涉及诸多中世纪的文学和艺术,尤其对源自12世纪后期的圣帕特里克的炼狱在文学上的再现进行了深度挖掘。第三章讨论死者要生者为其祈祷的要求。格林布拉特把这些要求叫作"被记住的权力"(rights of memory)。他细读了莫尔反驳费什的文章《灵魂的祈求》(*A Supplication for the Soul*,1529)。在《祈求》中,当时作为大法官的莫尔积极地为教会仲裁机构辩护。直到第四章,文艺复兴时期的鬼魂才真正粉墨登场。格林布拉特认为,"虽然鬼魂被新教徒贴上头脑中的虚构的标签,但它们在16世纪后期并没有完全消失……相反,它们出现在舞台上。"(p.151)在这一章中,他全面回顾了英

---

① Stephen Greenblatt, *Hamlet in Purgatory*, Princeton: Princeton University Press, 2001, p.4. 以下本书引文页码直接在文中标注。

国文艺复兴时期戏剧（包括莎士比亚所有的戏剧）中对鬼魂的再现。经过这一方面迂回曲折，格林布拉特终于在第五章中深入探讨了莎士比亚是如何利用这些关于鬼魂的材料，达到《哈姆雷特》中强烈的审美效果的。

本书对格林布拉特而言是某种回归。作为过去 20 年文学批评中最主导的模式——新历史主义的发明者，他在书中表达了一种不满的信号："我的专业已经如此奇怪地对文学的魅力没有信心甚至感到恐惧，如此怀疑和紧张，它处于危险的边缘：无视或至少没能表达为什么有人会首先从事这一职业的整个原因。"(p.4)人们不再对文学本身的魅力感兴趣，而更多地去关注文学之外的东西，以致忘了自己从事文学批评的初衷。公平地说，格林布拉特并没有像他那些意识形态批评同行们、那些支持文化唯物主义的人那样，强烈地拒绝过文学的魅力，但他确实是当代政治化的文学批评最有影响的典范之一。所以，如果说文学在过去 20 年被"去魅"了，那么他本人恰恰是推动者之一。而在《炼狱中的哈姆雷特》中，他公然宣称自己被《哈姆雷特》中令人不安和逼真的鬼魂的文学力量所吸引。(p.4)对他而言，在《哈姆雷特》中，重要的不是信仰的问题，而是审美效果——"文学的力量"。这种对审美效果的欣赏极具深意，也极为重要，因为似乎预示了在政治化文学之后，对文学本身的审美回归。或者说，格林布拉特在"叛逆"和"激进"多年之后，开始对自己和包括新历史主义在内的政治批评过分强调政治而忽略审美层面的反思。

另一方面，作为一部学术著作，《炼狱中的哈姆雷特》回应了中世纪和文艺复兴研究中的新发展：转向宗教和不同意见者的历史；意识到宗教改革并不能抹掉某些文化习俗、社会仪式或个人信仰；重新修正对文学表达中拉丁表达和白话表达之间关系的理解。而同时，它也是一个坦白。如之前一节已经提及的，它表明了作者在写作中的个人投入：他的犹太人身份、他作为一个儿子的责任。此外，《炼狱中的哈姆雷特》还是格林布拉特众多著作中少有的对一个历史问题集中关注的例子（之前的例子还要追溯到最早的《三个讽刺作家》和《沃尔特·雷利爵士》）。最后，值得关注的一点是，《炼狱中的哈姆雷特》在文本上更平易近人。他在注释的一开始就宣称，为了本书的可读性，他现代化了书中所有引用文本的拼写和标点，只是在注释中保留了原来的样子。因此，《炼狱中的哈姆雷特》面向的，不光是学者，而且也是大众。他之后的著作越来越多地被大众阅读，甚至成为畅销书，也就有迹可循了。

（三）《俗世威尔》

在 2004 年秋天之前，格林布拉特的名气还主要限于学术界。但随着《俗世威尔》的出版，他开始为大众所知，成为一个不折不扣的"学术明星"：他像娱乐明星一样出现在深夜脱口秀节目中，配合参加出版商诺顿举办的全国签售活动。而他和出版商的努力确实卓有成效：本书在读者中获得巨大成功，在《纽约时报》畅销书单上盘踞了很多星期，并获国家图书奖提名。其实，格林布拉特写作传记的念头由来已久。当年，好莱坞编剧马克·诺曼（Marc Norman）在准备后来获奖无数的《恋爱中的莎士比亚》（*Shakespeare in Love*）最初的剧本时，曾遍寻莎士比亚专家请教，当时正炙手可热的格林布拉特成为第一人选。格林布拉特为诺曼的剧本带来学术的色彩，而诺曼也打开了格林布拉特的眼界，让他得以接触到象牙塔之外的世界。他于是萌生了写作一部面向大众的莎士比亚传记，把学术研究介绍给更多受众的念头，于是就有了后来大获成功的《俗世威尔》。①

与普通读者的欢迎态度不同，《俗世威尔》在学术界引发了争议甚至是无情的批判。批判主要来自两个方面。首先，也是最主要的指责，是说格林布拉特在书中的叙述是虚构，假设之上的假设，没有学术的成分。如《莎士比亚通讯》的主编托马斯·A.彭德尔顿（Thomas A.Pendleton）就说

---

① Irene Lacher, "He's got Will power", November 21, 2004, http://articles. latimes. com/2004/nov/21/entertainment/ca-shakespeare21.

本书的内容"几乎全是不必要的臆测"。乔纳森·贝特(Jonathan Bate)则在《星期日邮报》上抱怨:"在细节的选择选择上,哪些基于'想象'、哪些又基于实际经历,完全是随意的。"①最严厉的批评来自埃拉斯塔尔·福尔勒(Alastair Fowler)。他在《泰晤士文学副刊》的书评中嘲讽它是"安非他命作用下的历史",甚至问道:"如此聪明的格林布拉特怎么会昏了头,写了这么一部四六不着的书?"②由于福尔勒的批评太过尖锐,以至于格林布拉特不得不撰文抗议。③另一方面的指责则集中在格林布拉特与学术理论的关系上。批评者认为,在研究方法上,他在走回头路,抛弃了新历史主义的原则,重回到传记文学的传统。

(四)《莎士比亚的自由》和《转向》

进入21世纪的第二个十年,格林布拉特接连出版了两部著作:《莎士比亚的自由》(*Shakespeare's Freedom*,2010)和《转向:世界如何进入现代》(*The Swerve:How the World Became Modern*,2011)。

《莎士比亚的自由》与《不可思议的领地》一样,收录的是讲座。雏形是德国法兰克福歌德大学的阿多诺系列讲座,然后是赖斯大学坎贝尔讲座(Rice University Campbell Lectures)。在经过最终的修改和润色付梓之前,这些论文还在各种场合和其他大学宣读演讲过。

格林布拉特宣称,作为一个作家,莎士比亚是人类自由的具体体现。他似乎能让语言"表达任何他想象的东西,幻想任何人物,表达任何情感,探索任何思想"。虽然他生活在一个言论和出版都受到管控的等级社会,但他却拥有一个自由的灵魂。④ 因此,在书中,格林布拉特向我们

---

① 转引自 Robert McCrum,"Here,You Looking at My Bard?"*Guardian*,Sunday February 20,2005.http://books.guardian.co.uk/news/articles/0,,1418274,00.html。

② Alastair Fowler,"Enter Speed",*Times Literary Supplement*,Feb.4,2005,http://www.timesonline.co.uk/tol/incomingFeeds/article595750.ece.

③ Stephen Greenblatt,http://www.timesonline.co.uk/tol/incomingFeeds/article595663.ece.

④ Stephen Greenblatt,*Shakespeare's Freedom*,Chicago and London:The University of Chicago Press,2010,p.1.以下本书引文页码直接在文中标注。

展示了莎士比亚是如何揭示现代早期英国的那些绝对价值的局限的。他的焦点集中在莎士比亚作品中的四个关注点上:美——莎士比亚质疑对无特征的完美(featureless perfection)的崇拜,却对无法抹杀的瑕疵感兴趣;否定——他对蓄意的仇恨的探索;权威——他在质疑的同时又接受对权力的实施,包括他自己作为作家的权力;自治——艺术自由在他作品中的地位。(p.4)但格林布拉特并不是要因此证明,莎士比亚拥有超越他时代的完全的自由,相反,他认为莎士比亚的自由来自于他的局限,而且"恰恰是他的局限使得他的自由成为可能。"(p.1)因此,与其说这是一本论述莎士比亚的自由的书,毋宁说它是一本论述莎士比亚的局限的书。由此看来,格林布拉特仍然在新历史主义典型的方法和假设下工作,但已经了无新意,与当前的莎士比亚研究有些格格不入。①

《转向》②则更像是一部故事书,讲述一个关于发现的故事。两千多年前,古罗马诗人、哲学家卢克修斯(Titus Lucretius Carus,99 BC- 55 BC)出于对古希腊哲学家伊壁鸠鲁(Epicurus,341 BC-270 BC)的崇拜,写下了哲理诗《论万物的本性》("De Rerum Natura", "On the Nature of Things")。在失传了1400多年之后,意大利学者、人文主义者以及书籍收藏家波焦·布拉乔利尼(Poggio Bracciolini,1380—1459 年)在一次旅行中,在德国一个偏僻的修道院发现了它仅存于世的孤本。虽然诗中的思想对当时的基督教而言可谓洪水猛兽,但还是伴随着诗文的被发现、保存、传抄和翻译,逐渐在文艺复兴时期传播开来,影响了布鲁诺、伽利略、达尔文、弗洛伊德、爱因斯坦等人。书名《转向》因此得名:由于布拉乔利尼发现了卢克修斯,在文艺复兴时期引发了一场思想革命,历史进程转向,世界于是进入现代。

---

① Emma Smith, review of *Shakespeare's Freedom*, *Renaissance Quarterly*, Vol.64, No.2(Summer 2011), p.678.

② Stephen Greenblatt, *The Swerve: The Swerve: How the World Became Modern*, New York and London: Norton, 2011.

如果《俗世威尔》让格林布拉特进入了大众的视野，那么《转向》则俨然让他成为了当今美国最受欢迎的非虚构类作家之一。与《俗世威尔》一样，《转向》出版之后立刻跻身《纽约时报》非小说类畅销书榜，并获得极大的荣誉，接连获得国家图书奖（非虚构类，2011年）和普利策奖（非虚构类，2012年）。《转向》的巨大成功，当然不能排除它的出版公司诺顿出于商业目的而进行市场运作的因素，但从普通读者的角度来讲，是被他非凡的讲故事的能力和优雅的文风所吸引。读他的著作常常会让人在某些时刻感叹，格林布拉特就应该是一个作家。或者换个角度来看，他的新历史主义实践中其实一直都有一种"虚构"或者想象的成分在里面，只是这一次他在作家的路上走得更远了。有批评者将本书与丹·布朗的《达芬奇密码》相比，认为它应该叫作《卢克修斯密码》，因为无论从受欢迎程度和写作手法上来说，二者都有诸多共同之处。① 鉴于此，有些评论者并不把《转向》视为严肃的学术著作，而是通俗读物。但是，作为一个批评家，被当做作家，究竟是恭维还是讽刺呢？换句话说，定位于严肃学术著作的《转向》被当做侦探小说来读，是学术的"民主化"，还是学术的"庸俗化"？

但无论如何，格林布拉特确实让他的研究变得平易近人。而且从他对布拉乔利尼的叙述中，我们可以看到一种强烈的认同感和代入感。布拉乔利尼为他的时代发现了卢克修斯，使得欧洲从中世纪宗教的蒙昧与恐惧中解脱出来，迎来现代的曙光（当然，一本书改变一个世界的说法是太夸张的说法），而格林布拉特则要为我们发现逝者的声音（"speaking with the dead"）。

---

① R.V.Young, *Modern Age*, Winter-Fall, 2012, Vol.54 Issue 1-4, p.185.

第三章　文化与文化诗学

虽然格林布拉特"发明"了"新历史主义"并使之广为流传,但更多的时候,他用"文化诗学"来指称自己的批评实践。在很多批评家那里,这两个术语是可以互换的,如孟特罗斯在《新历史主义种种》一文中使用的就是"新历史主义或文化诗学"(new historicism or cultural poetics)①。而格林布拉特本人虽然在一开始坚持使用"文化诗学"(a poetics of culture)②,但 2000 年他与伽勒赫合著的书却被命名为《实践新历史主义》(*Practicing New Historicism*)。因此,这两个术语之间,似乎并没有一个很清晰的界线。在本文中,我们用"新历史主义"来指文艺复兴批评中广泛的对历史的回归,而把"文化诗学"视为在这个大的语境中更具格林布拉特个人风格的批评实践。

格林布拉特研究的中心问题,一直都是艺术品与文学、历史、语境之间的关系。他的研究吸取了传统的研究文学与历史的方法,但同时又借鉴了人类学、心理学、后殖民研究、性别研究、哲学、政治思想、艺术史和神学的成分。他主要关注的是现代早期,以及马洛(Christopher Marlowe)、雷利(Walter Ralegh)、斯宾塞(Edmund Spenser)、尤其是莎士比亚这样的经典作家。他在自己的研究中,把这些"著名"的作家同他们生活和写作的时代中一些非经典、非文学性的材料联系起来。他这样做是因为,对他

---

① Louis Montrose, "New Historicisms", in *Redrawing the Boundaries*, p.392.
② Stephen Greenblatt, *Renaissance Self-Fashioning*, p.5.

或者整个新历史主义批评而言,处于中心的都是这样一个观念:文学与其他实践、行为和价值联系在一起,文学总是与非文学的东西相关。因此,要理解格林布拉特的新历史主义批评实践,或者说他的文化诗学,首先就要理解他对文化及文化的不同层面之间的关系的定义,因为这是他的批评得以建立的基础。另外,区分他的文化诗学与文化研究、文化唯物主义的异同,以及他坚持文化诗学的意义,就更可以见出他的批评实践相对于后二者的特色。本章要做的,就是探讨文化在格林布拉特著作中的中心地位,并把这一中心地位追踪到他的文化诗学中。本章认为,格林布拉特的文化诗学对文化的关注,让文学作品与它们出现其中的语境联系起来,从而模糊传统对文本的"内""外"之分。而把文学生产与其他形式的生产形式联系在一起,格林布拉特也强调了审美在改变文化的过程中所起的具体作用。文化不再是精英专属的"高雅"文化,而是普通文化,但它也可以非同寻常,让对其不可预见性敏感的批评家感到惊奇和愉悦。这样一种方式可能会导向文化研究,但新历史主义者仍然把文学视为一个特殊的审美领域。格林布拉特在对"文化"这一术语的使用中强调的,是对阅读文本和它们具体的历史环境的关注,而不是用一个大一统的理论去阐释。对文化的理解必须辅以对诗学的关注,而诗学总是定位在文化之中。

第一节　从文化到文化诗学

一、文化的观念

虽然文化的观念在格林布拉特的文化诗学中占据关键地位,但格林布拉特其实极少对它做理论上的阐述。他的文化观大多散落在具体的批评实践的缝隙间。不过,他曾经为托马斯·麦克劳林(Thomas McLaughlin)和弗兰克·林屈夏(Frank Lentricchia)1990 年主编的《文学批评术语》

(*Critical Terms for Literary Study*)撰写"文化"词条。① 这篇文章为我们理解他的文化观以至整个文化诗学的假设，都提供了一把难得的钥匙。通过对这篇文章体现出来的格林布拉特文化观的讨论，我们可以看到，他的文化观如何启发了他的文化诗学的批评实践。

在格林布拉特看来，"文化"这个词包含了太多的模糊性，因此，与其徒劳地去定义"文化"本身，不如思考怎样才能使文化的观念对文学研究有所用处。他把文化视为既具有限制性，又具有流动性(constraint and mobility)。②

一方面，组成特定文化的信仰和实践整体是一种无处不在的控制技术，限制个人的行为。(Geertz 的文化观：文化及其基本组成部分把现实塑造成各种形式，控制人类的行为。这是象征的控制功能。*Interpretation of Cultures*，"Religion as a Cultural System"，pp.92 - 93；"Art as a Cultural System")这里的"技术"(techne)不是指现代意义上的可以观察和控制人的装置或机器，而更接近这个词在希腊词源意义上的"技巧"或"艺术"。在日常生活中，文化对个人行为的限制不一定很明显，但控制流动的规则却不是无限弹性的。如果打破法律的界限，受到的惩罚就可能很严厉。但是，通常情况下，文化限制不是通过那么严厉的方式表达出来的，而是通过不赞同或奖励表达出来的，如对不赞同的行为表现出的讽刺的微笑、鄙视的同情，或对赞同的行为赋予巨大的荣誉，甚至只是一个羡慕的眼神。在这两种情况下，都没有直接的规训权力运作的痕迹，像警察或法律那样强迫人做什么和不做什么。相反，它们表明，任何阶层的人都有可能在实施对他人的控制中扮演一个积极的角色。我们可以举"法律与秩序"的例子来更好地理解这一点。法律是自上而下的，由那些被授权的

---

① 该文其后被收入《格林布拉特读本》(*The Greenblatt Reader*，2005)，文中引用来自此版本。

② Stephen Greenblatt，*The Greenblatt Reader*，Michael Payne(ed.)，London：Blackwell Publishing，2005，p.11.

人来实施(如警察、律师、法官等)。但秩序就没有那么明显的强迫性,在大多数情况下,是人们之间的一种默契,因而可以被视为社会实施自我控制的结果。

那么,文化作为限制的观念,于文学有何用处呢? 格林布拉特的理解是:文学是对被赞同的和不赞同的、合法的和不合法的、法律许可的和法律不许可的之间的界线在文化上的强化的一部分。这在颂词和讽刺这样的文类中表现最为明显:它们总是特别地表扬某些特殊的行为或行为模式,而谴责另外一些。如在一篇讽刺中,个人或集体因为具体的原因被嘲笑,而在一篇颂词中,另外的人或行为又因为别的原因被赞赏,所有这些原因都可以暗示我们作者、作者所属的群体或所面向的读者的价值。

在这里,格林布拉特使用的术语,如"技术"、"规训"、"惩罚"等,显然受到了福柯著作的极大影响。在思考法律与秩序问题时,格林布拉特暗示秩序是一个文化政治性组织的一部分。他其实是回应了福柯的这一观念:"国家政权自身是一个事物的秩序……政治知识不关乎人的权力、或人道、或天道,而关乎必须被统治的政权的本质。"①也就是说,在一个具体的文化之内,存在着控制个人与社会实体之间关系的技术,而我们可以通过分析这些技术,来理解一个政权的本质。

文化被视作一个社会内部控制技术的作用。在对文化的作了如此的理解之后,格林布拉特勾勒了一系列他认为适合追问文学作品的问题:

这部作品加强的是什么行为、什么实践模式?

为什么特定时间和地点的读者会觉得作品吸引人?

我的价值与作品暗含的价值有区别吗?

① Michel Foucault, *Power: The Essential Works of Foucault, 1954 – 1984*, Vol. 3, James D Faubion(ed.), Robert Hurley(trans), Harmondsworth:Penguin,2002,p.408.

作品建立在什么社会理解之上？

作品可能暗中或显在地限制谁的思想或行动自由？

与这些具体的表扬或谴责行为联系的更大的社会结构是什么？①

这些问题大部分都指向文本之外的世界或文化，让文学与体制、价值这些本身严格说来并不文学的东西联系起来。这是因为，在他看来，"文学文本是文化的，不仅因为它们指向外在的世界，还因为它们成功地吸收了社会的价值和语境在其中"。② 世界充斥着文本，其中的大部分一旦脱离产生它们的环境就变得不可解了。要恢复这些文本的意义，要理解它们，我们就需要重建产生它们的条件。但是艺术品本身就直接包含或隐含了这种条件。也正是这种吸收，使得许多文学作品在产生它们的条件崩塌后，依然能够幸存下来。这样，语境就不再是一个相对于文本的背景，或一个框架，文本可以在这个框架之内被阅读。文化语境不是外在于文本的，而是被吸收进了文本，正是这一吸收的过程，揭示了外在于它们当初生产语境的艺术作品的持久性。

如此，格林布拉特认为，文化分析从定义上来说，就不是一种与艺术品的内部形式分析相对的外部分析。这种对严格划分作品的"内部分析"和"外部分析"的拒绝，是他和他的新历史主义关于文本与文化之间关系的观点的基础。研究文学就是研究文化，反之，为了理解文学，我们不得不理解一个文化。对特定文化的探索可以加深我们对产生于其间的文学作品的理解，而对文学作品的仔细阅读也能加深我们对产生它的文化的理解。文化分析不是为文学研究服务的，相反，文学研究才是为文化

① Stephen Greenblatt, *The Greenblatt Reader*, p.12.

② Ibid, p.13.

理解服务的。格林布拉特在这里的思考可以用新历史主义惯用的回文式修辞表达为：文化生产文学，文学生产文化。因此，从文化来思考文学可以让批评家看到如何将文化视为既内在于文学又外在于文学。

但另一方面，格林布拉特理解的文化又具有双重性：它既是限制，同时又具有流动性。也就是说，文化既强化界线，同时又赋予这一运动结构。因为界线只有在同时存在流动性的时候、只有在它们有被跨越的可能性的时候，才能有意义，否则就会僵死。只有通过试验和交换，文化的界限才能建立起来。格林布拉特在这里建立的，是一个在不同环境下、有着截然不同后果的"即兴表演"（improvisation）结构。① "即兴表演"最明显的意义，是指个人如何使自己使用文化限制。正是这种结构，提供了一个具有足够弹性的模式，允许足够的多样性，可以容纳大多数特定文化的参与者。这样，大部分的人都能够找到一种方式遵守强加的限制，甚至经常都没有注意到这些界线在那里。而文学的功能之一，就是把这种文化的"即兴表演"呈现为一种可以被学习的东西。换句话说，忍受加诸在社会行为上的限制的过程，可以在一篇小说中被刻画，作为成为"有文化"的过程的一部分。

文学为我们提供了文化的"即兴表演"如何运作的清晰例证。社会价值通过一部作品的内容得到强化或被挑战。不仅如此，文学自身的界线在这一过程中也得到协商甚至打破。文学界线的协商涉及对一个特定时期文化所提供的素材的借鉴。因为没有哪一个作家是始于白板一块的，每个人都必须根据现存的叙述、情节、语言资源和对具体主题和观念的之前的处理来形成一个作品。我们认为"伟大"的作家是那些最有效地致力于一个文化交换过程的人。他们拿起一个现存的项目，如一段熟悉的神话、象征或人物类型，然后把它变成别的东西，通常通过变化语境

---

① 关于"即兴表演"，格林布拉特在《文艺复兴的自我塑形》中关于莎士比亚一章中进行了详尽的分析，见本书第四章第二节。

或把它与来自另一个经常意想不到的来源的素材进行组合。文学史中有很多这样的例子,如莎士比亚的很多戏剧、歌德的《浮士德》、乔伊斯的《尤利西斯》等。因此,艺术作品非但不是一个极具天赋的个人的原创性的证据,相反,"是社会能量和实践积累、变化、再现和交流的结构"。① 传统的观念常常把作者视为文本的起源,好像作者一张白纸,创造出独特的、专属于他自己的东西。艺术家因而被视为一种特别的人,他受到"灵感"的启示,而他的作品则超越了平凡的世界。如雪莱在《为诗一辩》中所说,诗人超越了他的观念、时代和地点,参与了永恒、无限和唯一。② 而格林布拉特的文学与文化观挑战的,正是这种超越感和永恒感。对他而言,一个诗人的观念牢固地扎根于他生活在其中的文化,他生产的艺术也是如此。因此,在格林布拉特的文化分析模式中,艺术品被放置在生产和接受这两极的中间。他强调的不是作者的创造性,也不是读者的想象力,而是社会能量的积累、改变、再现和交流。艺术品从文化中吸收养分,同时又重新以一种修改过的方式生产出来。它可以旅行,可以穿越文化内部、文化之间和时代的界限。

鉴于此,格林布拉特所谓的"文化诗学",或者说他的新历史主义批评,其实是一种组合的阅读实践。它受到历史的启发,同时又不放弃对文学文本的审美和形式维度的理解。在这种组合中,我们可以看到一个文本与外在于它的东西的关系。但对审美和形式维度的坚持,又让文学仍然有作为艺术的一面,使它与别的历史文件区别开来:"因为伟大的艺术作品不是文化材料流通中的神经接力站。物体、信念和实践在文学文本中被再现、重新想象和表演的时候,会发生某种经常不可预知和令人不安的变化。这种变化既是艺术魅力的体现,也是文化深植于历史偶然性的

---

①　Stephen Greenblatt, *The Greenblatt Reader*, p.15.

②　Percy Bysshe Shelly, "A Defense of Poetry", in *The Norton Anthology of English Literature*, 8th edn, Stephen Greenblatt(general editor), New York and London:Norton, 2006, p.1788.

体现。"①文化材料的积累过程,并不把它仅仅变成一个容器,观念、能量和实践被简单倾倒进去就了事了。文化材料在艺术品中被改变,而这种改变和"原始"材料一起被再现和交流。因此,批评家不仅要努力意识到历史语境如何帮助塑造了艺术品,还必须对艺术品可能发挥作用的那个语境的改变敏感。

二、文化诗学与文化研究、文化唯物主义

可以明显看出,格林布拉特的分析方法试图超越的,是把文学文本与文化中其他方面隔绝开来的思想。这样,他把文学批评转向更接近于一种文化研究的方向。在他自己的著作中,他就经常讨论各种文学文本和非文学文本、意识、绘画、建筑之间的关系,而他的批评立场也受益于文学批评、历史、人类学、政治、哲学、心理分析和神学。

那么,格林布拉特的新历史主义文化诗学批评实践是不是一种文化研究? 答案是"是",同时也是"不是"。虽然从文化研究作为一个学科的历史中,我们很难对它目的和实践下一个单一的定义,但还是可以辨别出一些清晰的线索。它始于 1964 年出现在英国伯明翰大学的作为英语系的一个分支的当代文化研究中心(Center for Contemporary Cultural Studies, CCCS)。文化研究的英国一支受到威廉斯的极大影响。在《文化与社会》②中,威廉斯把文化定义为"全部的生活方式"。根据这个定义,向来不入严肃学者法眼的影视节目、体育赛事、流行歌曲等,都获得了认识社会的文化价值和意义。于是,在文化分析中,文学经典被从至高无上的地位拉下来,而流行文化则得到正名。在霍加特、霍尔等人的努力下,英国文化研究逐步形成声势浩大的学术思潮和知识传统,对世界学术界产生了巨大的影响,其研究范围也从最初的工人阶级的文化趣味和生活方式、

---

① Stephen Greenblatt, *The Greenblatt Reader*, p.16.

② Raymond Williams, *Culture and Society 1780—1950*, New York: Columbia University Press, 1983.

媒体文化与青年亚文化,扩大到诸如种族、身份、殖民主义、性、性别等。而这些问题同样也是新历史主义所关注的。考虑到格林布拉特曾在1964年到1966年期间在剑桥大学师从威廉斯,文化研究与新历史主义之间的这种亲缘关系也就很好解释了。文化研究的影响非常宽泛,以至它自身作为一个学科崛起了,但同时也模糊了与其他学科的区别,尤其是文学研究。如玛杰瑞·加伯(Marjorie Garber)评论的:"在某种意义上,文化研究是如此地无处不在,以至于它实际上作为一个种类已经不可见了。"①因此,像文化一样,文化研究现在已经变得很平常了。

由于文化研究已经成熟为一个学科,它就已经远离了与文学研究的联系。许多文化研究的实践者对文学并没有兴趣,而这标志了它与新历史主义的一个明显不同。像格林布拉特这样的新历史主义者最终总是回到文本,经常是经典文本如莎剧。格氏本人对文化研究的态度是复杂的,它与我们已经看到的界线的问题有关。一方面,他坦承,他希望"抹掉把文化研究局限在狭小的专门化的空间的一切界线",但另一方面他又认识到,"界线,只要是可以渗透和协商的,对思考还是有用的"。② 这也许是格林布拉特在文化研究已然如此普遍的时代,重又坚持传统文学研究的形式的方面的理由之一。

同样深受威廉斯影响的还有英国的文化唯物主义。实际上,文化唯物主义这一术语本身就出自威廉斯。他在一系列影响深远的著作如《文化与社会》《漫长的革命》(*The Long Revolution*,1961)、《马克思主义与文学》(*Marxism and Literature*,1977)等中发展了文化唯物主义的研究方法。但是除了威廉斯本人的论述以外,多利莫尔认为,从更广泛的层面上说,文化唯物主义还包括"文化研究中的历史、社会学和英语研究、女性主义的一些主要的发展,以及大陆结构马克思主义和后结构主义理论,尤其是

---

① Marjorie Garber, *Quotation Marks*, London and New York: Routledge, 2003, p.47.

② Stephen Greenblatt, *Learning to Curse*, pp.4-5.

阿尔都赛、马歇利、葛兰西、福柯的杂糅。"①

20世纪80年代,在文艺复兴研究中,文化唯物主义成为与新历史主义并行的运动。它们分享很多的假设和方法,以至于有些论者对它们不加区分,把文化唯物主义视为英国版的新历史主义。在文化唯物主义宣言式的著作《政治的莎士比亚》中,格林布拉特的名篇《隐形的子弹》也赫然在列。但是,除了相似之处以外,文化唯物主义与新历史主义之间还是有着颇多不同之处的。

多利莫尔与辛菲尔德在《政治的莎士比亚》简短而纲领性的前言中,提出把"历史语境、理论方法、政治关怀和文本分析结合起来"作为文化唯物主义的四项原则。②孟特罗斯认为,在这四者中,他们提出的那种明晰的"政治关怀"——直面大部分批评被导向的保守类别的社会主义和女性主义关怀——在美国新历史主义著作中是明显缺乏的。在美国,类似的目标更多的是女性主义或马克思主义而非新历史主义的。另外,新历史主义学者倾向于转移和抑制自己实践中的文化政治,方式是在突出权力关系的同时又把它们限定在当前研究的英国的过去。而文化唯物主义批评家强调的则是历史的现在如何利用它自己版本的国家的过去,关注被吸收入英国文化和英国教育系统的英国作家和作品的正典如何帮助铸造处于统治地位的社会阶级的意识形态,并使其霸权持续下去的过程。③也就是说,文化唯物主义更关心现在,它的很多研究都是对撒切尔当政时的政府的右翼政策和行动的回应;而新历史主义更关心过去权力的运作,与现在保持着距离。再次,多利莫尔引用马克思的话"男人和女人创造自己的历史,但不是在他们选择的条件下"来指出二者最明显的

---

① Jonathan Dollimore, "Introduction: Shakespeare, Cultural Materialism and the New Historicism", in *Political Shakespeare*, pp.2-3.

② Jonathan Dollimore, "Foreword to the First Edition: Culture Materialism", in *Political Shakespeare*, p.ⅶ.

③ Louis Montrose, "New Historicisms", in *Redrawing the Boundaries*, pp.406-407.

分野：文化唯物主义者关注这种创造历史的文化，而新历史主义者则关注限制和启发这一进程的无法选择的条件。前者给予人更多的能动性，且把人的经历放在第一位。后者致力于社会和意识形态结构的塑造力量，那些力量在经历之前，而且在某种程度上决定着经历，因而打开了自主性的问题。① 格林布拉特对文化所作的限制和流动性的理解可以在这一视角下进行理解，而他也承认，"我之前作品有时给人的印象是好像艺术总是加强它的文化主流的信念和社会结构"。② 这也许是他针对多利莫尔对他的"颠覆与抑制"模型的批评所作的回应。

三、走向一种文化诗学

思考格林布拉特对"文化诗学"的坚持的一个方法，是思考"诗学"的观念如何修改了"文化"在这一词组中的意义。它使我们意识到文化自身的建构性、是某种被创造的东西。但同样的，作为一种创造形式的产物，文化与其他实践和控制生产的思想体系相关。通过对《走向一种文化诗学》（"Towards a Poetics of Culture"）的考察，我们也许可以对这一问题有更好的把握。

《走向一种文化诗学》最开始是格林布拉特 1986 年在西澳大学的一次演讲。一开始，格林布拉特就表达了他对"新历史主义"这一术语的流行感到的困惑。他强调，新历史主义不是一种教条，而更多的是一种实践。但演讲的中心目的是为了区分格林布拉特自己的实践与另外两种的：马克思主义和后结构主义。虽然马克思主义思想对格林布拉特的影响不可否认，他也没有否认——他至今都对"一种与马克思思想不相干的政治和文学视角，感到不安"——但他在论文中讲述了一个简短的逸闻，关于他从马克思主义到文化诗学的转变：正是源于当他被要求认同到

---

① Jonathan Dollimore, "Introduction", in *Political Shakespeare*, p.3.
② Stephen Greenblatt, *The Greenblatt Reader*, p.16.

底是哪种马克思主义者时感到的不安。他没有选择某一特殊类型的马克思主义，于是放弃教授"马克思主义美学"一类的课程，而改教"文化诗学"。这也再次表明了格林布拉特面对严格的疆界、思想和文化领域的划分时感到的不安。格林布拉特一贯坚持的就是避开在一个拒绝区分的术语上进行非此即彼的选择。

他首先把论述聚焦在詹姆逊和利奥塔这两位思想家身上。在他看来，他们分别代表了马克思主义和后结构主义这两种批评模式。格林布拉特聚焦在他们对待资本主义的态度上，指出他所理解的詹姆逊和利奥塔的理论立场，如何导致他们提供了对资本主义的效果的冲突的描述。对詹姆逊而言，资本主义产生了世界的分离，是压迫性的差异化的动力，推动了对公共与私有、个人与社会等之间的僵硬划分。这种压迫性差异化又产生了一种与别人的孤立和陌生的感觉。而利奥塔对资本主义的解读却与詹姆逊正好相反。在利奥塔的解读中，资本主义对差异有一种抹平的作用，产生了一个"独白式的总体化"，其中区分消失，变成一个单一和同质的总体。格林布拉特指出，詹姆逊和利奥塔的解读之间的区别不仅表明了马克思主义与后结构主义之间的不兼容，而且还揭示了两位理论家都不能容忍资本主义看似矛盾的历史效果。这样看来，詹姆逊和利奥塔都没有错，只是他们的理论都不完全，因为他们无法明白，资本主义是通过同时做这两件矛盾的事来运作的。

詹姆逊和利奥塔对格林布拉特来说都很重要，因为他们分别代表了经常与新历史主义本身联系在一起的批评立场：马克思主义和后结构主义。正是詹姆逊在《政治无意识》中喊出了"总是历史化"的口号，而这已经成为了历史主义研究的战斗口号了。詹姆逊也是最重要的马克思主义思想家之一，而新历史主义受到了马克思主义的启发。利奥塔则是法国20世纪领先的思想家，经常被与福柯放在一起。福柯的著作促使了从旧的、实证主义的历史主义到新的、文化诗学的转变。格林布拉特挑选这两个人物，就能够标示出他自己的实践与这种实践联系在一起的那些思想之间的距离。虽然文化诗学受到马克思主义思想和后结构主义的影响，但它最终却不是它们中的任何一种。

　　为了支持自己的论述,格林布拉特考察了3个例子:里根的总统任职、美国加利福尼亚州中部的约塞米蒂国家公园(Yosemite National Park)的包装和诺曼·米勒(Norman Miller)在《刽子手之歌》(Executioner's Song)中对死囚犯加里·吉尔莫(Gary Gilmore)案的小说化。每一个例子的要点都在于,艺术——或者通常被认为存在于一个审美王国的材料——和一个历史或社会王国的"现实"之间的关系。里根在担任总统期间的政治演说中使用电影(包括他自己主演的)台词的倾向,与约塞米蒂国家公园设计一个景致的做法,以及米勒的虚构小说与小说纠缠在一起的人和事之间的相互作用都联系在了一起。格林布拉特在这里强调了审美与社会之间的协商,强调了对审美的挪用(里根显然无法把总统演讲的政治话语与电影中虚构的台词分开),通过审美话语产生某种形式的利益(金钱或快感)时,发生的交换。最终,格林布拉特认为,传统的用来讨论艺术的术语(如模仿、寓言、象征、和再现),以及詹姆逊的马克思主义或利奥塔的后结构主义提供的阐释的理论框架,似乎都太局限,不能解释他引用的这些例子。

　　因此,在这样一个背景中去理解格林布拉特的文化诗学,我们可以把它视为"寻找一套新的术语去理解上述描述的文化现象"的努力。他引用沃尔夫冈·伊泽尔(Wolfgang Iser)、罗伯特·威曼(Robert Weimann)和安东尼·吉登斯(Anthony Giddens)指出:"文化诗学要避开稳定的艺术模仿论,试图重建一种能够更好地说明物质与话语间不稳定的流通的阐释范式。"而这种交流,在他看来,正是现代审美实践的核心。因此,"当代理论必须把自己定位在对这种实践的回应中:不是在阐释之外,而是在谈判和交易的隐秘处"。① 只有把对批评术语不断变化的意义的历史、具

① Stephen Greenblatt, *Learning to Curse*, p.214.

体的关注,和对审美考虑的敏感性结合起来,我们才能测绘这些商讨、流通和交换。换句话说,如果我们带着一套控制我们如何看待艺术与非艺术之间关系的先见来接近一个具有审美层面的物体,我们就可能无法理解这一具体的审美层面在那一关系中的作用。文化诗学的文化方面允许我们认识到一个特定时间和空间中的艺术品的具体位置,而文化诗学的诗学成分又开放各种可能性,让我们得以理解这一艺术品在那一位置致使什么发生。

第二节　实践文化诗学

格林布拉特的成功之处不仅在于他在理论假设上表现出激进的姿态,在很大程度上还在于他采取了一种与通常的学术论文迥异的、特有的写作方式。对故事(story)讲述的迷恋、逸闻(anecdote)的使用、厚描(thick description)的方法和随笔(essay)的形式,是格林布拉特式写作最为显著的特征。这种独特的写作方式让他的风格显得曲折而生动,极富魅力,也造成了他和他的那些更多使用乏味抽象的模仿者之间在风格上的巨大鸿沟。因此,他常常不是作为一个干巴巴的学者或理论家在写作,而是作为一个充满想象力的作家在写作。他的文本总是要求读者很仔细地注意他呈现材料的方式。另外,他还常常拒绝总结。从这个意义上说,他的文化诗学也可以被解读成一种极具个人风格的写作方式。

一、故事

我们已经说过,格林布拉特从童年时代开始就对故事十分迷恋,这种迷恋的一个后果就是,他几乎所有的文章都是围绕着逸闻建构的。除了历史叙事之外,还有一些私人的、经常带有自传性质的故事,在书的开始和结尾最为明显。格林布拉特说过,他有"讲故事的愿望,不管是批评性的故事,还是当作一种批评形式的故事"。① 故事在他,是一种叙述冲动的表现,好像故事是必须的、非讲不可的。

格林布拉特对自己这种叙述冲动做了一个非常私人的解释。首先,他把自己对故事的迷恋看成是与父母关系的产物,在他母亲对他生活的叙述和他父亲的故事中。从那些让他产生最早的自我意识的故事,到对他父亲的故事的思考,其间,重点转移了,他对叙述形成身份失去了信心。他注意到,在他父亲的叙述中,他可以清楚地看到"一种把失望、愤怒、竞争和危机感转化成喜剧性的愉悦的策略,一种在失去自我的威胁上重建自我的方式。但这种策略也有其负面性,我称之为强迫性。因为这些故事在某种意义上说恰恰是其试图避免的身份的丧失,——它们有种强迫性,好像有人站在我父亲之外坚持没完没了地讲他的故事。"②这样,故事讲述成了一种似乎矛盾的叙述。一方面,它可以是一种建立自我意识的方式,通过讲述和倾听自己在这个世界的位置与世界发生联系。但是,另一方面,由于一次一次地讲述,又一次一次地失败,讲故事又可能成为一种主张故事中讲述的身份的企图。故事好像是别人或他者强加的产物,而不是自我愿望的表达。在格林布拉特的作品中,就有一种拒绝稳定的"内""外"之分的意识。

我们不能把这种强迫性视作仅仅是格林布拉特的父亲的一种个人特质。相反,它似乎是叙述以及叙述产生和消费的特性。格林布拉特说,有两种主宰叙述生产和消费的规则形式;一种是审美,包括决定故事好坏的特征,是否产生愉悦,等等。另一种是心理。心理规则可以格林布拉特的一个逸闻为例:他当时是剑桥大学的学生,正在试图决定是回到美国上法学院还是英语的研究生院。这期间他经历了一段极其不安的时期,像得了强迫症似的叙述自己的每一个想法和行为。这一经历强化了他对叙述

① Stephen Greenblatt, *Learning to Curse*, p.7.
② Ibid., p.7.

的兴趣,使他很想把这些叙述外化:

> 也许因此我就可以在讲述的故事之外拉开一段批评距离,因为我写作中的叙述冲动始于文学和文化批评并驾齐驱;它来自我自己,被从我身上拉出来。也可能因此我对疏离的人物感兴趣:我不能忍受自己生命的强制疏离,好像它属于别人,但通过理解所有声音是如何在各种陌生经历之中编织的,我能理解我自己声音神秘的他者性,使它可以理解并让它处于理性控制范围之内。我致力于把已经变得熟悉的变陌生,证明我们生活中似乎没什么问题的一部分事实上是别的、不同的东西。①

一个是通过故事找到自己位置的自我意识,一个是内心讽刺性的冷漠声音强制性地把自己变成一个"他"。这种分裂使得他希望与叙述保持批评距离。在这里,格林布拉特从个人轶事转换到批评目标:疏离的经验启发了对声音本质的洞见。而且用第一人称表达,重申了这个说话的"我"的重要性。声音不再仅仅是自我表达,而依赖于一种神秘的他者性。正好像有一种外力强迫他父亲讲述自己的故事,格林布拉特在这个内心声音里也感到了类似的强迫性。这种神秘启发了"把熟悉变成陌生"的目标。我们有更广泛阅读故事和文化文本的方式,使我们能考虑到它们的不可预见性。对身份的简单看法被身份内部的冲突和协商所取代。格林布拉特本人声音的分裂提醒他任何声音中的他者性,即使是经典和熟悉如莎士比亚者。

于是,一个故事可以启发一个批评洞见,可以变成对阐明批评立场很有用的东西。而格林布拉特著作中的故事都不是偶然出现在论证中的。本雅明在1936年的一篇文章《讲故事的人》中,在评论"每个真实故事的本质"时,曾说道:"它包含了,公开或明显地,有用的东西。有时,它的有用性也许在于道德,有时又在于其实际的建议,又或者,在于一句谚语和

---

① Stephen Greenblatt, *Learning to Curse*, p.11.

箴言。不管在何种情况下,讲故事的人都能给他的读者忠告。"①本雅明把故事与信息和阐释对照,抱怨报纸给予我们的各种叙述倾向于伴随着已经深植其中的解释。这等于是剥夺了读者自己解读的能力。这种形式的信息时间一过就没用了,但故事却始终保持了新鲜感:"它保留并凝聚了它的能量,在很久以后依然能释放出来。"②随后,本雅明又对历史学家和编年家也做了类似的区分:历史学家必须试图解释所研究的材料,而编年家只能展示这些材料,为读者的阐释行为留出空间。对本雅明而言,故事讲述中最重要的是其可再现性。一个精彩故事的听者会全神贯注,因为他会想把故事讲给别人。记忆成为最重要的特征。故事保留了一个群体的记忆,因为它会留在那些听过和重述过它的人的记忆中。

在《不可思议的领地》中,格林布拉特引用了《讲故事的人》这篇文章,而且他在多处都引用过本雅明。比如,《文艺复兴时期的自我塑造》的第二章《机械复制时代的上帝之言》就回应了本雅明最为著名的一篇文章《机械复制时代的艺术》的题目。像本雅明一样,格林布拉特也对故事包含和保留能量的方式感兴趣,这种能量在主动记忆和再现的过程中开启了故事起源的那种文化,却并不把那种文化看作是一个统一的实体。格林布拉特不仅对故事可能包含的有用的真理同样感兴趣,也对为自己的读者重述故事感兴趣。虽然在这些故事中他确实加进了一些自己的阐释,但仍给读者留下了重新阐释的空间。

二、逸闻

格林布拉特对逸闻的喜爱,除了以上那些与他的自我意识、身份经历息息相关的原因以外,也有理论上的考虑。首要的一点是逸闻在现行历史编撰方式中的地位。新历史主义的反对者对逸闻不屑的一部分原因,

---

① Walter Benjamin, *Illuminations*, ed. Hannah Arendt, New York: Harcourt, Brace & World, 1968, reprinted by Schocken, 1969, p.86.

② Ibid., p.90.

是因为它太琐屑,太"细小",不能纳入任何声称综合和客观的历史的写作中。作为一种不依靠更大框架的故事讲述方式,逸闻确乎本身就是完整的,显得用处不大。但是,正如我们在本雅明的观念中看到的那样,每一个真实的故事都包含了有用的东西,对格林布拉特和其他一些新历史主义者而言,逸闻与这些更大历史的**不巧合**正是它吸引人之处。

首先,逸闻打破了常规历史叙述的方式。乔尔·范曼(Joel Fineman)在《逸闻的历史:虚构与虚构》("The History of the Anecdote:Fiction and Fiction")中,从形式和历史两方面考察了逸闻。范曼认为,"逸闻决定了一种具体的事件与语境在历史编撰中的整合的命运。"他接着说:

> 让我们暂且说,逸闻,作为一种单一事件的叙述,是一种唯一指向真实的文学形式或体裁。这个结论并不像它表面看起来那样微不足道。它一方面提醒我们,逸闻有文学的一面,因为肯定还有其他非文学的、非逸闻的方式来指向真实——直接描述、定义等。另一方面,它提醒我们逸闻中什么东西超出了它的文学地位,而这种超出正是那种使逸闻直指真实的东西。①

因此,作为逸闻的故事既是文学又不是文学,因为它指向真实。它自身的完整感使它成为最小的历史编撰叙述单位。逸闻打断了历史的宏大叙事,也就是那种宏大有序的历史进步的故事,从一个可确定的开始到一个确定的终点。新历史主义拒绝历史的确定性,因此试图通过对逸闻的倚重,打破或突围这种有序历史观的限制。与那种竭力把所有部分都塞入一个整体的历史编撰不同,逸闻在宏大叙事中打开一个缺口(a hole in the whole),既不依赖于它,也不附属于它。因为人们怀疑逸闻在历史编撰中的作用,在很多历史中都不用它,因此逸闻的崛起戳穿了先前将它排除在外的历史。这种对历史真实的嵌入正是新历史主义批评家对逸闻如

---

① Joel Fineman,"The History of the Anecdote:Fiction and Fiction", in *The New Historicism*, p.56.

此感兴趣的原因。

其次,逸闻也是"反历史"(counterhistory)的一部分。在《实践新历史主义》中,格林布拉特与伽勒赫说道,新历史主义者希望通过逸闻找到一种"猛烈而秘密的特异性,让人在历史的门槛上停顿一下甚至绊倒"。①但他们也承认,只有某些种类的逸闻似乎才能提供他们寻求的那种激进的陌生感,才能打开历史的偶然性和不可预见性。新历史主义者利用逸闻,在熟悉的东西中嵌入一个楔子,而随之出现的裂缝则具有批评意义。对他们而言,逸闻"可以被看成是一种文学文本与决定它们的因素的公认观念之间的摩擦工具,可以揭示偶然的、被压抑的、被挫败的、神秘的、摒弃的或外来的东西——就是那些没有留下来的东西的指印,哪怕只是瞬时的。"②

新历史主义者用逸闻铸造的这种"反历史",在证据特征和叙述形式上都与现存历史不同,同时又能考虑到具体历史时刻可能发生的而不仅是确实发生的历史。伽勒赫和格林布拉特勾勒了启发他们的那个传统,包括 E.P.汤普森(E.P.Thompson)的历史编撰和英国的激进历史运动以及福柯的著作。他们从激进历史学家尤其是其中的女性主义者那里得到一种渴望,去质问为什么某些文化行为领域被认为具有历史意义,而其他的则不具有。与上一节文化的观念一致,新历史主义者不愿意接受任何话题都天生不适合做历史分析题目的观点。宏大历史叙述的问题之一是它把很多我们可以称之为"日常生活"的东西拒之门外了,而这正是逸闻可以分裂那些宏大叙事的最明显的区域。

而格林布拉特的逸闻更直接地受到了福柯的影响。《规训与惩罚》的开始就是一个逸闻叙述。《规训与惩罚》出版于 1975 年,1977 年译成英文。有可能的是,当福柯在 70 年代末和 80 年代初访问伯克利的时候,

---

① Catherine Gallagher and Stephen Greenblatt, *Practicing New Historicism*, p.51.
② Catherine Gallagher and Stephen Greenblatt, *Practicing New Historicism*, p.52.

这是引起格林布拉特关注的文本之一。格林布拉特的逸闻跟福柯的格式很类似。格林布拉特的逸闻,总能出其不意地利用边缘的材料来揭示作品中那些我们熟视无睹的方面。

三、厚描

厚描是新历史主义借鉴人类学,或更确切地说,是借鉴人种学家吉尔兹的术语而进入文学批评的。不过,吉尔兹本人并非这一术语的原创者。它最初出现在英国分析哲学牛津学派的创始人和主要代表吉尔伯特·赖尔(Gilbert Ryle)发表于 1967—1968 年间的两篇论文中①。赖尔用"厚"和"薄"来分别代表两种普遍的描述形式。薄描是简单、表面的描述,而厚描则是复杂、深入的描述。也就是说,薄描强调的是事件纯粹和客观的方面,而厚描则详细地描述事件的语境:主体的动机、意图以及执行意图行动的过程等。薄描可以被视作一种快照式的再现;厚描则通常涉及一段叙述或故事,并由此展开对行动的过程和情景以及最初引发行动的动机模式的阐释。

赖尔提出厚描的概念以后,吉尔兹在其论文集《文化的解释》的引言中将这一术语引入到人类学中,并将其作为研究的基石。吉尔兹人种学厚描方法经过新历史主义者的挪用后,在文学批评中得到了广泛使用,至今仍是文学批评工具箱中的标准工具。鉴于我们已经在第一章第二节对吉尔兹的人类学厚描的理论假设有过论述,在这里我们将继续论述格林布拉特式的厚描的特点。他的厚描通常始于以一段看似与主题无关的逸闻、一个事件或物体,而在其后的论述中,却将它与经典作家的作品出其不意地联系起来。如在《隐形的子弹》中,他把伊丽莎白时期托马斯·哈利奥特(Thomas Harriot)的《关于新发现的弗吉尼亚的简短而真实的报告》(*A Brief and True Report of the New Found Land of Virginia*)中对土著宗

---

① Gilbert Ryle, *Collected Papers*, vol.2, Bristol: Thoemmes, 1990, pp.480–486.

教信仰的叙述、马基雅维利关于宗教的论述、16 世纪托马斯·哈曼
(Thomas Harman) 的关于罪犯和流浪汉的词典《对普通流浪汉的警告》(*A Caveat for Common Cursitors*) 等，与莎士比亚的历史剧《亨利四世》和《亨利五世》联系起来，从而揭露宗教是国家为了镇压的目的而强加给人们的。而在另一篇文章《惊叹与回声》("Resonance and Wonder") 中，他又利用一顶在牛津的基督教会图书馆的小玻璃柜子里发现的红色的圆形教士帽，发表了一系列关于每个文化中流通和交换的复杂网络以及这些网络之中各种人工制品的"共鸣"的议论。厚描将读者的注意力"冻结"在某个特殊的历史时刻，而逸闻、事物或物体就像一个个阿基米德点；批评家借助它们进入更为广泛的文化文本并对其进行评估。①

四、随笔

新历史主义尤其是格林布拉特的作品，大部分都是随笔性的。布拉斯特尔说，《再现》以及从中选出来的论文集《再现英国文艺复兴》帮助把随笔塑造成 20 世纪 80 年代和 90 年代文化阐释中的主导形式②。类似地，范曼也指出"新历史主义单调又重大的成就就是为我们的时代重新发明了文艺复兴时期弗朗西斯·培根发明的随笔形式"。③ 实际上，就像我们在之前已经看到的，格林布拉特的著作，绝大部分都是单独成篇的随笔性论文的集子。

那么，随笔这种形式对格林布拉特这样的新历史主义者的吸引力究竟何在？对于一个文艺复兴学者而言，写随笔的一个主要诱惑来自于伟大的法国随笔作家蒙田和他的英国同行培根的榜样。他们两位都把自己的随笔看成是"尝试"(*Essais*)。他们都通过把个人经验与从著名希腊和罗马作家这样的权威那里收集的材料融合在一起，给读者传达有用的信

---

① 对于这一方法的缺陷，详见第六章第二节及结语部分。
② Douglas Bruster, *Shakespeare and the Question of Culture*, pp.223-224.
③ Joel Fineman, "The History of the Anecdote", in *The New Historicism*, p.64.

息。但他们之所以选择了随笔这种形式,是希望引发读者思考,而不仅仅是以一种专断的态度陈述什么是应该思考或做的。尤其是蒙田的随笔,经常跑题,从标题中的话题跑到一个意想不到而且常常是不相干的领域。格林布拉特多次引用蒙田,而《随笔》是格林布拉特一些主要论文逸闻和故事的一个重要来源。

但是,格林布拉特对随笔的使用不仅仅是因为被蒙田所影响。随笔这种形式之所以在新历史主义批评中占据特权地位,更重要的原因,还是因为它倾向于拒绝更总体化的话语形式。正如阿多诺在《作为形式的随笔》("The Essay as Form")中所说:"在思想的王国,实际上只有随笔成功地质疑了方法的专制特权。随笔允许非身份的意识,而不用直接表达;它以其非极端主义,避免简化成规则,以及对部分而非总体的重视而显得极端。"①虽然在阿多诺的批评实践和新历史主义者的实践之间有明显的距离,但是他总结的随笔形式的特征,显然部分地解释了新历史主义为何拒绝当时主导大多数批评写作的主导思想体系。

传统批评叙述可以宣称对一切都谈论一二(或谈论某物的一切),但随笔从本质上只能提供一个更片面的风景。它从不宣称要陈述整个的图景,并要求读者联想,看这一片可以放在什么地方。但这并不减少它的真理含量,相反,倒是回应了我们经验的片面性。另一方面,蒙田和培根的随笔是人类进入近代、自我意识觉醒时,为了自如地表达对自身与世界的理解、自由地互相交流,而采取的一种个性化的符号编码方式与随意性的文学写作体例。相形之下,我们也可以把新历史主义的随笔看作是一代人的现象。他们成长于强调个人自由的动荡的 20 世纪 60 年代,随笔为他们提供了一种在智性和政治上都比较自由的表达方式,让他们得以抛开学科惯常的写作方式,用一种极富个人特色和表现力的方式来写作。

---

① Theodor W. Adorno, *Notes to Literature*, ed. Rolf Tiedemann, trans. Shierry Weber Nicholsen, New York:Columbia University Press,1991,p.9.

可以说,新历史主义的随笔是一种多类文体交叉、渗透而成的特殊文体,一种理论与文学杂交的变体形态与杂糅形式,是对陈腐和貌似"客观"的学术探讨模式的必要修正。

由于对讲故事的兴趣、对逸闻的使用、厚描的方法以及对随笔形式的钟爱,格林布拉特也同样关心我们能从一个叙述中学到什么,即使那个叙述与我们所说的历史事件扯不上关系。文本成为一个事件。他的逸闻罕见、难忘,它们带给我们的不是一个人类的历史,或一个时期的整体描述,而是有些人所能做的。

第三节　新历史主义文化诗学的形式主义

如前所述,当新历史主义在 20 世纪 70 年代末 80 年代初迅速崛起之时,它是作为形式主义的反动出现的。格林布拉特在 1982 年提出"新历史主义"这一称谓时就宣称:

> 最近的批评(新历史主义)不那么致力于建立文学作品的有机整体,而更愿意把这些作品看作力量场,不同政见和不断变化的利益的场所,正统和颠覆冲动冲撞的场景……文艺复兴时期的文学作品不再被视为独立于其他所有表达形式、包含自身确定意义的一套文本……这部文集代表的批评实践挑战那些确保"文学前景"与"政治背景"之间、艺术生产与其他种类的社会生产之间安全区分的假设。①

显然,格林布拉特的这番话从一开始就为新历史主义打出了反形式主义的旗号。如果说形式主义者在文学文本中发现的是一个自足的整体,那么新历史主义者则在不同的文本间发现互文关系。杰瑞米·霍桑

---

① Stephen Greenblatt, *The Power of Forms in the English Renaissance*, p.6.

(Jeremy Hawthorn)在他 1996 年的著作《诡异的篇章》(*Cunning passages*)的结尾处欢呼道：

> 文学批评被新批评家、结构主义者、后结构主义者的形式主义主宰几十年之后，新历史主义和文化唯物主义所取得的成就使得学文学的学生不仅要观察而且要参与文学产生和揭示社会斗争……被各种形式主义禁锢在象牙塔中的囚徒被解放了，是时候该看看外面的世界了。①

霍桑在这里传达的信号十分清楚：新历史主义者和文化唯物主义者已经彻底摆脱了形式主义结构整体的束缚，把文学批评带到了一个全新的境地。

但是，抛开格林布拉特的自我标榜和霍桑的盲目乐观，如果我们简略地考察一下新历史主义的其他观点和它的批评实践，就会发现，事实并非完全如此。其实早在 1987 年，新历史主义正进行得如火如荼的时候，科恩就指出，新历史主义并不像表面上显示的那样与形式主义水火不容：

> 新历史主义的策略在方法上基于这样一个假设：一个社会的任何一方面都与其他方面联系在一起。没有一个组织性的原则决定这些关系：任何社会实践都可能与任何戏剧实践有潜在的关系。新历史主义莎士比亚研究因而具有一种十分无法预料的性质。这种任意连接(arbitrary connectedness)产生了令人印象深刻的成果……但又不可避免地限制了大部分新历史主义研究的可信性……论文之间的矛盾自然产生。②

科恩意识到，在新历史主义的假设中，一个文化中的任何两个部分都必然彼此牵连，彼此有意义。这是因为，它们都是同一个文化的产物，因而分享特定的意识形态或话语特征，都可以被认为重新生产权力或反抗权力。

---

① Jeremy Hawthorn, *Cunning Passages : New Historicism, Cultural Materialism and Marxism in the Contemporary Literary Debate*, London and New York : Arnold, 1996, p.228.

② Walter Cohen, "Political Criticism of Shakespeare", in *Shakespeare Reproduced*, p.34.

他指出,新历史主义"这种任意连接的假设……导致一种提喻,即一个单一文本或一组文本代表所有文本,从而穷尽话语领域"。① 因此,新历史主义非但没有如它一开始宣称的那样代替形式主义,倒更像是形式主义工厂里生产出的另一种产品。

不过,科恩远非唯一一个看到新历史主义中这种形式主义倾向的人。② 在他之后,越来越多的人陆续指出,新历史主义的这种文化概念后面,隐藏的是一种形式主义。卡斯坦也把新历史主义的逸闻主义和厚描视为任意连接。他说:

> 在这样一个社会里,没有什么是真正不同或断裂的……逸闻不是证据,而是比喻——提喻——假设……部分可以代表整体,文化具有一致性……新历史主义和文化唯物主义根本就不是历史研究,而更像是形式主义实践,致力于在文化中发现模式和秩序,发现统一性和一致性……正如他们之前的那一代形式主义批评家在文学作品中发现的一样。③

卡斯坦的这一评价,扩展了科恩的"任意连接"和"提喻"的论断,直接指出新历史主义在文化中发现了统一性和秩序。而统一性和秩序,一直都是形式主义者试图在文本中发现的,也是新历史主义攻击形式主义的主要方面之一。如此看来,新历史主义者像是跌进了自己为形式主义者准备的陷阱。

那么,是什么原因造成了新历史主义批评实践中这种形式主义的残留呢? 究其原因,这恐怕与新历史主义的文化观有莫大的关系。新历史主义者倾向于把文化看作是一个大的文本,对此,素有新历史主义"理论

① Walter Cohen,"Political Criticism of Shakespeare",in *Shakespeare Reproduced*,p.38.

② See Jonathan Goldberg,"The Politics of Renaissance Literature:A Review Essay",*ELH* 49 (1982):514 - 542; Alan Liu,"The Power of Formalism:The New Historicism",*ELH* 56, No.4 (Winter, 1989):721 - 771; and Carolyn Porter,"History and Literature:'After the New Historicism'",*New Literary History* 21,No.2(Winter,1990):253-272.

③ David Scott Kastan,*Shakespeare after Theory*,New York and London:Routledge,1999,p.30.

家"之称的蒙特罗斯并不讳言。在他看来,这种隐含的文化模式,即认为一个文化是一个共享的象征系统,表达一个聚合和封闭(一个"有限"或"结构"的)意识形态,确实部分地解释了新历史主义批评实践中的那些被视为形式主义残留的成分。因为这个模型与形式主义分析模式有着诸多相似之处,比如,从方法上来说,它假设新历史主义的研究客体之间是"比喻"而非"因果"关系,强调文化是一个文本,强调物质生活和社会政治关系的话语性,等等。① 同时,在批评实践中,新历史主义表现出对逸闻、叙述和"厚描"的特别偏爱,几乎成为新历史主义批评标志性的做法。蒙特罗斯坦承,这是因为,新历史主义倾向于把文化中的一切都挪用到文学批评领域——把世界理解为一个审美的宏观文本,通过形式主义的"文化诗学"来进行聪明的阐释。②这就可以说明,为什么新历史主义把文化当作文本进行阐释的做法,在很多时候,与新批评的细读几乎毫无二致。唯一不同的也许只是,新批评家手中处理的是文学文本,而新历史主义者手中处理的则是文化文本,以及被视为文化文本的文学文本。

除此之外,另一个事实是,新历史主义者大多在大学时代受到过严格的新批评的细读训练,这种训练的影子常常萦绕在新历史主义者的批评实践中,挥之不去。像格林布拉特,之前提到,他在1961年进入耶鲁大学时,克林斯·布鲁克斯、威廉姆·K.维姆萨特、梅纳德·麦克这些新批评家都正风头正健。格林布拉特本人的老师中就包括维姆萨特,而他的第一部著作《三个现代讽刺作家》是在另一位形式主义者艾尔文·柯南指导下完成的新批评习作。他后来在《雷利》一书,以及被视为新历史主义开山之作的《文艺复兴时期的自我塑形》中,对雷利和英国诗人托马斯·魏阿特(Sir Thomas Wyatt,1503—1542)的细读,显然要归功于形式主义的教诲。

---

① Louis Montrose,"New Historicisms",in *Redrawing the Boundaries*,pp.401-402.
② Ibid.,p.409.

　　同时,在"新历史主义"这一称谓之外,格林布拉特还提出并坚持使用"文化诗学"这一术语。这更进一步表明了新历史主义中历史主义和形式主义、唯物主义和文本主义,或者说比喻兴趣与分析技巧的混合。这种混合虽然被批评是从根本上说反唯物主义的,是残留的或死灰复燃的形式主义的症候,但蒙特罗斯则认为它也证明了向一种真正的唯物主义和历史主义的形式主义发展的潜力——也就是对"文本的历史性"和"历史的文本性"的关注。① 因此,虽然新历史主义一直被认为是反形式主义的,但无论是在格林布拉特、还是在蒙特罗斯那里,形式分析对历史主义的文学批评一直都极为重要。

　　情况虽然如此,但当新历史主义代替形式主义成为新的文学研究范式之后,在其风靡的 20 世纪八九十年代,形式主义却一直被当做一种保守、狭隘和"压迫性"的批评被大大地边缘化甚至"妖魔化"了。当时的批评家都羞于提到形式主义,生怕被贴上反动的标签而成为众矢之的。但是,所谓物极必反,就像当年新历史主义在各种形式主义批评的统治之下终于叛逆性地爆发一样,最近十几年来,在美国文学研究中渐渐开始出现所谓的"审美的报复",一种重新关注形式和语言的逆流,倡导把之前对语境的关注重新转向对文本的关注,"新形式主义"开始逐渐浮出水面。②

　　在 21 世纪的第二个 10 年,回首过去一个多世纪文学研究的发展,我们可以毫不夸张地说,那是一段"城头变幻大王旗","你方唱罢我登场"的历程。但是,当纷繁复杂的各种"主义"如云烟掠过之后,我们会发现,这 100 多年的文学研究似乎一直在形式与历史之间摇摆:从旧历史主义到新批评到新历史主义到新形式主义,从结构主义到后结构主义到文化研究再到如今"审美的回归"。尽管每一种新的批评的理论话语都显得夸张而极端,都宣称与前一种批评标准决裂,试图恢复或更新被前一种批

---

① 　Louis Montrose, "New Historicisms", in *Redrawing the Boundaries*, p.411.
② 　关于"新形式主义",本书将在结语部分进一步论述。

评拒斥的观念,但在实践中,还没有哪一种批评方法可以绝对地把历史或形式完全排除在外。所以,从历史的角度看,新历史主义对形式主义的反叛,其实是为了区别与之前的批评范式而独树一帜,与新历史主义与形式主义本身方法上的延续性没有逻辑上的必然联系。

第四章 重塑英国文艺复兴的自我

　　在格林布拉特所引领的新历史主义20世纪80年代在文艺复兴研究领域兴起之前,文艺复兴研究曾一度被批评为无视理论,不能及时把当代批评洞见整合进去。[1] 这一批评在一定程度上是公正的,但也不完全确切。实际上,文艺复兴常常是理论关注的焦点,新的批评理论和方法都会到这一领域一试身手,而批评家对自己的实践其实也有自觉。从20世纪40年代的克林斯·布鲁克斯/道格拉斯·布什(Douglas Bush)之争、50年代的威廉·燕卜森(William Empson)/罗斯蒙德特维(Rosemond Tuve)之争,以及70年代的琼·韦伯(Joan Webber)/斯坦利·费什(Stanley Fish)之争[2],就可以看出来,这一研究领域并非铁板一块,也并非完全对新的批评理论和方法不敏感。

　　以上列举的争论主要是方法上的,我们可以简单地称之为"(旧)历史主义"与"形式主义(解构批评)"之争。它们的主题则是一致的,那就是对

---

　　[1]　Barbara Leah Harman, "Refashioning the Renaissance", *Diacritics*, Vol. 14, No. 1 (Spring, 1984), pp.52–65.

　　[2]　有关这些争论,详见 Cleanth Brooks, "Criticism and Literary History: Marvell's Horation Ode", *Sewanee Review*, 55 (1947), pp. 199–222, and Douglas Bush, "Marvell's Horation Ode", *Sewanee Review*, 60(1952), pp.363–376; William Empson, "Donne and the Rhetorical Tradition", *The Kenyon Review*, Vol.11, No.4(Autumn, 1949), pp.571–587, and Rosemond Tuve, "On Herbert's 'Sacrifice'", *The Kenyon Review*, Vol.12, No.1(Winter, 1950), pp.51–75; Joan Webber, *The Eloquent I: Style and Self in the Seventeenth-century Prose*, Madison: University of Wisconsin Press, 1968, and Stanley Eugene Fish, *Self-Consuming Artifacts: the Experience of Seventeenth Century Literature*, Berkeley: University of California Press, 1973。

文艺复兴"主体"的关注。相比之下,格林布拉特的 1980 年的专著《文艺复兴时期的自我塑造》,从主题上属于对文艺复兴"主体"的研究传统的一部分,而方法上则是"历史的"。但支撑他的历史研究方法的,不是道格拉斯的实证主义,而是他所谓的"文化诗学",或"新"历史主义。这使得他所研究的文艺复兴的"自我"呈现出一种与之前同类研究不同的新面目。

凯瑟琳·贝尔塞(Catherine Belsey)曾这样描述过《文艺复兴时期的自我塑造》的影响:

> 没有几本书能像格林布拉特的《文艺复兴时期的自我塑形》一样,能在自己的学科产生如此大的影响力。本书自 1980 年出版以来,就受到各种赞誉,被模仿、被阐释,以至于在很短时间内,几乎每个美国大学的英语系都需要一个现代早期新历史主义者,而每一篇文艺复兴研究的博士论文的开头都是一个历史性的逸闻。①

那么,究竟是什么使得格林布拉特的这本书如此特别,甚至具有颠覆体制的力量,开创了一代批评新风? 这个问题的答案可以从多个角度进行探寻,除了当时的社会历史语境②以外,如果仅从文艺复兴研究的角度来看的话,可以说格林布拉特在本书中在方法上重新塑造了文艺复兴研究,在主题上重新塑造了文艺复兴"自我"。而从批评史的角度看,他的批评实践中所暴露出的悖论,又向我们展示了当时(也是现在)批评界所面临的共同问题。这使得他的批评不仅具有个人意义,也具有时代意义。

第一节　用文化诗学重塑文艺复兴的自我

格林布拉特在本书的导言中明确提出,文学批评的"恰当"目标,不

---

① Catherine Belsey, "Historizing New Historicism", in *Presentist Shakespeares*, eds. Hugh Grady and Terence Hawkes(London and New York:Routledge,2007), p.27.

② Ibid, pp.27-45.

管如何难以实现,都应该是一种"文化诗学"①。这是"一种更文化或人类学的批评",遵循的是克利福德·吉尔兹、詹姆斯·布恩、玛丽·道格拉斯、吉恩·杜维格诺德、保罗·拉比诺、维克多·特纳等人对文化所作的阐释性研究的传统。这种批评"必须少关注风俗和体制的机制,而更多关注一个社会的成员应用到他们的经历上的阐释性建构"。这是因为,"一种与此相连的文学批评,必须意识到自己作为阐释的地位,热切地把文学理解为构成一个特定文化的符号系统的一部分"。(p.4)由此可见,格林布拉特所谓的文化诗学的方法,主要是一种阐释性的方法。实际上,本书最引人注目的特征之一,就是对我们通常称为"背景材料"的东西的兴趣和关注。这些背景材料包括:自传、来源、文化和历史事件、行为风格、习俗、社会实践等。格林布拉特虽然一再强调自己一直都关心"艺术再现作为一种与众不同的人类行为的含义",(p.5)但他的文化诗学这种方法的前提,却是模糊或者消弭文学与社会生活之间的尖锐区分,转而强调特定文化中复杂的意义互动。

由此看来,格林布拉特的"文化诗学"有两个中心特征:一是拒绝把文学与其他象征结构"隔开";二是具有浓厚阐释性风格。这两个特征又建立在这样一个假设之上:人类自身就是文化的产物。在这种观念中,所有存在的东西都是文化的产物,而人类的行动、事件、和生产都受制于阐释。人类的生活和文学文本都是"被制造"的文化产物,这一特质不仅把它们彼此结合在一起,同时也把它们与人类行为和社会实践结合在一起,共存于一个巨大网络之中。这个网络由人类生产,里面的各个部分相互纠结。格林布拉特对人类生活的这种"被制造"的本质深信不疑,因此,在他的批评实践中,需要阐释的对象就不仅仅包括文学文本,同时还包括那些通常被视为"超越阐释"的背景材料。

---

① Stephen Greenblatt, *Renaissance Self-Fashioning*, p.5.本章以下对本书的引用将直接在文中标出页码,不再单独注释。

当然,格林布拉特提出的这种方法有其固有的危险,他自己也意识到了这一点,因而接下来列举了我们在方法上应该时刻警醒的几个方面。他首先提醒我们:"文学通过三种互相联系的方式在文化系统中起作用:(1)作为特定作者的具体行为的表示,(2)作为行为被塑造的规则的表达本身,(3)作为这些规则的反映。"因此,他坚持这三种功能在阐释过程中必须同时运作,因为

> 如果把阐释限定在作者的行为范围内,那它就成了文学传记(或通常历史性的,或心理分析模式的),这就有可能失去对作者和作品参与其中的更广泛的意义网络的理解。而如果我们仅把文学看作是社会规则和指示的表达,又会有完全被意识形态的上层建筑吞没的危险……最后,如果只把文学看成是流行行为规范的超然反映,一种远观,那我们就极大地降低了我们对艺术的具体作用与个人和体制的关系的把握,二者就都陷入了必然的'历史背景',对我们的理解一点益处都没有。(p.4)

在这里,我们可以简单地对照艾布拉姆斯的批评四要素来进行进一步阐述。在艾布拉姆斯的框架内,作品、作者、世界和欣赏者是构成批评的四个要素,作品处于中心的位置。如何理解作品与其他三者及其自身的关系,就决定了不同的批评倾向。艾布拉姆斯指出,古往今来的批评往往大多只偏向于其中的一种关系①,比如模仿说可能就更注重作品对世界的模仿,而表现说则更注重作者的主观能动性。相形之下,从上述引文可以看出,与传统批评类似,作者、作品、文化(在这里我们可以把它视为艾布拉姆斯的"世界")依然是构成格林布拉特批评话语的中心术语(除了欣赏者),只是在对这些术语之间的关系的理解上,他的文化诗学显示出与传统批评不同的路数。如果说传统批评倾向于侧重其中的某一个要

---

① [美]艾布拉姆斯:《镜与灯》,郦稚牛、张照进、童庆生译,王宁校,北京大学出版社1989年版,第5—6页。

素的话,那么在他的文化诗学中,这些要素之间的关系则是辩证和相互的,不存在哪一个要素的重要性压倒其他要素的问题。具体到《文艺复兴时期的自我塑造》,格林布拉特在本书中的焦点是分析"自我"作为文化施动者(agent)或受害者(victim)的角色。于是问题就变成了:既然文学是文化的产物,那文学是如何吸收文化的? 更重要的,"自我"与惯例和文化材料之间是什么样的关系? 格林布拉特的"自我"是受文化限制的,要么因为文化力量成为可能,要么因为文化压力而不可能。他认为,这些对立是辩证的,而不仅仅是谁塑造了谁的问题。在本文随后的分析中,我们将看到,他用大量的细节为我们描述了塑造自我的那些力量之间的紧张关系。

实际上,我们从《文艺复兴时期的自我塑造》这部著作的结构本身,就可以窥见这些力量之间关系的复杂性。本书被分为两个三人组,莫尔、廷代尔(William Tyndale)和魏阿特(Sir Thomas Wyatt)组成第一组,斯宾塞(Edmund Spenser)、马洛(Christopher Marlowe)和莎士比亚组成第二组。之所以这样组织,是因为在他看来,每一个三人组中的前两方都构成了鲜明的对立,而对立的每一方又都让路于一个复杂的第三方,于是对立在其中被重申又被改变。他进一步解释道:

> 莫尔和廷代尔的冲突在魏阿特这个人身上被重新认识,而斯宾塞与马洛之间的冲突又在莎士比亚身上被重新认识。魏阿特并没有使莫尔与廷代尔之间的对立升级,虽然他们之间的对立深刻地影响了他的自我塑造;莎士比亚并没有解决斯宾塞和马洛作品中固有的美学与道德的冲突,虽然他的戏剧谜一般地致力于二者。魏阿特和莎士比亚在文学作品中比他们同时代的任何人都更有力地表达了一种尚未解决和持续的冲突的历史压力。而且,莫尔和廷代尔在神学层面上提出的问题在斯宾塞和马洛的作品中又在世俗的层面上得到重述。而莎士比亚在奥赛罗以及其他地方探讨了男性的性焦虑——对背叛的恐惧,进攻的搁置和释放,对个人自我折磨的共谋的暗

示——也在魏阿特的抒情诗中得到了表达。(p.8)

格林布拉特认为,这两个三人组再现了权力流动的方向:第一组从教会(莫尔)到书籍(廷代尔)再到集权政权(魏阿特),第二组从颂扬(斯宾塞)到反叛(马洛)再到颠覆性的屈服(莎士比亚)。但第三方并不就是问题的解决:"魏阿特和莎士比亚在文学作品中比他们同时代的任何人都更有力地表达了一种尚未解决和持续的冲突的历史压力。"因此,这种粗略和扼要的归纳,其价值是有限的,因为"我们越是接近这些人物和他们的作品,他们就越不像是一个宏大的历史图景的反面。一系列变动、不稳定的压力,遇到各种话语和行为上的反应、发明和反作用力"。(p.8)从格林布拉特总体和部分层面的分析来看,也确实如此。

在导言的结尾,格林布拉特列举了10个大多数自我塑造例子共有的统领性条件:

1.这些人中没有一个继承了头衔、古老的家族传统或等级地位。这种地位也许会把个人身份深植于家族的身份。除了魏阿特,所有的作家都出身于中产阶级。

2.这些人的自我塑造涉及对至少部分外在于自身的专制权力的屈服——上帝、神圣的书,诸如教会、宫廷、殖民或军事政府之类的机构。马洛是个例外,但他对等级权威的敌视有部分屈服的力量。

3.自我塑造在与某种视为陌生、奇怪或敌视的东西的关系中获得。这个充满威胁的他者——异教徒、野蛮人、巫婆、犯妇、叛徒、反基督者——必须被分离或发明以便被攻击和毁灭。

4.这个陌生的他者要么被权威看作是不成形或混乱的(秩序的缺失),要么被看作是虚假和否定的(对秩序的恶魔性戏拟)。由于对前者的叙述不可避免地会将之条理化和主题化,混乱总是会滑入恶魔性,因此陌生的他者总是被建构成权威的扭曲的形象。

5.一个人的权威是另一个的陌生的他者。

6.当一个权威或他者被毁灭,又会有另一个取而代之。

7. 在一个特定的时间,总是不止一个权威和他者。

8. 如果权威和他者都外在于自我,它们同时被经历为内在需要,因此屈服和毁灭总是已经内化了。

9. 自我塑造虽然不是只有,但总是在语言中。

10. 以权威的名义产生的攻击他者的力量过量生产因而威胁到它着手保护的权威。因此,自我塑造总是涉及一些威胁经历,一些抹掉或渐进的破坏,一些自我的丧失。(p.9)

在这些条件中,最为重要的是第2、3、9条。格林布拉特把这些条件的中心思想总结为:"自我塑造发生在权威与一个陌生者的遭遇之间,而这一遭遇产生的身份既带有权威的成分,又带有权威所攻击的陌生者的成分,因此,任何塑造的身份总是在自我中保留了颠覆和丧失自身的痕迹。"(p. 10)也就是说,每一个文艺复兴作家都采用产自于他的文化的一套价值和观念来反抗另一套,以此来建构自我,而他采用的权威体系和拒绝的陌生体系,最终都变成了作家自我身份的一部分。因此,自我中既有它有意识寻求采取的那种立场的烙印,同时又不自愿地展示了它极力想要撇清的那种立场的特点。这样,格林布拉特所描述的文艺复兴作家,最终成为了他们"要成为的"和"不想成为的"讽刺对立。

在本章接下来的部分,我将详细描述格林布拉特在《文艺复兴时期的自我塑造》中对莫尔、廷代尔、魏阿特、马洛、斯宾塞、莎士比亚的自我塑造所作的分析。虽然本书前三章的焦点是作者与文本的关系,而后三章的焦点更多地聚集在文本中虚构的角色上,但我们将看到,自我塑造的过程在本质上是相同的。这六个章节中,有三章在收入本书之前就已经在别的文集或期刊上发表过。① 因此,虽然这些文章的关注点时有交叉,但总的来说,它们并不勾画一个统一的领域,而每一章都可被视为对一个

---

① 有关莫尔、马洛和莎士比亚的章节在收入本书之前已经单独发表过,见 "Acknowledgements",Stephen Greenblatt, *Renaissance Self-Fashioning*, p. ix。

人物的单独探讨。这种松散的编排在格林布拉特后来的著作中体现得有过之而无不及。这里暗合的,不仅是格林布拉特本人,也是一代批评家,对文化的"碎片化"的理解,以及去"总体化"的努力。前三章是关于亨利八世时期的英国作家的,而后三章则是关于伊丽莎白时代的作家的。在每个三人组中,格林布拉特论述的程序都是一样的:从一个作家对社团、传统和权威的特殊反应开始,到对另一个对立的反应,再到第三个对立被重复和改变的过程。当这种关于文艺复兴自我的"文化诗学"揭开面纱的时候,蕴含在其中的批评悖论也将被揭示出来。

第二节　作者的自我塑造

一、莫尔的自我塑造与自我取消

关于莫尔①的一章是《文艺复兴时期的自我塑造》中最冗长的一章。格林布拉特在这一章中阐释了莫尔的生平、他参与的历史事件、亨利八世宫廷的文化以及莫尔的写作。他详细描述了莫尔自我塑造与自我取消(Self-Fashioning and Self-Cancellation)之间的相互作用,即莫尔如何从他的文化材料中参与和塑造了一个自我,同时又希望抹去这样塑造的自我。格林布拉特把这种情形称之为莫尔的"投入"(engagement)和"疏离"(detachment)之间的辩证(p.46)。

格林布拉特认为,莫尔身上存在两个自我,这两个自我又不断地分裂着莫尔。一个自我充满戏剧性并高度个性化,另一个自我则建立在与某个

① 托马斯·莫尔(Thomas More,1478—1535 年),《乌托邦》的作者,律师、哲学家、政治家、作家,英国文艺复兴时期著名的人文主义者。他曾是英王亨利八世的重臣,官至大法官和掌玺大臣(Lord Chancellor,1529—1532 年)。后来,由于他反对新教改革,反对英国国教从天主教会分离出来,拒绝承认亨利八世为英国国教首领,反对亨利八世再婚,最终以叛国罪被处以死刑。

集体认同及否定个人欲望的基础上。在他的描述里,莫尔的形象是这样的:

> 他在一个由野心、讽刺、好奇和恶心构成的奇特心境下,坐在大人物的桌旁,就好像在观看一场虚构的演出。他既被整个演出的虚构性所吸引,也被它把自己强加给这个世界的巨大力量所吸引。(p.13)

在莫尔生活的世界里,"每个人都竭力坚持谁都不相信的惯例。"(p.14)权力和对权力的欲望让人扮演角色,真实与虚构便在这些角色中交融。但是,在这个亨利八世的宫廷上长袖善舞的公众人物后面,格林布拉特看到的,却是"取消身份自身,结束所有权力的即兴表演,逃离叙述"的梦想和欲望。(p.32)一方面,莫尔热衷于自我塑造。在格林布拉特的描述中,莫尔的自我塑造是一种把生活当做戏剧性即兴表演的经历。在这种生活中,真实与虚构融合,历史上的莫尔成了一个叙事性虚构。"为自己创造一个角色,像戏中的一个角色一样生活,不断即兴更新自己而且永远意识到自己的不真实性"(p.31)——这是莫尔的境况,也是他的目标。另一方面,莫尔又终身致力于揭示"人对幻想的坚定信念"的讽刺性。格林布拉特认为,在对权威的批判上,莫尔的态度其实是矛盾的:"莫尔感到人类生活的荒诞,这让他得以批判社会,同时又暗中摧毁了他的批判,让他能嘲笑有权有势的人的意识形态,但又严重限制了嘲笑的实际后果。"(p.27)因此,在莫尔积极塑造的自我和他游戏嘲讽的自我后面,隐藏着另一个更加黑暗的观念,一个自我取消的观念。

在对莫尔作了如此定位之后,格林布拉特在其后对《乌托邦》的解读也就显得不那么令人惊讶了。在格林布拉特看来,莫尔所设计的乌托邦体制,其本质是为了削减自我的范围。在这个乌托邦里,自我扩大的途径都一一被阻断了,个性也受到严格地限制。在这个世界里,我们完全看不到亨利八世宫廷中那令人眼花缭乱的奢华和浪费。但引人注意的是,莫尔在清除这种奢华和浪费的同时,却又保留了他所批判的那种体制的规训力量,那就是,抛弃个人的专属性和特殊性,由此限制与之联系在一起的个人的内在感。乌托邦限制并削减自我区分和私人内在性,强调群体的美德:"公共平等、好气质、自我控制。"(p.51)因此,这样的一个乌托邦,是一个可能把作为"个人"的莫尔本人排除在外的联邦。事实上,格林布拉特宣称,莫尔在乌托邦的新秩序中确实是缺席的。但是,他的缺席恰恰既矛盾又深刻地表达了他的自我感。因为按照格林布拉特的说法,莫尔自我塑造的基础,是对所有被排除的一切的认识,那些只能通过不在场才能被认识的东西。莫尔认同群体团结,相信"一致意见"(consensus)。这在某种程度上似乎与他典型的私人感相矛盾。但这个矛盾所揭示的,正是他融合良心与群体的欲望。他拥有强烈的自我感,但同时又希望属于基督教的"伟大一致"(consensus fidelium),因此渴望清除所有横亘在二者之间的障碍。格林布拉特总是能在自我看起来抗拒其文化的时候,发现自我对其文化的认同。他在莫尔的乌托邦式自我取消与乌托邦式群体团结之间的关系中,看到的就是一个自我如何反抗整合又使整合生效的例子。在自己的生活中,莫尔小心翼翼地维护着一个私人的内心世界,作为远离公共事务和大人物的疯狂世界的避难所(他早年生活的修道院 Charterhouse 便是其象征)。在疯狂的世界中,只有角色扮演和欺骗,而在他私人的世界里,他可以暂时地逃离那一切。但是,诡异的是,在他写作的《乌托邦》里,私人性完全被废除了,内在性成了不相关的东西。在乌托邦的社会中,公共的自我和私人的自我之间,是不能存在任何距离的。

格林布拉特认为,在写作《乌托邦》之后的岁月里,莫尔的思想发生了变化,他开始拒斥自己创造的那个世界,认为那是想象的世界,威胁到真理。它同宗教异端的幻想世界一样,充斥着自我发明的各种信仰。对他来说,唯一能取消自我区分的社会是古老的天主教会。于是他向天主教会认同。但在当时的背景下,同天主教会认同就是同国王作对。① 是继续在权力中心的即兴表演,还是遵从自己内心真实的信仰? 在二者之间

---

① 当时,亨利八世要求教皇准许他跟第一任妻子阿拉贡的凯瑟琳(Catherine of the Aragon)离婚,遭到拒绝,于是双方反目。之后,亨利八世便推行宗教改革,使英国国教脱离罗马教廷。

走钢丝一段时间之后,莫尔在最后的日子里,决定遵从自己的良心(conscience),选择与天主教会这个他认为代表了基督教世界的正统和统一的团体进行认同。对于他来说,只有天主教会有权力宣称什么是必须被相信和遵守的真理。教会的这种权威不容置疑,否则就没有什么是确定的,他的世界就会变得毫无意义,陷入混乱之中。(p.69)莫尔宁愿选择死亡也要维护天主教会,我们可以把他的这种行为阐释为一方面因为真心的信仰,另一方面也是因为除此之外,他别无选择。就像前面我们已经讨论过的,即使明知这个自我是虚构,也要抓住,这也许是我们感知自己存在的唯一方式。

莫尔把宗教改革者的信条视为自我生产出来的意识形态,从而加以否认和排斥,而廷代尔则反过来宣称天主教是演戏,是诗歌,是被盲目崇拜的人自己的想象。二者都坚持认为,对方的信条是在想象中创造的。这里其实隐含了一个颠覆性的观念,即创造人类赖以生存的秩序和体制的,很可能是人的心灵而不是神灵。也就是说,它们都可能只是我们人类的虚构和想象。而虚构和想象如何能成为秩序和体制,就有赖于权力的运作。于是,到第二章关于廷代尔的论述时,我们就可以得出一个结论:自我是不稳定的,封闭在权力结构中,是它的产物,而权力则是把一个人的虚构强加在世界上的能力。在权力结构之上,政府和个人良心都诉诸宗教,以此作为终极权威。而宗教又被证明是人类想象的产物。格林布拉特这种关于16世纪生活的观点,以及对我们自己生活的暗示,作为虚构之虚构之虚构的观念,在整部著作上打上了深深的烙印。

二、机械复制时代的上帝之言

莫尔生活和事业中固有的似是而非的矛盾,是格林布拉特所关心的所有伟大人物的典型特点。他对廷代尔①的分析,让我们看到一个从冲

---

① 威廉·廷代尔(William Tyndale,1494—1536年),英国新教改革的领军人物,曾把《圣经》翻译成英语,最后受到天主教势力的迫害,受火刑而死。

突中塑造自我的过程:"对权威的愤怒和对权威的认同,对父亲的憎恨和对与父亲结合的愿望,对自我的自信和一种对脆弱和原罪的焦虑感,公正和羞愧。"(p.85)与莫尔一样,在廷代尔身上,也存在对外宣称的信念与内心真实信念之间的复杂辩证。尽管莫尔和廷代尔一个笃信天主教,一个鼓吹新教,处于对立的两极,但有一点却是相同的,那就是,他们都寻求某种外在于自身的东西,以便完全与自己的身份结合在一起。对莫尔而言,那种外在的东西是对天主教的共同信仰,而对廷代尔而言,那种东西是圣经。他把圣经视为辨别事物的原则和一切行动的理由:没有上帝的话,就什么也不要做。

格林布拉特认为,"廷代尔"这个身份完全是通过他与圣经文本的认同创造出来的。廷代尔把一生都奉献给了圣经文本的翻译。对他来说,圣经就是上帝与人之间绝对而不可动摇的契约,本身就是一种权力形式:"它被赋予了控制、指引、规训、安慰、提升和惩罚的能力。很多世纪以来,教会一直傲慢地把这种能力归于自己。"(p.106)因此,廷代尔的生活是外在的、自己无法掌控的,因为在他与圣经文本进行绝对认同的那一刻,他的生活就已经完全融入了他伟大的目标中,内在私人的生活就不复存在了。

正如对莫尔的分析一样,格林布拉特在对廷代尔的解读中,仍在探索这个问题:顺从外在权威与顺从内在权威之间的关系。在廷代尔这里,问题就变成了:圣经权威与个人权威、外在的法律的强制与内在的信念的力量之间的关系。随着印刷术催生的机械复制时代的来临,圣经从此

> 与手动抄写拉开距离,获得相对大量的生产,远离作者和印刷商的分配机制,拒绝从属于一个仪式化的口头(verbal)交易,神秘气息缺失。这种早期新教印刷圣经的抽象性,赋予它一种强度(intensity),一种塑造的能力,一种强迫成分。这是中世纪晚期的忏悔手册永远都没有过的。(p.86)

在圣经文本已经变得既更容易接近、又更不直接的时候,廷代尔以一种激

进的方式,完全地认同了这一文本。当时的人通过顺从基督定义个人的身份,而圣经就是基督的象征,因此格林布拉特所谓的圣经的塑造能力,便表现为塑造身份的能力。在格林布拉特看来,廷代尔因此成为一个充满矛盾的人:一方面,他反叛当时的天主教会,尤其反对天主教会对圣经的把持,觉得人类行动必须一致地指向一个内在状态;另一方面,他又相信,这种内在状态必然是一种外在于自我、对自我来说陌生的力量不可抗拒的运作的结果。"有信仰的人被上帝的话抓住、毁灭、又重生",廷代尔因此放弃了他的反抗、讽刺,以及他对自己的塑造能力的认识,而把自己完全献身于一个他认为的"绝对确信"(一个具有约束力的不可撤销的契约,a binding irrevocable covenant)(p.111),那便是圣经文本。也就是说,他不再坚持认为,自己是自我身份的塑造者,而把自我视为某种自我与外在于它的东西交叉的产物。

因此,在对廷代尔的解读里,格林布拉特关注的焦点是廷代尔与圣经文本的完全认同这一点。当圣经被视为一个印刷品时,它便缺乏了本雅明所说的那种"灵韵"或"神秘气息"(aura)。① 之前的研究者通常把廷代尔视为一个激进的新教个人主义者,显然,格林布拉特在这里翻转了这一观念。但格林布拉特并未完全抛弃之前的解读,而是认为之前的解读与新的解读在廷代尔身上是一种辩证性的存在,他的身份是这两种倾向共同作用的结果。也就是说,廷代尔身上一直都被认为是极具个人化的行为(与现存天主教会分裂和拒绝天主教会),同时也是一个"去个人化"的行为,是与圣经的不可避免的融合的行为。因此,如果说廷代尔与圣经的关系是辩证的,那么这一辩证存在于对廷代尔的传统观念和格林布拉特所提出的相反的观念之间的关系中,即每一个表面上看似的分裂行为,都

---

① 参见本雅明的《机械复制时代的艺术作品》("The Work of Art in the Age of Mechanical Reproduction")一文。事实上,本章的标题《机械复制时代的上帝之言》("The Word of God in the Age of Mechanical Reproduction")显然就来自于此。[德]本雅明:《启迪:本雅明文选》,汉娜·阿伦特编,张旭东、王斑译,生活·读书·新知三联书店2008年版,第234—236页。

被格林布拉特揭示为一个整合或融合的行为。不过,尽管格林布拉特认为,他描述的关系是辩证的,但当我们整体地看待他的中心观点的时候就会发现,这一关系并非如他所宣称的那样是辩证的。事实上,他这一章真正的核心观念是:廷代尔并不拥有自己的生活,或者说他的生活并非自主的,他的自我认识实际上是对一个作为"他者"的圣经的认识。

更具体地说,在这一章的最后几页中,当格林布拉特总结廷代尔与莫尔的关系时,认为莫尔和廷代尔实际上破坏了欧洲社会秩序的两大支柱——现存教会(天主教会)和现存国家政权。但格林布拉特随即又暗示,虽然他们各自的信念都有瓦解现存稳定世界秩序的危险,但莫尔和廷代尔最终都没有走向革命,而是做出了某种"后卫式"(rearguard)的行为:"他们都更尽力地寻求控制的新基础,比他们帮助摧毁的那个更强大、更完全的基础。他们寻求安排自己的生活,以及所有人的物质和精神生活。他们竭力推翻想象和一切有悖于上帝的知识的高雅事物,把一切思想都限定在对基督的顺从里。"(p.114)格林布拉特对此的解释是,虽然二者中的每一个都相对于一个权威来定义自己的立场,每一个都提供了对体制生活的实质性反抗,但到最后,每一个都更有力地重申了强大体制在塑造人类身份的过程中的力量和权威。

三、魏阿特诗歌中的权力、性和内在性

这一点在格林布拉特转向对魏阿特①的考察时更明显。魏阿特是第一个三人组中唯一一个常规意义上的文学人物。之前的魏阿特研究者,常常在他的诗歌中发现各种力量之间的对立,如文学与社会常规的限制、压迫力量与个性、情感需要与坦诚等。格林布拉特试图推翻这一传统看法。他认为,在魏阿特诗歌中发现所谓"对立",其实是对 16 世纪早期的一种罗曼蒂克式的误读。在他看来,魏阿特身上根本就不存在一个可以

———————

① 托马斯·魏阿特(Thomas Wyatt,1503—1542 年),英国外交家和抒情诗人。

称之为"个性"的特权领域,不存在一种独立于语言惯例、社会压力以及宗教和政治权力的塑造力量。他说:

> 魏阿特也许会抱怨宫廷的弊端,他可以宣称自己没有卷入堕落的性或政治的纠缠,但他这么做总是出于这样一个语境:一个由统治和服从的基本价值控制的语境,一个由专制君主作为教会和国家元首的权力系统的价值。尽管他有否定的冲动,但他不可能把自己塑造成权力和权力所安置的惯例的对立面;相反,那些惯例恰是组成魏阿特自我塑造的东西。(p.120)

例如,在宫廷诗歌中,魏阿特参加了"在宫廷中比任何其他人都更强有力、强烈和令人信服地表达自己的争斗——以赢得同情、获得尊敬、伤害敌人,一句话,以便统治"。为了做到这一点,他总是试图把诗中的说话者塑造成一个具有"现实主义、男子气、个性和内在性力量"的人。(p.154)但在格林布拉特看来,魏阿特诗歌的这些特点并不像人们之前理解的那样,表明了他性格的独立特性,表达了自我直接或个人的感受。相反,它们表明,诗人自身需要塑造一个拥有这些特点的自我来使用这些诗歌。这些诗歌以他魏阿特的名义起作用,是他在亨利八世的宫廷世界的代表。在这里,诗歌不是无功利的技巧,既不为独立和想象的审美要求服务,也不为无功利的自我服务。相反,它们是文化和各种社会力量的产物,是它们的一部分。由此可以见,与对莫尔和廷代尔的论述一样,社会强制性仍然是首要的。

但是,格林布拉特又注意到,魏阿特在其诗歌的内部向我们展示了一个批评距离。正是这一距离,让我们得以反思这些诗歌的模式,反思产生它们的那个价值体系。在这一点上,格林布拉特借鉴了阿尔都赛。阿尔都赛在评论巴尔扎克和索尔仁尼琴的作品时声称,他们"带给我们一个意识形态景观,他们的作品指向这个景观,同时又被这一景观滋养。他们的这种意识形态景观预先设定了一个距离,一种与小说中出现的意识形态的内在疏离。在某种意义上,他们让我们通过一种内在距离(internal distantiation），从内部窥见支撑这些作品的意识形态。"①相应地，在魏阿特的诗歌中，这种距离创造了一个反抗的楔子，楔入诗歌内部，使我们得以瞥见自我与产生它的系统之间矛盾重重的关系。于是接下来的问题便是，这种自我暴露是如何运作的呢？还有，在格林布拉特的批评话语中，"内在距离"的概念又意味着什么呢？

内在距离并不意味着有意识或完全地暴露，也不真的意味着自我暴露。格林布拉特说：

> 我不是在说，超验视角和犬儒背叛之间的关系在魏阿特的意识中是在场的，也不是在说爱慕者微妙地牵连进自己的失败是完全有意的。相反，它们是在他最好的诗歌边缘的暗示，好像再现自身的行为在其最高的成就中，拥有自己暗示的能力。（p.150）

格林布拉特在这里的意思是，诗歌代表作者，作者无法直接自己暗示，于是通过诗歌的方式来暗示。因此，在某种意义上，虽然内在疏离应用到了作者身上，但却意味着完全不同的东西。这是因为，首先，内在疏离的效果不是由作者自己完成的，而是由作者的再现即诗歌完成的；第二，内在疏离的效果不是在话语中心实现的，而是在话语边缘实现的。此时作者的完全意识必定是不在场的，因为如果它在场的话，就意味着自我能从社会母体分离出来，拥有其作为某种"他者"的意识。而格林布拉特坚持认为，那种自我分离是不可能达到的。

尽管如此，内在距离的概念仍然为魏阿特的说话者提供了一个逃脱的"出口"（out）。而格林布拉特在这里想象的逃脱，其最引人注目的特点之一是，它只存在于魏阿特最好的诗歌、他最高的成就中。他的文本揭开自我塑造的神秘面纱，揭示其蕴藏的动机，成为文本文学性的一个功能。另外，虽然格林布拉特把魏阿特描绘成一个完全根植在他那个时代

---

① Stephen Greenblatt, *Renaissance Self-Fashioning*, p.153.格林布拉特的引文出自"A Letter on Art in Reply to Andre Daspre", in *Lenin and Philosophy and Other Essays*, Trans. Ben Brewster, New York and London: Monthly Review Press, 1971, pp.222-223。

的文化、政治、宗教和道德准则中的人，但他又指出其诗歌具有自我暴露的本质，这间接证明，作为诗人，魏阿特其实是有能力反思这些准则，从而反思它们的干预，并阻止自己被彻底和完全地吸收进上层建筑的。

综上所述，在对莫尔、廷代尔和魏阿特的论述中，格林布拉特一直试图表明，他们身上体现的不仅仅是自己个人的命运，还有"深埋在文艺复兴时期英国的社会与心理性格中的渴望和恐惧"；而他们的一生"演出了英国现代早期从普遍的天主教会所体现的一致性、到圣经和国王的专制的转变。"（p.157）

对莫尔来说，自我是一种平衡的结果：一边是隐秘保留的私人评判及在此基础之上的讽刺性的自觉表演；另一边是融入一个没有任何隐私的统一体的欲望。在前一种情况下，身份是需要塑造和操纵的面具；在后一种情况下，身份又是一种地位，由共同实体建立，是那一实体的投射。当个人自觉却又自我取消的戏剧性身份遭遇集体身份时，这种遭遇便创造出一种张力：最大的创造力和最大的疏离之间的张力。

对廷代尔来说，自我也是平衡，但他的两极却与莫尔两极非常不同。在廷代尔这里，身份不再是一个戏剧性角色或一副面具，在这副面具后面隐藏着自己的私人评判。对廷代尔来说，正直的个人是没有伪装、没有隐晦或隐藏的评价的空间的。他直接抓住真理。任何迂回的路径都是背信和堕落，或至少是对堕落社会强大压力的让步，即便这种让步是不情愿的。在廷代尔的世界里，不存在莫尔那种苦心算计的角色扮演，因此也就不存在莫尔那种要融入一种看得见的共同体的渴望。这样，廷代尔可以在一种孤立状态下谈论人，可以宣称说，一个单个的、没有任何辅助的人的判断本身，就足以区分真假，足以找到上帝并理解上帝。但是，伴随着对天主教会的拒绝以及由此而来的个性化、孤立和单一性的，是一种服从的强大反作用力。这种服从与莫尔成为基督教会一员的渴望非常不同。在莫尔那里，成为教会的一员意味着融入教会、与教会成为一体，而在廷代尔那里，服从意味着个人与教会分离。身份对他而言不是通过参与一个机体的运作(如看得见的集体仪式)确定的,而是通过在交流、司法关系、服从模式中找到一个位置而确定的。每个人对教会的否定最终都来自赋予这个网络生气的神权,而这种神权的表达,就是圣经。因此,可以批量出版的圣经集体取代教会为代表的集体机制,成为塑造和确定个人身份的终极力量。

与廷代尔一样,魏阿特也故意与虚假的社会仪式割裂,拒绝玩腐败的游戏。但魏阿特生活在一个世俗的语境中。在这里,没有神圣的书籍(圣经),通过他人重新与一个更大的社会网络成为一体。在魏阿特所处的伊丽莎白时代的宫廷,有的只是世俗的权力。身在其中,他只能陷入对世俗权力的争夺中。廷代尔的宗教目标使他得以超越自我的孤立,莫尔对融入教会的渴望使他得以超越自己的角色扮演。魏阿特既没有莫尔的教会,也没有廷代尔那种对上帝之言的绝对服从,他有的只是世俗权力,那种主宰着宫廷政治和性关系的占领意志。因此,对于一个处在魏阿特情境中的人来说,角色扮演是无法逃避的。权力集中在宫廷上和新教意识形态中,这便导致了一种强化了的身份意识,一种更强烈的塑造和控制它的努力。因此,在这三个人物身上,我们瞥见了身份所承受的压力极其在文学上深刻的后果。

第三节　虚构角色的自我塑造

在接下来的三章中,格林布拉特考察了第二个三人组——斯宾塞、马洛和莎士比亚。如前所述,在这个三人组的论述中,他更多地集中在具体文本上,而不是作者与作品间直接的联系上。他解释说,他之所以转而关注文本,是因为人们更倾向于相信艺术中人物的自我塑造具有更大的独立性。因此,要证明自我的文化建构,就不能忽视虚构世界中人物的塑造。这一方面是因为,16世纪晚期,我们在莫尔、廷代尔和魏阿特中看到的自我塑造的文化压力,已经延伸到了更自觉的艺术层次,那一时期的文学可以越来越熟练地在高度个性化的情景中表现人物。另一方面则是因为,在那一时期,作家对自己作为艺术创造者的专业身份产生了越来越多的认同。这让我们可以更容易地讨论单个作品内部身份的形成与毁灭,而不用再参考形式之外的创作者的生活。但即便是这样,格林布拉特仍然提醒我们说,"这种表面的内在性的存在,仍然离不开作者亲身经历的一个自我塑造的文化。"(p.161)

一、斯宾塞与绅士的塑造

格林布拉特的第二个三人组首先考察的是斯宾塞①。虽然同处于宫廷,但他与宫廷的关系和魏阿特与宫廷的关系却没有什么相似之处。斯宾塞颂扬伊丽莎白女王(在他的诗歌中,女王化身为"格罗利亚娜"Gloriana)的宫廷。他在自己的作品里很直白地宣称对自我塑造的过程感兴趣,说他写作的目的就是要"塑造一个绅士"。格林布拉特指出,斯宾塞所关注的自我塑造,在当时并非孤立现象,而是与一个更大的文化实践联系在一起的,那便是修辞术(戏剧化是其标志)和当时流行的宫廷行为手册。格林布拉特在这里引用布克哈特在《意大利文艺复兴时期的文化》中的观点认为,中世纪晚期,意大利从封建制度到专制独裁过渡,带来了人与权力的新型关系,迫使人们脱离现有的身份形式,去塑造一种新的对自我和世界的认知。在这种新的认知中,自我和国家都成为了可以塑造的艺术品,文艺复兴时期的文化因而成为一种高度戏剧化的文化。② 修辞术既是这种戏剧化的方式,也是它的标志:"修辞的作用是使文化戏剧

---

① 埃德蒙·斯宾塞(Edmund Spenser, 1552/1553—1599 年),英国文艺复兴时期的伟大诗人,代表作有长篇史诗《仙后》、抒情诗集《牧人月历》、组诗《情诗小唱十四行诗集》、《婚前曲》、《祝婚曲》等。
② 参见[瑞士]雅各布·布克哈特著,何新译、马香雪校,《意大利文艺复兴时期的文化》,商务印书馆 2007 年版。

化,或者,它是一个已经深深戏剧性的社会的工具。"(p.162)几乎所有文艺复兴时期的宫廷所都充满了戏剧性。它们就像一个个舞台,身处其间的人就像是一个个演员扮演着自己的角色,而16世纪流行的那些宫廷行为手册则是他们的基本指南。这些行为守则与当时同样流行的修辞指南紧密相连,为我们提供了一份关于自我的修辞、或者说一个人为的身份如何形成的完整模型。

这是一个致力于身份塑造、致力于伪装、同时也致力于保留道德理想主义的文化。斯宾塞的《仙后》(*The Faerie Queene*)就是在这样一个文化语境中创作出来的。而这部作品的意图和意义也在于此。斯宾塞在给雷利的信中写道:"整本书的目的,就是通过美德和文雅的规训,塑造绅士或高贵的人。"(p.169)对格林布拉特而言,正是这个自觉表演文化运动的目的,让读者在阅读斯宾塞的诗时,感觉就像是在目睹自我塑造的过程本身。的确,支撑整部作品的假设便是:绅士是可以被塑造的,不仅在艺术中可以,在生活中也可以。如果说魏阿特希望与宫廷的虚伪保持距离的愿望与自诩的直率诚实,至少从表面上看是分裂的话,那么与魏阿特不同,斯宾塞的自我塑造是自觉和有意的:他欣然接受伊丽莎白一世的宫廷生活,并与这种生活保持和谐一致。

格林布拉特选择了《仙后》第二卷《居央爵士或节制的故事》(Guyon, or the Knight of Temperance)来阐明斯宾塞如何试图通过这个故事来塑造绅士。在极乐之地(Bower of Bliss),居央坚定的意志受到诱惑,但最终他不仅离开了这个诱惑之地,而且把它烧成了废墟。格林布拉特引用弗洛伊德在《文明及其不满》中的观点来解释居央的这种行为:"文明在很大程度上建立在对本性的弃绝上,通过镇压、压迫或其他手段,以对强大本能的不满足为前提条件。"(p.173)格林布拉特认为,在极乐之地,居央所弃绝的是性爱的本能。因此,居央的毁灭性行为,实际上让我们看到了文艺复兴文化对感官释放的暴力拒绝。对斯宾塞来说,这种拒绝是必要的,因为感官释放威胁到了自我。"只能通过束缚它,才能保证自我的安全。

这种束缚便包括摧毁某种极度美丽的东西。拜倒在那种美丽之下,就是丧失人性,变成禽兽。"(p.175)但是,无论怎么拒绝,快感都是无法否认的。于是,就有必要区分有节制的快感和过度的快感:能激发高尚行动、最终能通过婚姻产生后代的,就是有节制的;而以快感本身为目的的,就是过度的,因而必须被毁灭,不然它就会反过来毁灭斯宾塞所崇拜的权力。因此,绅士的塑造,关键就在于如何控制无法跳脱、为了种族的幸存而一再出现的"过度"的性冲动。这些区分是定义高尚和文雅规训的基础,但它们之间的界线却永远都不是也无法做到泾渭分明,总是有被模糊的危险。

显然,节制骑士对极乐之地的攻击完全称不上不节制。这就产生了一个悖论:居央摧毁了极乐之地,将阿克西亚(Acrasia)①捆绑起来,试图确保对自我的塑造来说必要的差异原则。但"过度"不是由某种固有的不平衡或不恰当定义的,而是由控制机制、抑制性权力的实施定义的。这里的悖论是,如果"过度"是由这种权力发明的,那么,"过度"也发明了这种权力:这就是为什么阿克西亚不能被毁掉,为什么她以及她所代表的东西必须继续存在,作为毁灭性探求永远的目标。因为如果没有这样一个经常性的威胁,那么居央所体现的那种权力也就失去了存在的理由。意识到"过度"的威胁,体制权力便可以在性这个问题上保有一种合法的"保护"和"疗伤"的兴趣,从而实施对个人内心生活的基本控制。斯宾塞的诗歌和文化的目标是"自我塑造"。实现这个目标一方面需要一个授权体制,或者说一个权力的来源和共同价值(在《仙后》中,是"格罗利亚娜"的宫廷);另一方面,还需要一种对非我(not-self)的认识,即对所有身份之外的东西,或拒绝、威胁身份的东西。毁灭了极乐之地,骑士也实现

①　阿克西亚(Acrasia,意为"自我放纵")是斯宾塞《仙后》第二卷《居央爵士或节制的故事》(Guyon, or the Knight of Temperance)中妖妇的名字。她生活在位于"流浪之岛"("Wandering Island")的"极乐之地",总是把她的情人都变成怪物囚禁起来。阿克西亚最后被居央爵士网住并捆绑起来,她居住的地方也被捣毁并付之一炬。

了自己追求的目标,于是体制得以美化,恶魔性他者在被确定的同时又被毁灭。但是,节制与享乐之间、压抑与满足之间固有的矛盾只是被延缓了而不是解决了,而看起来决定性的胜利只是一时的,新的追求接踵而来,试图弥补之前对基本价值的牺牲。

在这一章的结尾,格林布拉特还指出,斯宾塞的目的是通过诗作进行自我塑造。对此,他无意隐瞒,甚至还公开暗示,他的作品是人为"制作"的结果。无论是诗人还是制作者都表明,"自我"和"作品"均是"被制作的东西"。但同时,它们的这种本质被显露出来之时,又不仅仅是欺骗,而具有更复杂的涵义。在斯宾塞的例子中,他承认艺术的技巧性,这既是一种否认,同时又是一种确认:否认塑造的终极力量,同时又确认在它范围之外的权力。格林布拉特认为,与魏阿特、马洛和莎士比亚不一样,斯宾塞把他的艺术当作一种"反措施"(countermeasure),让人不去质疑占统治地位的意识形态,而是把所有的注意力转向其他地方,从而保护它不受质疑。他说:

> 《仙后》不但不隐藏自己的痕迹,还通过过时的措辞、对固定模式的使用、精致的声音效果、罗曼史的人物和情节等的方式,处处宣称自己作为艺术品的地位。因为寓言性的罗曼史这种模式从定义上就放弃所有隐藏;艺术家如果希望隐藏他在虚构这一事实,那他写《仙后》就是愚蠢的。(p.190)

因此,像《仙后》这样一种展示其"艺术性"(artfulness)的艺术,一种质疑其自身地位的艺术,在摧毁自己作为艺术的地位的同时,却可以"保护权力不受质疑"(p.222)。莎士比亚也常常暗示自己作品的虚构性,但结果却是质疑他的艺术作品之外的其他一切。也就是说,在格林布拉特看来,莎士比亚的艺术"使我们从里面通过一个内部距离认识到它所持有的意识形态的权力。"(p.192)斯宾塞的"非戏剧性"(undramatic)艺术正相反。它不像莎士比亚的作品那样被崇拜,但也避免了对存在的一切的极端质疑。因此,斯宾塞的艺术不会让我们批判性地看待意识形态,反而让我们相信,它是艺术永远渴求的真理原则和不可避免的道德力量的所在。

二、马洛与终极游戏意志

格林布拉特在对马洛①的《马耳他的犹太人》(*The Jew of Malta*)的分析中,指出了艺术与意识形态之间棘手的关系。《马耳他的犹太人》人中的犹太人巴拉巴斯(Barabas)一开始好像个性十足:与当时的文化格格不入,是一个"叛逆"和"亵渎神灵者"。但随着戏剧的发展,巴拉巴斯却越来越失去了自己的个性。虽然在基督教文化的世界里,巴拉巴斯认为自己就是一个被排除在外的陌生人,但同时,他的身份又深深地根植于基督教文化。他"在很大程度上是由占统治地位的基督教文化的材料建构的"(p.207),是一个由基督教文化中最肮脏的材料虚构的产物。其中最明显的证据就是,巴拉巴斯的语言大多时候都是当时流行的谚语和陈词滥调,而他的所作所为则恰恰印证了人们对于犹太人最粗俗、最抽象的想象,比如贪婪、残忍等。

从巴拉巴斯开始,马洛作品中的主人公似乎总是在试图挑战当时的社会体制:帖木儿妄图征服世界,巴拉巴斯信奉马基雅维利主义,爱德华是个同性恋,浮士德则深陷怀疑主义。但最终,他们的挑战都变成了向他们抗争的社会体系致敬。这是因为,在格林布拉特看来,处于文艺复兴的正统中心位置的,是一个巨大的重复系统。在这个系统中,建立了一系列规训范式,教授人们应该渴望什么,又应该恐惧什么。马洛剧中的叛逆者和怀疑主义者仍然根植于这一正统,无法逃脱。用格林布拉特的话说,他们只是"颠倒了这些范式,转而拥抱这个社会视为邪恶的东西"。(p.209)而这些邪恶的东西,同样也是这个社会规定的。这样,他们想象自

---

① 克里斯托弗·马洛(Christopher Marlowe,1564—1593年),英国莎士比亚同时代的诗人、剧作家,代表作品有《帖木儿大帝》(*Tamburlaine*)、《浮士德博士的悲剧》(*The Tragical History of the Life and Death of Dr.Faustus*)、《马耳他的犹太人》(*The Jew of Malta*)、《爱德华二世》(*Edward II*)等。

己是与社会对立的,但实际上却不自觉地接受了这个社会关键的组成部分。在这里,重点不是人有没有能力违背社会常规,而是一个特定的社会一定会生产出一些典型的模式来告诉人们渴望什么、恐惧什么,而马洛剧中这些看似叛逆的主人公,实际上一直都被这些模式所束缚着,从未曾超越。

因此,在马洛的戏剧世界里,最具悲剧意味的是,任何反叛最终都被限制,都注定要失败。当马洛式的英雄认识到行动的重要性,意识到人可以创造自己的历史的时候,他同时也发现自己被外在于自身的力量塑造,而不是随心所欲地创造历史。对此,格林布拉特援引马克思在《路易·波拿巴的雾月十八日》中的一段话评论道:

> 人们自己创造自己的历史,但是他们并不是随心所欲地创造,并不是在他们自己选定的条件下创造,而是在直接碰到的、既定的、从过去承继下来的条件下创造。一切已死的先辈们的传统,像梦魇一样纠缠着活人的头脑。当人们好像只是在忙于改造自己和周围的事物并创造前所未闻的事物时,恰好在这种革命危机时代,他们战战兢兢地请出亡灵来给他们以帮助。①

因此,我们不能把马洛式的英雄的行为仅仅看成是自我定义、自我辨别的行为,还要看成是自我重复的行为。也就是说,他们通过引用和挪用社会习语和习俗来进行自我命名、自我定义,是对主流意识形态的"戏拟"。这一切在格林布拉特看来验证了一个事实,那就是:自我受到占统治地位的意识形态的束缚,无论如何抗争都徒劳无益。跟对莫尔和廷代尔的解读,以及对魏阿特的大部分解读一样,格林布拉特对马洛的分析也揭示了一个不断重复的主题:对社会主流意识形态的分离和反叛,同时也是对它的包容和让步,自我定义最终都会变成另一种形式的自我取消。

---

① Stephen Greenblatt, *Renaissance Self-Fashioning*, 210.格林布拉特所引用的这段话的译文来自《路易·波拿巴的雾月十八日》,马克思著,中共中央马克思恩格斯列宁斯大林著作编译局译,人民出版社 2001 年版,第 1 页。

　　但是,情况也不是完全这么悲观。格林布拉特宣称,在最极端的行动中,马洛式的英雄又显示了一种"戏剧性能量","戏剧性极端主义",和一种"表演的意志"(will to play),因为他们是戏剧性的存在,戏剧性的英雄,他们的生活是虚幻的生活。马洛式的英雄

> 从他们的事业的荒诞中鼓起勇气,一种恶意、自我毁灭、极为雄辩和游戏性的勇气。马洛作品中的这种游戏性表现为残酷的幽默、恶意的恶作剧、对古怪和荒诞的嗜好、喜欢角色扮演、完全被眼前的游戏吸收,以及随后的对处于这个游戏界线之外的东西的漠视和对人性的复杂和痛苦的极端不敏感,极端但规训了的攻击性,对超验的敌意等。(p.220)

格林布拉特所列举的这些自我毁灭的形式,同时又是自我创造的形式。它们是自我毁灭的,因为那些实践的人物实际上是冒着生命危险的,但同时又是自我创造的,因为他们反抗权威,反抗占统治地位的意识形态,以免被不自愿地吸收进去,而乐于做无政府主义者。格林布拉特把这种状况描述为"在深渊边缘的游戏,绝对的游戏(absolute play)"。(p.220)

　　一般读者会本能地把马洛戏剧中的主人公视为反叛者和反社会者,致力于对抗文化正统。但格林布拉特的解读颠覆了一般读者的这种理解。他指出,这些人确实也反抗,但他们的反抗并不存在于公然的不服从或反叛行为中,因为如前所述,在这些行为中,他们只是在重复和重新创造他们那个时代占统治地位的意识形态,因而是徒劳的。格林布拉特所谓的反抗,存在于他们强烈的叙述性自我意识和审美强度中,存在于他们的"绝对游戏"中。于是,格林布拉特对马洛的解读以一种新的形式让我们再次见证之前已经见证过的过程:他让我们看到一个人或人物的行动如何不可避免地被上层建筑吸收,然后又笔锋一转,为我们揭示这一过程的反抗性。这后一种认识一方面让我们相信,不存在超验的价值,所有欲望的对象都是由人类主体塑造出来的虚构和戏剧性的幻象;而另一方面也让我们深刻地感到,人如果要继续存在于这个世界上,只能持续不断地

继续塑造自我,而且在这个过程中一直都明白,这种自我塑造实际上是一个虚构。

格林布拉特认为马洛的怀疑主义可以追溯到两个来源。一个是16世纪晚期的宗教争议,新教和天主教的辩护者都证明对方的宗教都只不过是幻想①。另一个则是对陌生文化的发现和征服带来的知识,人们发现欧洲文化不是唯一的文化,并由此所产生的怀疑主义。但正如我们在前文已经指出,马洛剧中主人公所谓的反抗是在文学的框架内进行的,在表达上则是解构主义式的。也就是说,在对超验价值的信仰缺失的情况下,马洛式的英雄接受并拥抱自己的生活是不可避免的虚构的事实,并乐在其中。他的主人公不是在被动地等待被变成某种别的东西,而是处在一个绝对的游戏之中,一个一切都是游戏的游戏之中。这一游戏"深不可测",既威胁等级结构和日常关系,同时又反抗这些结构和关系中蕴含的权力。一言以蔽之,马洛的主人公总是让人感觉是虚构或者建构的,他们的行为总是显得像是游戏,正是这种感觉,让他们得以反抗被上层建筑吸收的命运。

在这里,正如对魏阿特的分析中一样,格林布拉特始于一个传统上被理解为叛逆的人物,然后十分有力地证明了真正反抗的不可能和徒劳。但是,他的分析又向我们揭示了另一种反抗的形式,即文学上的反抗。这其实是以一种新的形式重复了之前关于"作者"的角色的传统观念,那就是,马洛的主人公注定被社会吸收,但通过集中在他们的虚幻性上,他们提供了对占统治地位的意识形态的反抗。

三、权力的即兴表演

莎士比亚不同于斯宾塞,并不认为自己是为上帝和国家政权这样的

---

① 参见格林布拉特在本书的第二章,关于廷代尔的一章中,对天主教与新教之间争论的相关论述。Stephen Greenblatt, *Renaissance Self-Fashioning*, pp.112-113.

合法权威的权力服务的,但他也不像马洛式的英雄那样对抗权威。他把自己视为"一个尽责的仆人,满足于在文化正统中即兴表演(improvise)一个属于自己的角色"(p.253)在格林布拉特的第二个三人组中,他的作用是揭示从颂扬、到反叛、到颠覆性顺从的转换。

在这一章中,格林布拉特重点分析了《奥赛罗》一剧。他先为我们描述了他称之为"即兴表演"(improvisation)的模式。他的定义是:"充分利用意料之外的东西,同时把现有的材料变成自己的剧本(scenario)的能力。"(p.227)在即兴表演中,关键的不是表演"即兴"的特质,而是对看似牢固和确定的东西的一种机会主义把握。在《奥赛罗》这部剧中,伊阿古的计谋之所以能得逞,就在于他完美地实践了这种即兴表演。不仅如此,欧洲人对新大陆土著居民进行殖民和操纵的过程中,也成功地利用了即兴表演。格林布拉特说,成功的即兴表演

> 首先有赖于角色扮演的能力和意愿,哪怕只是很短的一段时间、带着心理保留地,把自己变成另一个人。这就必须接受伪装,需要把口和心分开的能力。这种角色扮演反过来又有赖于把他人的现实变成一个可操纵的虚构。(p.228)

格林布拉特用西班牙人如何欺骗卢克亚斯(Lucayas)①小岛土著的例子来加以说明。小岛上的居民相信,他们死后,灵魂将被带到北边的冰山上洗清罪恶,然后再被带到南边一个天堂般的岛上,享尽欢乐,而且能永远年轻。西班牙探险家在袭击卢克亚斯之后,为了把土著骗到伊斯帕尼奥拉岛(Hispaninola)②的金矿做劳力,便利用土著的信仰,骗他们说要带他们去传说中的天堂岛。等土著们欢天喜地离开家乡跟着西班牙人来到伊斯帕尼奥拉岛,却发现这里根本不是天堂,而是地狱,于是纷纷绝食或自杀身亡。格林布拉特认为,西班牙人之所以能够成功地在当地土著不知

---

① 位于现在美国的佛罗里达州的一个小岛。
② 位于拉丁美洲西印度群岛中部。

情的情况下,劝说他们一起去伊斯帕尼奥拉岛,正是因为他们掌握了卢克亚人宗教运作的方式,把他们的宗教当做一种意识形态建构,从而能够颠覆他们的宗教,并利用其假设、仪式和基础性"神话"达到自己的目的。卢克亚斯所发生的,并不是一个孤例。在欧洲人的殖民过程中,他们一再巧妙地把自己渗透(insinuate)进土著的政治、宗教甚至心理结构,从而利用这些结构为自己的利益服务。

让我们再回到伊阿古。格林布拉特用伊阿古向我们展示了他所谓的即兴表演模式的运作过程。伊阿古的做法,是首先把"他者"(如黛丝德蒙娜)虚构化(即变成一个虚构的东西)。这样,一个曾经似乎是固定的象征结构、稳定的自我,便变得脆弱,具有流动性和弹性。然后,他"进入"这个自我,并开始修改、重新想象、重新塑造这个自我。但是,虽然伊阿古这个角色扮演者"可以想象自己的非存在(nonexisitence),从而可以暂时地在另一个人中存在,或者说作为另一个人存在,"(p.235)但这种自我取消和自我丧失的行为却远不是卑微的。相反,它们掩盖了对他者的残忍替代和吸收。而这,正是伊阿古的目的。格林布拉特进一步指出,《奥赛罗》中的人物事实上都被叙述重新塑造了自我,因为他们经历了虚构的过程,并以虚构的方式看待自己的生活。比如说,奥赛罗在剧中向众人讲述自己的冒险故事,然后又给黛丝德蒙娜讲述这个故事的故事。在这个过程中,奥赛罗作为一个英雄的身份便得以建立或塑造。而伊阿古掌握的秘密是,"一个被塑造成故事的身份,可以在不同的叙述中被打破、重新塑造和重新铭刻:这是被消费,或者说被阐释的故事的宿命"。(p.238)

在格林布拉特看来,黛丝德蒙娜强烈的情欲也与奥赛罗身处的困境有关。黛丝德蒙娜的情欲中,蕴含着一种能动摇正统的等级服从观念的力量。在她与奥赛罗的关系中,虽然没有任何东西公开地与基督教正统相冲突,

　　　　但几乎每一个词语中都充满了强烈的情欲,与正统之间形成了

张力。这种张力是基督教教义在性上的殖民权力的体现。正是在其固有的限制中,这一权力才显现出来。也就是说,我们在这一简短时刻瞥见了正统的边界,其控制的末端,其霸权被激情潜在地打破的可能性。(p.242)

尽管出于无心,黛丝德蒙娜的"情欲顺从"(黛丝德蒙娜屈从情欲是因为要迎合奥赛罗),与伊阿古的秘密操纵结合在一起,还是摧毁了奥赛罗"小心翼翼塑造的身份"。(p.244)奥赛罗自己也相信他爱妻子过度了,他们的爱违反了加尔文所说的"夫妻间适度性交"(comeliness in conjugal intercourse)的教义(p.248),这使得他容易轻信伊阿古有关妻子的影射。

格林布拉特在这里强调,"快感是合法摆脱教条和限制理由"(p.248),正是因为这个原因,教会甚至把他们的监视和规训延伸到了已婚夫妻上,警告他们说,在婚床上的过度快感至少潜在地违背了第七诫。① 也就是说,过度沉湎于夫妻之间的性爱,无异于通奸。伊阿古(格林布拉特把他描述为一个异常关注通奸并时常为性焦虑的人)就把婚后的性爱等同于通奸,他进入到奥赛罗的意识中,通过讲述通奸故事,操纵它、改变它,最终让奥赛罗认同自己关于夫妻婚后关系的观念。这样,奥赛罗这个活生生、真实的人,被叙述成了一个故事,最终"作为一个文本结束"。(p.252)

论述完伊阿古这个虚构人物之后,格林布拉特转向创造他的剧作者莎士比亚。在他看来,莎士比亚自己跟伊阿古一样,也是一个即兴表演大师(improviser)。但这并不就证明莎士比亚是为权力服务的,是都铎王朝(Tudor)意识形态坚定的辩护者。虽然莎士比亚与伊阿古认同,但他也在黛丝德蒙娜这个人物身上描述了对权力结构的反抗。只不过,她的反抗不是马洛式的公然反叛,相反,她似乎很顺从丈夫奥赛罗的权力。但格林布拉特却在这种顺从中看到了反抗:

---

① 摩西十诫中的第七诫,不可奸淫他人之妻,女人不可与他妇之夫通奸。

正如这部戏及其文化暗示的,激发强烈、无目的的快感,只是在表明上确认了现存价值和现有自我。在莎士比亚的叙述艺术中,黛丝德蒙娜以情欲的方式拥抱那些决定了社会和心理现实的巨大权力结构,她的爱比伊阿古的移情更令人不安。而在过度的审美愉悦中,在对那些结构的情欲性拥抱中,我们瞥见了从这些权力结构的解放。(p.254)

也就是说,像马洛的主人公一样,他们的审美游戏也是解放的手段;黛丝德蒙娜的性,不但颠倒了等级关系,而且提供了对这些关系的反抗。这就是为什么格林布拉特要把莎士比亚的立场叫做"颠覆性服从"的原因。黛丝德蒙娜全然没有公然地挑战权力;因此从本质上说,这种挑战是隐蔽的。而它的力量就恰恰在于它的隐蔽性。在格林布拉特看来,正是在这种隐蔽的反抗中,莎士比亚暗示:我们有可能逃开每个人都被铭刻(或者说被塑造)的复杂叙述秩序。而这又再一次向我们揭示了格林布拉特本人对人的自由意志的矛盾心态。

第四节　重塑自我的悖论

在《文艺复兴时期的自我塑造》的"跋"中,格林布拉特又回到他论述的中心问题:自我塑造。他首先讲述了他对自我塑造的兴趣以及他在这一主题上的观点的发展:

当我几年前最初构思这部书的时候,我意图探索 16 世纪主要的英国作家是如何创造自己的演出的,分析他们在再现自己和塑造人物的时候所作的选择,理解人类自主性在身份建构中的作用。在我看来,文艺复兴的标志,正是中产阶级和贵族男性开始感到,他们拥有塑造自己生活的这种力量。我把这种力量以及它所隐含的自由,视为我自己的自我感中一个重要组成部分。(p.256)

但是,他的研究不但没有证实这一判断,反而成功地推翻了它:

> 但随着研究的展开,我认识到,塑造自己和被文化体制塑造——家庭、宗教、国家政权——是无法避免地交织在一起的。在我所有的文本和文件中,据我所知,没有纯粹、无拘无束的主体性的时刻;事实上,人类主体本身开始显得极其不自由,是一个特定社会中权力关系的意识形态产品。每当我专注于一个看起来自主的自我塑造时刻,我发现的都不是一个自由选择的身份的显现,而是一个文化产品。如果还有自由选择的痕迹,这些选择也只是在社会和意识形态系统严格划定的范围内的可能性。(p.256)

这段话极好地描述了《文艺复兴时期的自我塑造》的论述方向。格林布拉特的意图,不是要阐明极富个性的"个人",而是要揭示无意识地构成每个"私人"的思想和行为的"文化范式"。而他的分析证明,"自我"深深地嵌入了"文化"中,甚至在我们一直都认为正相反的地方,也是如此——那些看似凸显自我的行为,实际上也不自觉地吸收了文化或被整合进了文化。他还阐明,社会和意识形态系统,如何强有力地塑造和定义了自我的每个层面。所有这些,都是格林布拉特在文艺复兴时期的自我塑造主题上,最具启发性的论述。

但正如本书一开始的导言中在方法上的提醒一样,格林布拉特并不认为文化就是铁板一块,他同时也思考了自我如何反抗社会和文化的整合。只不过,他想象的反抗方式有些异乎寻常。于是,他看似完整的著作中的漏洞便暴露了出来。比如,他在分析魏阿特的诗歌时指出,文学文本有一种特殊的能力,能揭示它们所依赖的权力系统,然后逃脱这些系统。在本书的最后两章中,他用马洛中对"游戏"的坚持、莎士比亚中对"审美快感"的权力的坚持,代替"内在距离",作为自我反抗和逃脱文化对其的定义的方式。然而,这些反抗的实例分别出现在第一个三人组中唯一的一个文学人物(魏阿特)作品中和第二个三人组中伟大的经典作家莎士比亚的作品中。这会让我们觉得,格林布拉特似乎在暗示,反抗最可能出现在文本最复杂的地方,伟大的文学作品因而成为反抗社会和意识形态系统的场地。但是显然,这种反抗是用一种沉默的方式进行的,以至于我们要禁不住质疑它的意义和价值究竟何在。

格林布拉特真正的信念是什么? 这个问题因而变得有些扑朔迷离。他是相信自我完全是社会中权力关系的产物,还是相信自我只部分地是权力关系的产物? 在关于莫尔和廷代尔的章节中,格林布拉特令人信服地论述了前者,而在关于魏阿特、马洛和莎士比亚的章节中,自我又不可避免地被整合进社会、文化和体制生活。这就使得他在跋中的自传性讲述变得格外有意味,因为它揭示了格林布拉特所研究的问题的复杂性。如我们在上述引文中看到的,他说他始于相信人类拥有能动地塑造自己身份的能力,但最终却发现,这一信条不但被后来的研究所挑战和摧毁,而且他还不得不得出一个截然相反的结论:自我是由它所根植的权力结构决定的。于是,他最终退出人文主义的阵营,转而投入后结构主义的阵营。但是他这样做的时候,又面临一个艰巨的任务,那就是,如何与后结构主义立场保持一定距离,如何确保自己的立场不是决定论的、反动的,不是无法容纳反抗或社会变化的。格林布拉特深受福柯影响,对这种指责也心知肚明,于是他小心翼翼地试图在论述中避开它,这才有了本书一开始时,他在方法上的提醒。

然而,具有讽刺意味的是,虽然说格林布拉特这些提醒的目的,是为了给反抗社会既定秩序留出可能的空间,但他给出的反抗例子却是文学上的。因此,他的提醒实际上又回到了两个相关的传统观念:(1)存在与众不同的自我;(2)文学话语是特殊的,因为它显示与众不同的自我,让读者感觉到自我的反抗。换句话说,格林布拉特在方法上的提醒,反而重新唤回了关于自我的传统态度,也恢复了对文学作为特殊话语的信念。而这些,恰恰是他的"文化诗学"试图修正的。于是,他有关"自我塑造"的论述的悖论就显现出来了。

此外,在格林布拉特的文本中,"自我"的表达似乎总是使用解构的语言。这看起来极其怪异和不同寻常。因为解构不是想当然地与自我救赎联系在一起的。不过后果却一样：自我表面上也许反等级、反体系、无政府主义，但在格林布拉特的分析中，它仍然是一个"自我"。于是，就有了跋中最后的这段话：

> 我这里所写的所有16世纪的英国人确实坚持人的主体和自我塑造，甚至在暗示自我的吸收或堕落或丧失的时候也在坚持。不然他们能怎样做？他们还有得选择吗？或者，我们还有得选择吗？因为我们考察过的文艺复兴时期的人物明白，在我们的文化中，放弃自我塑造就是放弃对自由的渴求，就是松开紧握的自我——即使是视为虚构的自我，就是死。对我自己而言，我讲述在飞机上与这位心烦意乱的父亲的偶遇的简短故事，是因为我想证明自己那种维持幻想的无法抗拒的需要，那种幻想就是，我是自己身份首要的创造者。
> （p.257）

然而，在具体的分析中，自我塑造经常不是与"好的信仰和对自由的冲动"联系在一起，而是与"欺骗"和自我不可避免地认同现存的权力形式联系在一起。明知"我是我自己身份的首要创造者"是幻想，但仍要坚持。这不是价值塑造的自我，而是自我之后的那个自我——那个知道自我塑造是幻想的自我。跋中的这最后一句话，暴露了格林布拉特想要坚持传统立场的欲望（尽管以一种修改过的形式）。事实上，在他自己研究的作家和人物中，格林布拉特也确实隐秘地试图找到自我幸存的痕迹。本书由六个个人的个案研究组合而成，他的注意力也聚焦在单个人物上，这种做法会诱使读者相信，至少在某种程度上，这些个人是超越了塑造身份的普遍文化范式，留下了他们作为"个人"的印记。因此，尽管格林布拉特在书中竭力地提供种种证据试图表明，这些人物更具有"代表性"而不是"独特性"，但是，他所极力证明的身份由文化建构的观念，仍然难以让人信服。这固然部分地是因为"自由意志"和"自主自我"这两个观念在西方思想中享有高度特权，一旦被质疑便会引发强烈反应，但更主要的原因,还在于格林布拉特本人的论述中存在的这种悖论。正是因为格林布拉特仍然坚持相信自我的存在,因此,虽然他以一种解构式的语言表达这一信念,但仍然在最后一刻确认了它。

可能还有部分原因在于,格林布拉特没能对当时学界各种相互竞争的学术规范进行足够的反思。正是这些规范塑造了他自己学术上的"自我",也塑造了本书的写作。像他书中讨论的作家及他们作品中的人物一样,作为一名学者,格林布拉特也有他自己视为"权威"的人和他视为"恶魔性"的"他者"。在书中,他引用马克思、弗洛伊德、福柯、拉康,尤其是人类学家吉尔兹,把他们视为权威。他们都探索了文化和社会对个人的束缚——阶级的、家庭的、习俗的、语言的。这些探讨的结果,使得完全自主的个人的观念成为不可能。但是,在他们之外,还有格林布拉特反对的学者。这些学者相信个性,或者试图把文学从更大的文化表意系统中分离出来。同样的,格林布拉特的自我学术身份,也是通过遵从前者而拒绝后者建立起来的。这几乎是不言自明的,许多学者也都在使用这种策略。但是显然,至少在理论上,格林布拉特并没有完全和彻底地拒绝他所反对的那些观念。除了上述自主的自我观念这个例子之外,我们还可以举出另一例子。在本书关于莎士比亚的一章,他一再强调莎士比亚的智性力量,似乎是害怕如果把莎士比亚与任何特定文化群体或自我塑造模式认同,就会削减了莎士比亚个人的"天分"。

于是我们在格林布拉特的研究中看到了悖论。① 这是一个颇具意味的问题。它让我们看到了格林布拉特所研究的问题的复杂性:不是我们有了一个新的理论,就能得到一个确切的结论。同时,它又向我们揭示了批评家(不管是当时的还是现在的)陷入的两难境地:要想甩掉旧的思维和语言习惯确实很难。一方面,当时关于自我和文学语言的传统观念虽

---

① 这个悖论可以说伴随着格林布拉特的整个批评生涯,而不仅仅存在于本章讨论的《文艺复兴时期的自我塑造》中。在本书之后的章节中,我们也将看到这一点。

然受到了挑战,但并没有消亡,批评家对这些观念也没有完全失去信心;另一方面,随着研究的展开和深入,新的关于文化和体制塑造身份的观念的局限又逐渐被揭示出来。格林布拉特的研究所探索的问题——自我与文化间的关系、社会和文化力量在何种程度上定义和决定自我、自由和反抗的形式——不仅对当时的文艺复兴研究来说是中心问题,而且对每一个领域的文学批评实践来说都是中心问题。《文艺复兴时期的自我塑造》成功地提出并探索了这些问题,但却没能成功地解决这些问题。这并不说明作者的能力有限,而是说明了他提出的问题的大胆和前瞻性。格林布拉特在本书中所显示出来的分裂的立场,以及逻辑上的不一致,其实也是当时美国批评状况的一个表征。一边是英美文学研究的人文主义和实证主义传统,一边是大陆学术更理论化、也更具自觉性的意识形态视角。挣扎在二者之间,批评家很难决定是绝决地选择其一,还是调和二者。

第五章　社会能量的流通

如果说在《文艺复兴时期的自我塑造》中,格林布拉特主要关注的是社会如何建构个人(真实存在的人或作品中虚构的人)的问题,那么在《莎士比亚的商讨》中,他则转而关注社会如何建构文学的问题。与《文艺复兴时期的自我塑造》中选取六位文艺复兴时期的作家进行考察不同,他在本书中集中考察了莎士比亚及其剧作。很久以来,莎士比亚都被视为是一个超越了他的时代的创作天才。可是,格林布拉特在本书中却偏偏选择莎士比亚来论述艺术生产的集体性。在他看来,如果把莎士比亚放到具体的语境中,追踪社会能量在他的戏剧作品与其他戏剧作品、其他文本以及当时的信仰、文化习俗、社会实践、体制结构之间的交换和流通,我们也许就可以破解莎士比亚作为独一无二的原创作家的神话,打破莎士比亚文本与其他形式的写作之间严格的区分,使文艺复兴文化向文学和历史分析的新方法敞开大门,而戏剧文本则由独立的审美王国变成了文艺复兴权力形式商讨和授权、审查和颠覆、遏制和恢复的场所。

书中除第一章以外的四章分别代表了莎剧四种文类中的一种:历史剧、喜剧、悲剧和传奇剧。第二章《隐形的子弹》从托马斯·哈利奥特的《关于新发现的弗吉尼亚的简短和真实的报告》中提炼出一种关于正统和颠覆的阐释模式,来帮助阐释《亨利四世》一、二部和《亨利五世》中的正统和颠覆成分。第三章《虚构与摩擦》讲述了一个公认的女人却宣称自己是男人的故事,将之与文艺复兴时期关于两性区分的理论联系起来,论证了"正常的宫殿是建立在不正常的流沙之上的"的观点。第四章《莎士比亚与驱魔师》探讨了《李尔王》与其来源之一的萨缪尔·哈斯奈特的《对天主教臭名昭著的骗术的揭露》的关系,通过对哈斯奈特的著作的分析,表明驱魔术是一种演戏,目的是把这种迷信实践从中心驱赶到边缘,即剧院中,从而实现对神圣的"去神秘化"。第五章《安乐乡的军事管制》论述普罗斯佩罗如何通过自己的魔法来操纵剧中其他人物的焦虑,得出这样的结论:对焦虑的操纵是国家、教会和剧院权威共享的权力之一。

但是,《莎士比亚的商讨》并不是用这种简单的归纳就能穷尽的,因此我们接下来将详细考察其中的个别篇章。我选择的是《隐形的子弹》和《莎士比亚与驱魔师》这两篇。选择前者是因为它常常被认为是格林布拉特的新历史主义代表性论述之一,尤其是其中提出的文艺复兴文化中的"颠覆"与"遏制"模式引发了极大的争议和广泛的讨论。选择后者则是因为它最为清晰地论证了格林布拉特关于社会能量流通的论述。另外,对它们的详细论述还可以一方面将格林布拉特典型的批评方法呈现出来,另一方面也将他方法上的缺陷甚至逻辑上的不一致也暴露出来。第五章将聚焦在格林布拉特对社会能量流通的论述以及这种流通在《莎士比亚的驱魔师》中的例证上,而第六章将首先论述《隐形的子弹》中对颠覆与遏制模式论证,然后以此为例对格林布拉特的批评方法进行评估。

第一节　社会能量

一、倾听死者的声音

格林布拉特在《莎士比亚的商讨》导言性的第一章中的第一句话非比寻常,也被无数次引用:"我始于一种与死者交谈的渴望。"他接着写道:

　　这种渴望是文学研究一直都有、也许没有说出来的动机。这种动机被组织、专业化,深埋在厚厚的官僚体制中:文学教授是发着薪水的中产阶级灵媒。如果我从不相信死者可以倾听我,如果我知道他们无法诉说,我也确信,我能重新创造与他们的对话。即使我后来明白,我竭尽全力听到的,只是我自己的声音,我也没有放弃这个渴望。诚然,我只能听到自己的声音,但我自己的声音也是死者的声音,因为逝者设法在文本中留下了自己的踪迹,而这些踪迹使他们在生者的声音中被倾听。虽然每一个踪迹,甚至是最为琐屑和乏味的,也都包含了逝去生活的某个碎片,但很多踪迹都没什么共鸣;而有一些却神秘地充满了被倾听的意志。当然,在小说中寻找死者活着的意志是一个悖论,因为我们无法从活生生的人开始。但那些热爱文学的人在仿真——在对生活形式的、自觉的模仿——中找到的感觉,比在死者其他任何文本踪迹中找到的都更强烈。因为仿真是在完全意识到设法再现的生活的不在场的情况下进行的,因此它们可以巧妙地参与并弥补赋予它们力量的过去生活的消失。以我一贯的品位,我在莎士比亚中找到了最满意的强度。①

与在《文艺复兴时期的自我塑造》中一样,作者、文本与批评家之间存在着某种联系。格林布拉特把这种联系建立在声音的观念上。他说自己始于一种倾听死者、与死者交谈的愿望,因为他意识到只有通过生者的声音,死者的话语才能显现。这些逝去的声音会产生一种"共鸣"。作者永远无法活生生的在场,也永远不可能听见批评家说什么,因此真正的会话是不可能的,但这种会话的念头,却巧妙地开启了现在与过去的关系这个问题。我们所称为文学记录的文本痕迹是作者的"意志",这种意志在虚构作品中能获得一种奇特而神秘的力量。对于那些热爱文学的人而言,这种对生活的虚构再现可能比其他文本痕迹,如历史文件或假设事实的

---

① Stephen Greenblatt, *Shakespearean Negotiations*, p.1.本章以下对本书的引用将直接在文中标出页码,不再单独注释。

记述,感觉更"生动"、更强烈,在某种意义上,甚至可能比通常所说的"真实生活"感觉更"真实"。比如,当我们与文学作品中的某个人物认同的时候,就会有这种感觉。

格林布拉特想知道,"莎士比亚是如何做到那种强度的"。(p.2)于是问题就变成了:如此丰富的生活是如何进入文本踪迹的?也就是说,他对莎士比亚真正感兴趣的是他作品的强度和活力,以及它们与莎士比亚生活和写作的那个社会之间的关系。格林布拉特把莎士比亚称为"一个完全的艺术家"(total artist),把他生活的社会称为"一个总体化的社会"(totalizing society),二者遭遇后沉淀出他的戏剧作品。格林布拉特所谓的"完全的艺术家",是指一个凭借训练、适应性和天赋,完全自己完成创造的人;而"总体化的社会"指的是这样一个社会:假定所有人类、自然和宇宙的力量组成一个神秘的网络社会,统治精英在这个网络中享有特权地位。(p.2)划出这两极后,格林布拉特很快又抛弃了它们。他并不怀疑,那些归于莎士比亚名下的戏剧作品中的大部分,都是那个斯特拉福语法学校极富天赋的毕业生写的;他也一直相信文艺复兴社会是意图整体化的社会。他抛弃这种观念,是因为他对这种假设的一元性感到不安。一方面,他在自我塑造方面的研究已经使他修正了"完全艺术家"的想法,任何个人,即使天分再高,也不可能完全依靠自己进行创作;而自我塑造本身已被证明是一个被各种冲突深深撕扯的过程,人最终也无法拥有一个稳定的个人身份意识。另一方面,现代早期社会,尤其是它的权力结构,也无法让人觉得它可以完全控制社会,因而在任何合理的意义上都不可能是"总体化"的。任何一种关于权力(尤其是政治权力)的一元性的思想,都是建立在张力之上的。而这种张力,是无法凭主观愿望就让它消失的。事实上,总体化的愿望恰恰表明这种社会形式乱套了,面临崩溃的危险;而伊丽莎白和詹姆士一世时代隐藏的统一观念,其实是急于隐藏裂缝、冲突和混乱的说辞而已。(p.2)因此,对格林布拉特来说,我们需要把权力放在文艺复兴的关系中来讨论,但同时还要拒绝宏大叙述,不要把所有形象和表达都整合进一个单一的宏大叙述,因为"权力"这一术语本身暗示了"一种结构整体和控制的稳定"。(p.2)他说,也许我们时常看到文艺复兴作家自己在作品中呼应君主和主教的意愿,但当前研究表明,这些意愿本身也是由冲突和混乱的动机建构出来的,即使是那些热衷于为一元权力代言的文学文本,实际上也是各种体制与意识形态相互竞争的场所。(p.2-3)

为了更好地理解这一点,我们可以把格林布拉特在这里的观念与之前批评家的观念做一个比较。英国批评家帝利亚德(E.M.W.Tillyard)在1943年出版了一部影响巨大的著作《伊丽莎白时代的世界图景》。在书中,他通过解读一系列伊丽莎白时代的官方文件和文学作品,总结出了伊丽莎白时代社会内部关于秩序、宗教、政治等的占统治地位的观念。在这方面,帝利亚德可以说是后来像格林布拉特这样的历史主义批评家的先驱。但是,帝利亚德的结论是:在伊丽莎白时代,人们对秩序、和谐和正统这些东西有确定的理解。① 这一观点显然与新历史主义者和文化唯物主义者的观点相去甚远,帝利亚德的著作因而时常被他们当做批判旧历史主义的靶子。新历史主义者和文化唯物主义者都认为,帝利亚德对这一时期的文件的理解过于表面化。例如,如果一系列的官方文件称臣民必须顺从君主,那么他就认为,这说明了顺从君主是当时人们普遍拥有的一个信念,进而认为大部分人都是顺从的。帝利亚德对伊丽莎白时期的这种理解是一种总体化的理解,他从中看到的是官方的政策与人们的行为之间的和谐一致。多利莫尔指出:"从一个唯物主义者的角度看来,他的错误在于,以人的集体思想的名义虚假地统一了历史和社会过程。"② 而格林布拉特也指出,事实上,在伊丽莎白时期,官方的文件之所以不得不一再强调顺从的必要性,正是因为当时的人们并不顺从。因此,官方文件

---

① Eustace M.Tillyard, *The Elizabethan World Picture*, New York: Vantage Books, 1959.

② Jonathan Dollimore, *Political Shakespeare*, p.5.

证明的,恰恰是行为与政策的不一致。由此看出,面对同一材料,正面和反面解读都是可能的,这要求批评家对生产那一材料的文化有更宽阔的视野。

抛弃了绝对艺术家和总体化社会的观念,是不是就可以简单地回到文本自身呢? 在新历史主义崛起之前的几十年中,批评家通常都是通过对文本的细读来考察它们如何传达逝去的生活,而格林布拉特也相信:"对形式和语言设计的持续关注将一直是文学教学和研究的中心。"(p.3)因此,形式主义的可能性一直都在。尽管如此,他还是提出了不同于形式主义的方式:"少关注些文学领域假定的中心,而更多地关注它的边缘,追踪在文本边缘只能被瞥见的东西。"(p.3)也就是说,批评家可以把莎士比亚的经典文本与处于边缘或边界的其他文本相对照,来解读这一时期的文学生产。这种解读必然是更碎片化(fragmentary)而非更完全的。格林布拉特坦承,这样做,我们要付出的代价是"整体阅读"(whole reading)的"假象"(illusion)。但他又断言,自己这种更加零碎的视野可以从另外一方面得到补偿:批评家可能因此而洞见到"赋予伟大艺术品力量的半隐蔽的文化交易"。(p.3)

因此,与《文艺复兴时期的自我塑造》中看到的基于作者的解读不同,格林布拉特在《莎士比亚的商讨》中传达的观念是:文学和文化也都是集体产物。对一个像格林布拉特这样的新历史主义者而言,没有文本是一个单一的人独自创造出来的,也没有文本完全独立于与使它出现的世界。从这一点上来说,格林布拉特在《莎士比亚的商讨》中使用的碎片化的解读模式,是一次避免对历史进行宏大叙述的有益尝试。莎士比亚因而既是现代早期文化的代表,又不是现代早期文化的代表。诚然,他的作品让现代读者得以思考现代早期文化,也是现代读者这样做时优先选择的对象。但是,这些解读最终看到的莎士比亚作品不是一个享有特权的个人的产物,而是一系列文化商讨的产物。格林布拉特用君主的比喻来形容文学作品的这种集体生产:

在文学批评中,文艺复兴时期艺术家的作用就像那时的君主:我们其实清楚地知道君主的权力在很大程度上是一个集体发明,是千万个臣民欲望、快乐、暴力的象征性体现,是依赖和恐惧的复杂网络的工具性表达,是社会意志的代理而非创造者。但在论及诗人或君主的时候,我们却很少不接受这一虚构:权力直接由他而来,社会依赖于这一权力。(p.4)

戏剧性文本尤其能凸显文学文本的这种集体生产的一面。这是由戏剧文本的特殊性决定的。首先,戏剧是集体意图的产物。剧作家一方面从各种文学资源获得灵感,另一方面又依赖于集体的文类、叙述模型及语言惯例进行创作。其次,戏剧面向的是作为集体的观众。戏剧的典型受众与小说的读者不同,不是从公共事务中回到私人空间的个别的读者,而是聚集在一个公共戏剧空间里的群众。戏剧文本需要作者与观众之间的合作来激活。因此,作为社会实践的一部分,文本痕迹不是孤立地存在着,而是在生产和消费的经济中流通着,它们能激发多少兴趣和快感,则取决于它们在这一经济中处于何种位置。因此,批评家不应再画地为牢,把自己局限在作品本身这个孤立的审美王国,而应跳出局限,关注"集体信仰和经验是如何塑造的,如何从一个媒介走向另一个媒介,如何在可操控的审美形式中聚集,如何供我们消费"。(p.5)同时,批评家还应反思,艺术这种文化实践是如何与其他表达形式分割开来的,它们之间的界线又是如何划定的。再者,批评家还应揭示这些被刻意分割出来的地带如何拥有了或传达快感或激发兴趣或产生焦虑的力量的。对格林布拉特来说,这样做并不意味着要剥离和抛弃艺术的审美维度,而是要探索审美成为可能的客观条件,发现社会流通的痕迹是如何被抹去的。

二、社会能量

而要做到这些,就需要诉诸他提出的"文化诗学",研究"不同文化实践的集体创造过程,探索这些实践间的关系",揭示"文化物体、表达和实践(在这里主要是莎士比亚的戏剧以及它们最初出现的舞台)如何获得让人无法抗拒的力量"。(p.5)由于形式主义和旧历史主义的方法都已经被证明无法做到,因此,批评家需要一个新的术语来描述艺术品或文本所具有的力量,它影响听者或读者心灵的能力。于是"能量"(energy)这一术语粉墨登场。它来源于希腊修辞术语"energia"。对格林布拉特而言,

> 这个术语暗示了某种可测量的东西,但我却无法提供一种方便、可靠的公式孤立出单一、稳定的份额来考察。我们只能通过它的效果来间接地识别 energia,它表现为语言、听觉和视觉痕迹生产、塑造和组织集体生理和心理经验的能力。这样,它就与可重复的快感和兴趣形式联系起来,与引起不安、痛苦、恐惧、心跳、同情、欢笑、紧张、放松、惊奇的能力联系起来。(p.6)

在希腊修辞传统中,"energia"指的是那些能把一个形象逼真地呈现在听者的脑海中的修辞手法。亚里士多德把它描述为"把某物带到你眼前"的手法,也就是说,它能让听者看见所描述的东西。① 就艺术作品而言,格林布拉特感兴趣的是,作品(或作品中的某些时刻)何以能够超越自身特定文化、时代的束缚,在别的文化、别的时代依然保有动人的力量,依然能让人笑、让人哭、让人怒或让人虑。在他看来,这种力量不是来自于艺术家之手,而是相反,来自于一系列的商讨、交换和运动。它们就像各种修辞手法一样,把过去的时代和文化逼真地呈现在读者眼前,使我们在千百年之后,依然能栩栩如生地感受到。这又是如何做到的呢?

格林布拉特认为,问题的关键在于"交换"。也就是说,作者和剧团

---

① 在古希腊修辞术语中,有一个与 engergia 相似的词 enargia,指用词汇逼真地重现某物或某人,产生强烈视觉效果。Richard Lanham 指出,enargia 与 engargia 很早就交叉在一起使用,它们的区别也许仅仅在于,enargia 更强调生动的视觉效果,而 energia 则更广义,泛指所有生动的表达。见 Richard A.Lanham, *A Handlist of Rhetorical Terms*(*second edition*), *Berkeley*: *University of California Press*, 1991, p.65。

把已经存在的事物、思想、比喻和叙述转移到剧本和舞台上。在现代早期,存在多种形式的交换,但其中最主要的是挪用(appropriation)、购买(purchase)和象征性获取(symbolic acquisition)。他对这三种形式分别作了解释:

1.挪用。绝少或没有代价或相互理解。事物存在于公共领域,属于"没人关心的东西",随便拿。或者,事物显得脆弱,没有保护,因而可以拿走而不会受到惩罚或报复。

没人关心的东西的主要例子是普通语言。对文学艺术而言,这是唯一可以不用代价而挪用的最大文化创造。但一旦我们越过最常规和熟悉的表达,遇到的就是充满潜在危险和强大社会魔力而不能简单挪用的语言例子。而在某些情形下,甚至普通语言也可能出人意料地被挑战。

脆弱的主要例子便是底层,在很多时候,它们都几乎不受限制地被再现。

2.购买。在这种情况下,剧院付钱购买舞台上的物体(或实践,或故事)。最清楚的例子是道具和服装。剧院乐于出高价购买颇具象征意义的东西……有些服装直接是为演员们制作的,其他的则通过交易得来。这些交易揭示了社会能量可能流通的迂回道路。

剧院不花钱买故事的所有权——至少不是在现代意义上——但剧作家或剧院确实要花钱买作为资源的书籍,而剧作家本人也会得到报酬。

3.象征性获取。一种社会实践或其他社会能量形式通过再现被搬上舞台。没有现金交易,但获得的东西不再是没人关心的领域,而且它暗地里或公开地要求回报。中介有其或多或少的目的;剧院挑选它所能得到的,也回报它必须回报的。(p.9-10)

而象征性获取又可以进一步分成三种:(1)通过模拟获取(acquisition through simulation),即演员模拟已经被视为戏剧再现的东西,其中大部分

是对公共仪式和典礼中历史性成分的模拟。（2）隐喻性获取
（metaphorical acquisition），即间接获得社会能量。隐喻性获取总是在试
图剥离潜在的相同之处的同时又揭示出相同之处。比如说，如果戏剧提
醒我们戏剧再现不同于"真实"世界，那么它同时也向我们展示了二者的
相似之处。也就是说，戏剧再现与真实世界成为了彼此的镜像。（3）通
过提喻或转喻获取（acquisition by synecdoche or metonymy），即剧院把一
种社会实践的一个部分或一个方面分离出来并加以表演，以此获得社会
能量，而被分离和表演出来的那部分或那方面又回过头来代表了整体
（经常是一个无法再现的整体）。

　　显然，在以上列出的每一种情形中，格林布拉特都在剧院的审美实践
与其他社会实践之间建立了一种关系。但这种关系不是一成不变的，而
是动态的，因为剧院从文化中借鉴或购买实物的同时，也对被再现的物体
或实践进行了一番重新审视。因此，戏剧表演在舞台上呈现一个社会仪
式（如国王的加冕仪式）时，可以获取力量，但同时这一仪式也可能被额
外地细查、嘲讽或敬畏。这样，戏剧表演就在所呈现的物体和实践与观众
的反应之间，制造了一段批评距离。如果说在《文艺复兴时期的自我塑
造》中，对日常生活（尤其是政治生活）的戏剧性感觉，使得莫尔保留了
对权力机制的怀疑性迷恋；那么对社会实践在戏剧中进行演绎，也让人
们得以看到并评判他们在日常生活中"原汁原味"的演出的戏剧性的
一面。

　　因此，格林布拉特在阐释戏剧实践的时候，提出了一系列指导批评家
批评实践的统领性原则：

　　　1.不能把天赋当做伟大艺术能量的唯一源泉。
　　　2.不可能有无动机的创造。
　　　3.没有超验、或永恒、或不变的再现。
　　　4.没有自治的人工品。
　　　5.没有没来由和没对象的表达。

6. 没有不包含社会能量的艺术。

7. 社会能量不会自发产生。（p.12）

由此可见，格林布拉特在这里强调的观点，仍然是审美生产从本质上说是集体性的。既然一切艺术都是在社会能量的流通中造就的，那么，流通的社会能量到底是什么呢？格林布拉特的答案是："权力、卡里斯马，性欲、集体梦想，惊奇、欲望、焦虑、宗教敬畏、经验强度的自由浮动等。"在他看来，这是个荒谬的问题，因为除非被故意排除在外，社会生产的一切皆可流通。在这种情形下，"就不可能有单一的方法，也没有总体图景，没有可以穷尽和确定的文化诗学"。（p.19）

三、剧院的功能

既然如此，批评家的任务就不是去寻找大一统的理论，而是去分析诸如快感、焦虑、利益等的集体动态流通。而这种流通的前提，是把艺术实践从其他社会实践中分离出来。格林布拉特把这种分离视为意识形态运作的结果，分类的结果。也就是说，艺术不是单纯地存在于所有文化中，而是与一个特定文化中的其他产物、实践、话语一样，是被人为"制造"出来（made up）的。他用了一个比喻来描述这一分离过程：

> 修建一系列围墙或篱笆，把一个领域从相邻的领域划分出来；立一扇门，有些人和物可以通过，别的就被禁止；在围墙内的领域竖立一个标示，详细说明可以接受的行为准则；发展出一个功能阶层，专门研究界限以内区域的习俗；建立可以不断重复的仪式强化这一程式。（p.13）

随着公共剧院在 16 世纪晚期和 17 世纪逐渐建立起来，这个隐喻变成了现实，艺术场所被实质化和体制化。人们确实修建了剧场，进门要收钱；舞台上什么可以演、什么不可以，都有相关的规定控制着；观众与表演之间有着心照不宣的默契（如没有人真的被杀或被折磨，没有人真的在舞台上性交，没有人真的咒骂或祈祷或施法术）；有专门的剧作家负责剧本的写作;而表演又是可以不断重复的。

于是,剧院就成为格林布拉特探讨他的主题的理想场所。剧院带来强烈却又具有欺骗性的舞台幻象,在满足观众的愿望的同时又制造空虚,它既稳定又边缘,既有社会对审美的挪用也有审美对社会的挪用。剧院的这种双重性对格林布拉特来说,既不是对立的两极,也不是自足的悖论,而是"社会能量流通"的条件,或像他的题目表明的,是剧院、文本和语境之间的"协商"。因此,剧院是戏剧集体生产的体现,这一点几乎是不言自明的。而莎士比亚作为演员、剧作家和商业伙伴的多重角色也是众所周知的。作为股东,莎士比亚不单单对单个戏剧的丰厚回报感兴趣,而且对整个剧团的健康运作和成功感兴趣,因为剧团把二者与管理人员、观众都联系在了一起。每一部个别的戏剧帮助剧院聚积它所拥有的社会能量,因而也帮助剧院对真实和潜在观众产生持久的影响。

但是,戏剧模式与个别演出之间的关系不总是和谐的。因为"一个个别的戏剧总是在戏剧模式与社会成分之间斡旋的结果。通过再现手段,每一部戏都把社会能量的电荷搬上舞台,舞台又回过头来修改这种能量,把它还给观众"。(p.14)因此,尽管有木墙和官方的规定把剧院从世界中单独划分出来,但它与世界之间的界限却不是固定的,而是动态的。如何确定它们之间的关系、划定它们之间的界线,就成了一场持久的集体即兴表演(collective improvisation)。也就是说,在一个特定时刻,剧院与世界的区分可能是清楚的,而界线也可能是不言自明的。但这一关系不是固定不变的,而是流动的、可以重新商讨的。因此,在一个特定的时刻,剧院与世界之间的常规划分无论看似如何稳固,都不是坚不可摧的,相反,却常常受到质疑和动摇。

伊丽莎白时期剧院的即兴表演因而具有了临时性的特征,也因而具有了一定的意识形态颠覆性。但格林布拉特马上提醒我们,不要对剧院即兴表演的自由抱太多期望,因为戏剧再现中的行动无论如何自由,但从本质上说,都是按照剧本在走,都是已经被写好了的。正是这种被书写的本质,让它的颠覆性大打折扣,甚或抵消了这种自由。进一步说,戏剧表演之所以与其他社会实践不同,正是因为它的人物都是预先设定好了的,是封闭的。它总是迫使观众承认,后来一切必然发生的,其实都是意料之中的。当我们回想已经发生的事件时,所看到的形式上的必然,其实是在演出之前就已经在剧本上写好了的。剧院之外的真实生活是混乱的,充斥着无法完美实现的阴谋、武断的干涉、无法预见的反抗等。在舞台上,戏剧模仿这种混乱,但同时也向我们表明,所有的一切都不过是在按照剧本"照本宣科"。因此,剧院的意识形态功能之一,就是让观众觉得:

> 看似自发或偶然的东西其实完全是剧作家提前设计好的。他小心地计算效果,在经历的不确定背后,是设计,或者是人类父权的设计——那些永远检视其臣民不让他们走错路的家长和统治者——或神圣天父的中心设计。剧院因此认同那些居于顶端的人宣扬的人类经验结构,并促使我们高兴地认同这一结构。(p.17)

这样看来,剧院就绝不是一个与世隔绝的场所。首先,剧院对某些人有明显的使用价值,如演员、剧作家、管理者、提供服装者、建造并维护剧院者、观众摆渡者、小偷、点心贩卖者、清理卫生者,等等。剧院成为他们谋生的手段。其次,观众从剧院得到的快感也是有用的。与现在一样,在文艺复兴时期,观众需要娱乐是基于生理和心理的原因,此外还有政治的原因:观众看戏就不会酝酿叛乱。也就是说,剧院不但满足了观众的生理和心理需求,还安抚了他们的情绪,让他们恢复平静而不会变得激进和极端。再次,剧院的实际用处,在很大程度上恰恰在于,它仿佛独立于普通的社会实践,与之保持着距离。但这却不过是一个幻象而已。剧院的狡猾之处就在于它使观众忘记自己是在参与一个社会实践活动,在于"发明"一种似乎是远离日常生活控制的领域。莎士比亚的戏剧之所以具有强大的魅力,正是因为观众认为它是没有用的,因而不切实际。而这种信念

"赋予剧院一种不同寻常的广大权力,使之得以与周围的体制、权威、话语和实践进行谈判与交换"。(p.19)

这些谈判无所不包,即便舞台上再现的一切都存在潜在的危险。在规定的范围之内,伊丽莎白时代的剧院既可以再现神圣,也可以再现世俗;既可以再现当代,也可以再现古代;既可以再现发生在英格兰的故事,也可以再现发生在遥远国度的故事。甚至当剧院影射当时的政治统治中具有高度争议性的问题时,也不一定就会被禁止。当然,前提是剧团这样做时,必须小心翼翼。剧院也可以带着相当的同情再现非法的实践和天主教会的教士,以及土耳其人、犹太人、巫师、魔鬼、仙女、野人、鬼魂等等。总之,伊丽莎白时期的戏剧语言的开放程度是惊人的,教会和政权中最庄严的仪式都可以被搬上舞台,与市场语言混杂在一起,最庄严的诗句与最家常的随笔常常被交替使用。因此,虽然剧院看似用一道围墙与"外面的世界"隔开,在一个与众不同的领域中运作权力,但它的边界却从来都不是一成不变的,而是具有惊人的流动性。

剧院与外面的世界之间的边界的这种流动性,是戏剧实践参与社会能量流通的性质造成的。因为它是"部分的、碎片的、冲突的,不同成分被交叉、撕裂、重组和对立。某些社会实践被舞台放大,有些又被削弱、提升、抽空"。(p.19)在格林布拉特对现代早期的研究中,他的关注点也许会发生变化,但他对现代早期文化的认识却始终如一。对他而言,文化始终是一个充满冲突和竞争的空间。因此,如果一个批评实践试图解释文化,那么它也必须具有类似的结构。其实我们很容易看到,格林布拉特对戏剧实践的这种描述,也同样适用于他自己的方法。他对现代早期文本的解读也是片面和碎片化的。而且,他的解读也重组了戏剧中的一些成分,而他重组的方式也是放大莎剧中的某些方面,而削减或挖空另外的方面。

在这一章的最后,格林布拉特重再一次回到一开始的与死者交谈的渴望:

> 我曾梦想与死者交谈，即使现在也没有放弃这一梦想。但我的错误在于，想象我可以听到一个单一的声音，他者的声音。如果我想倾听一个声音，就得倾听许多死者的声音。如果我想倾听他者的声音，我就得倾听自己的声音。死者的话语，与我自己的话语一样，不是私人财产。（p.20）

这段话也再次回应了本书《致谢》中的第一句话说："本书认为，艺术品，不管如何打着个人创造智性和私人迷恋的印记，都是集体商讨和交换的产物。"（p.vii）纵观全书，这一模式总的来说还是有效的。但与《文艺复兴时期的自我塑造》一样，这一模式假设人类选择和创造性是有限的，既受到大的社会和经历的影响，又受个人意志行为和世界观的影响。这一模式与"商讨"的商业含义相矛盾，因为在商讨中，艺术家或多或少是市场中的自由中介，为他要卖出的东西（作品）寻找某种回报（物质或精神的）。而且，如前所述，本书表达了对集体的信仰，但却明显地是以一种极具个人风格的方式书写的。因此，虽然格林布拉特竭力声明他倾听的是他者的声音，但他其实像《暴风雨》中的魔法师普罗斯佩罗一样，掌控着他的批评世界。他指挥莎士比亚和他人什么时候说台词、什么时候扮演他们的角色，是能让死人说话的巫师。他著作中的这种强烈的个人印记，最雄辩地反驳了他为之辩护的艺术的集体生产这一主题。我们将在接下来的一节中清楚地看到这一点。

第二节　社会能量在莎士比亚中的流通
——以《莎士比亚与驱魔师》为例

一、作为戏剧的驱魔术

在《莎士比亚与驱魔师》的一开始，格林布拉特就开宗明义，他对《李尔王》的批评不同于旧历史主义和新批评。首先，他指出，哈斯奈特的

《对天主教臭名昭著的骗术的揭露》①（以下简称《揭露》）与《李尔王》"这两个文本之间的关系让我们能非常清楚和精确地观察到体制性商讨和社会能量的交换"。（p.19）虽然把《李尔王》与《揭露》联系在一起的做法在《李尔王》的研究史上并不新鲜，自18世纪以来，就不断有批评家指出，《李尔王》与《揭露》之间存在千丝万缕的联系。但格林布拉特认为，之前的研究者一直都拘泥于"来源研究"的模式，谈论莎士比亚对哈斯奈特的各种可能的借鉴。而这种借鉴究竟有何意义？他们既不关心也无法回答。他认为是旧历史主义和新批评妨碍了批评家提出和回答这样的问题。新批评家把《李尔王》看成是一个天才创作的、无功利的、自足的艺术品，来源只是艺术家进行创造的"原材料"。旧历史主义批评家则把来源视为作品的"历史背景"的一部分。与在《形式的权力和权力的形式》导言中的论述一样，格林布拉特在这里仍然坚持认为，"历史背景"一词把历史简化为一种装饰性的背景，假设在研究中存在"文学前景"与"政治背景"之间的区分。一旦二者之间的区分开始消弭，不再那么泾渭分明，来源研究的理论基础就站不住脚，就只能改变自己的假设：历史不能仅作为文学文本的稳定的对照或稳定的背景，文本的孤立让位于与其他文本的互动及界线的流动性。② 因此，格林布拉特更感兴趣的是两个文本间更为复杂的互动，是社会能量如何从剧院流通到社会实践又从社会实践流通到剧院。在他看来，与其说是莎士比亚借鉴了哈斯奈特，不如说是哈斯奈特借鉴了莎士比亚。他想知道的是："通过借鉴，到底谁得到了

---

① 1585年春至1586年夏期间，由天主教耶稣会传教士威廉姆·维斯顿（William Weston，c.1550—1615）带领的一群英国天主教徒发动了一系列场驱魔运动。当时，天主教徒和驱魔活动在英国都是被禁止的，维斯顿和他的同党很快便被捕，或被关进监狱，或被处以极刑。萨缪尔·哈斯奈特（Samuel Harsnett or Harsnet，1561—1631），英国宗教作家，1627年约克大主教。1603年，时任伦敦主教教堂的本堂神父哈斯奈特基于四个魔鬼（demoniacs）和一个教士的誓词详细记录了这一案件的始末。

② Stephen Greenblatt, *Shakespearean Negotiations*, p.94.也可参见 Stephen Greenblatt, ed., *The Power of Forms in the English Renaissanc*, pp.5–6。

利益？是不是存在一个这种交换产生的更大的文化文本？"（p.95）

16 世纪晚期和 17 世纪早期英国社会的巨变，尤其是新教改革，引发了对社会核心价值的重新定义。而这一重新定义的过程同时又是一场激烈而持久的斗争。因为重新定义改变了主流的评判标准和行为标准，让人重新思考统治精英建构世界的策略，以及他们试图强加在大部分人身上的那些概念性策略。因此，《李尔王》和《揭露》这两个文本的核心是商讨文化价值，尤其是定义"神圣"（the definition of the sacred）："何谓神圣？谁定义和守护它的边界？对神圣权威的宣称有合法和不合法的，社会如何区分？"（p.96）这在现代早期是一个非常重要的问题，因为"神圣"的问题不仅直接关系到世俗宗教和宗教体制，还关系到政权的合法性。当时，合法的政权在一定程度上是建立在对神圣的宣称上的，即所谓的"君权神授"，君主常常被视为上帝在世俗世界的代理人，对上帝的顺从与对君主的顺从是结合在一起的。尤其是在新教改革后的英国，君主同时又是国教至高无上的首脑。宗教改革引发社会价值的重塑，于是宗教权力和世俗权力之间的关联更为明显地凸显了出来。重新思考"神圣"的定义因而涉及重新思考个人、国家政权和上帝这三者之间的关系。

而格林布拉特对驱魔术如此感兴趣的主要原因，在于它是作为一种公众仪式被表演的。在中世纪晚期和文艺复兴早期，大规模驱魔活动一般都在城市中心进行，有大批观众观看，跟剧院的演出十分相像。这让它不可避免地带有戏剧性的一面。驱魔术的作用之一，是把魔鬼从被魔鬼附身者的身上赶走，让信徒臣服于真正的信仰。但到了 16 世纪晚期，在经历新教改革的英国，它的基本价值受到了质疑。驱魔活动宣称能治愈被魔鬼附身的信徒，或驱赶恶魔，但新教徒总是怀疑天主教的驱魔仪式只是一场表演而已，没有什么实质性的内容或者作用。像哈斯奈特就在《揭露》一文中质疑天主教所宣称的驱魔活动的作用究竟有几分真实性。在他看来，驱魔只是一种形式的欺骗。驱魔师都只在人群聚集时才实施他的仪式，而且在仪式开始之前，还有一大段开场白，表明驱魔的意图。

因此,"看似自发的东西,其实是早就写好了脚本的,从塑造观众的预期,到表演者的排演"(p.101),无一不是。但对那些毫不质疑驱魔术真实性的人而言,它的效果是惊人的。观看者聚精会神,全情投入,能从被附身的人哪怕是最细微的动作中看出意味,还把它与自己的生活联系起来。但哈斯奈特却无情地指出,那些看似感人的过程其实是一场危险的骗局,应该在法庭上被揭露出来并受到惩罚。他希望在"已有的宗教和世俗层面,永久性地屏蔽驱魔仪式释放出的卡里斯马(charisma)①,唯如此,精神潜力才会被更适度地通过国教的等级得到分配和控制。而国教等级制度的制高点是君主,他是唯一合法的、绝对的卡里斯马拥有者,英国国教至高无上的首脑"。(p.97)

在哈斯奈特这样的新教徒看来,恶魔并不存在于那些据说是被附身的人身上,而存在于驱魔师本人身上。因此,驱魔师与恶魔之间的对话,实际上是驱魔师自己与他心中的魔鬼之间的对话。哈斯奈特在这里使用的策略,是把邪恶的标签贴在那些自称是邪恶的敌人的人身上。格林布拉特发现,这种策略不是哈斯内特自己的发明,而是现代早期宗教权威的典型运作方式。但哈斯奈特的目的并不是要让驱魔师相信他们自己才是恶魔,而是要揭穿他们的骗术,并依靠国家政权来惩罚他们。也就是说,哈斯奈特其实并不完全否认恶魔在人世间的存在,只是他认为这个问题应该通过适当的世俗渠道来解决,希望把这种活动驱赶出社会的中心地带,剥离它的卡里斯马,质疑它表面的有效性。

我们可以把格林布拉特所描述的驱魔术的力量与弗洛伊德所谓的"诡异"(uncanny)相比较。当本应熟悉的事物变得难以理解、甚至神秘

---

①　卡里斯马(charisma)这一术语在宗教、社会科学、媒体和西方社会被广泛使用,意义也不尽相同。OED把它解释为:(1)一种能让别人为之献身的不可抗拒的吸引力或魅力;(2)神赐的力量或天分。OED的解释包含了个人和神学两个方面。在本书中,格林布拉特把它描述为"引起敬畏的中心",打破常规进入"非凡"国度,与合法性、权威和神圣性的最终和关键源泉进行直接接触,包含了这两个意义。参见 Stephen Greenblatt, *Shakespearean Negotiations*, p.96。

诡异时,这个事物便有了"诡异"的属性。这个词译自德语"unheimlich",源自名词"Heim",即"家"。"heimlich"的意思是"家的、熟悉的、普通的","unheimlich"的字面含义则是"非家的",引申为"不熟悉的"、"陌生的"、"奇怪的",乃至"诡异的"。作为一种引发人们内心不安和恐惧的特质,"unheimlich"极具辩证色彩。弗洛伊德根据语义研究发现,"heimlich"与"unheimlich"虽然表面上意义相反,但前者的某些义项与后者完全一致,"heimlich"因而变成了"unheimlich":"一方面,它意味着熟悉和宜人的事物;另一方面,它也是被隐藏和看不见的。"弗洛伊德认为,"诡异"(unheimlich)与"熟悉"(heimlich)之间的语义重叠绝非巧合,而是隐喻着一种深层的心理结构。让人感到不安的事物其实源自童年时代的某种愿望或信仰,陌生、怪异的表象仅是一种错觉,其实质乃是在大脑中根深蒂固的熟悉事物的重复出现。这种"强迫性冲动的重复"所指向的,恰是被意识多年压抑、本该隐藏却被公开的事物。因此,"诡异"在很大程度上可以视为心理压抑(repression)所带来的滞后效应(belatedness)。① 16 世纪晚期和 17 世纪早期对驱魔术的记载表明,恶魔附身的症候在目击者身上产生了极为不安的效果。这种景象不只是身体或心理的痛苦,它是完全陌生的,是一种对另一个世界的精神在场的可怕经历,但诡异的是它同时又是亲密的,因为虽然恶魔是有着奇怪名字的外来的折磨者,但受害者却是在完全熟悉的环境中忍受审判的邻人,而驱魔仪式也常常发生在熟悉的环境。这种陌生的熟悉出现在格林布拉特引用的目击者的证词中,家常的和古怪的常常混在一起。在观众看来,那些被附身的人的行为是完全陌生的,但他们马上又试图把这些不同寻常的实践放到熟悉的语境中。而把恶魔家常化却只会更加强化怪异者目击者的超自然体验。

因此,虽然哈斯奈特的努力极大地限制了驱魔活动,但实际情况却

---

① Sigmund Freud, *The Uncanny* (Penguin Classics), trans. David McLintock, London: Penguin Group, 2003, pp.121–162.

是,把驱魔术从中心驱赶到边缘比较容易,但要完全剥离其拥有的力量却困难得多。这是因为,"驱魔术是一个重新整合和显示权威的过程;驱魔师可以降服有害的鬼魂并恢复整个社群以及个人的心理平衡"。(p.99)英国国教教徒宣称它是一个骗局,但并不能从此就把内心的恶魔从这片土地上驱逐。而被恶魔附体的实质,其实是表达了现代早期英国人在一个"专制、父权、贫穷和瘟疫肆虐的世界里积累的愤怒、焦虑和性挫败(sexual frustration)"。(p.99)因此,在当时驱魔仪式固然是一个腐败的治疗方法,并不能完全有效地疏导当时英国人内心深藏的愤怒、焦虑和挫败感,但国教教徒却没有提供一个新方案来成功地代替它。这就是驱魔术虽然被明令禁止,但仍然得以继续存在的原因。于是,哈斯奈特要彻底摧毁驱魔术的卡里斯马,就首先要摧毁这种惊奇的经历。而他的策略则是回到驱魔术戏剧性的一面,揭开笼罩在驱魔师身上的各种神秘光辉,让人们看到,驱魔术其实就是一种"蹩脚的把戏"。(p.104)

　　而要证明驱魔术的欺骗性,哈斯奈特需要做的不是在具体的案例中进一步寻找欺骗的证据,因为这种证据总能在恶魔式怀疑下被颠覆。他需要的是一个反策略,来揭露驱魔术的欺骗无时不在、无处不在:在被恶魔附身者的每一个动作中,在驱魔师所说的每一句话、所做的每一件事中。为了一劳永逸地把驱魔术去神秘化,哈斯奈特不仅要证明这一仪式为什么如此空洞,而且还要证明它为什么如此有效,为什么观看者会被引诱进而相信他们目击的是善与恶之间的终极对决,为什么几个痛苦的动作会在目击者中产生恐怖和惊奇的经历。他不仅要找出隐藏在驱魔术后面的具体的体制动机,还要找出驱魔术本身非凡威力的源泉。因此,他需要一个阐释模式,它既是一个隐喻,又是一个分析工具,通过它,所有目击者可以在他们先前看到上帝的地方看到欺骗。哈斯奈特找到的阐释模式是戏剧(theater)。

　　对哈斯奈特来说,"驱魔术就是一出舞台剧"。(p.106)但它们狡猾地掩藏了其戏剧性和不真实性,从而剥夺了观众理性觉醒的权利。正是理性觉醒构成了观众的戏剧经验:剧院中的观众知道他观看的是一场表演,他对现实的错认是暂时的、故意的和游戏性的。驱魔师则强调驱魔仪式的真实性,力求使目击者对现实的错认成为永恒和隐形的。哈斯奈特所做的就是让观众看到驱魔仪式周围剧院的存在,让他们明白,"那看似自发的行为其实是演练好的,看似不自觉的其实是小心打造好的,看似不可预期的其实是已经编排好的"。(p.106)但不是所有驱魔仪式的参与者自己都能看到这一点,明白他们是在一出舞台剧中。于是,在《揭露》中,哈斯奈特把驱魔师描绘为高度自觉的专业演员,而被附体者则无辜卷入了魔鬼的舞台剧。也就是说,那些被选来扮演被魔鬼附身的人实际上在一开始并没有意识到他们是在扮演角色的情况下,学会了他们的角色。

哈斯奈特所揭示的驱魔过程是:首先,教士宣讲国外成功的驱魔活动,用耸人听闻的细节描述被附身的人的各种症状;然后,他们就等待观众的即兴表演。一些日常生活中的情景,比如红肿的脚趾、在厨房摔了一跤,都可以被教士加以利用,从中发现恶魔的在场。而那些不知所以的表演者则让自己按照教士的意愿疯狂地又蹦又跳。对于哈斯奈特的这一策略,格林布拉特评论道:

> 瞥见表演背后设计剧情的教士作家,就是把可怕的超自然事件变成一种人为策略。这样,我们就可以瞥见这种特别的策略为之服务的具体物质和象征利益,通过狡猾地掩盖它是一个策略的事实。(p.107)

格林布拉特在讨论哈利奥特文本中基督教徒与非基督教徒之间的殖民遭遇[①]时,集中在神圣与世俗之间的交易上,而在这里,他把这一过程颠倒过来看:本来超自然的,变成了人类的,从而抽空了它的力量。在这两个过程中,问题的关键都是它们在观众心灵上产生的效果。在哈利奥特那里,殖民主义者故意激发恐惧以便控制他们遇到的美洲土著;而在哈斯奈

---

① 详见本书第六章。

特这里则相反,恐惧被故意减少,以便把英国观众从宗教仪式的控制力中解放出来。这两种情况都不是强大力量对弱小力量物理上的占领,而是用一种半戏剧化的方式呈现的,而它所触及的,则是观看者的心灵。表演被赋予一种力量,但也有一种力量表明,一个场景就是一场表演。正如格林布拉特总结的那样:"表演杀死信仰;或者,承认戏剧性杀死超自然的可信性。"①

对哈斯奈特而言,承认驱魔术的戏剧性就是摧毁了驱魔术。戏剧不是大众精神的一种无关功利的表达,而是充满了欺诈、艳俗和修辞操纵的印迹。因为对其戏剧性的隐藏,驱魔术这些邪恶的特质变得具有恶魔性。观众不知道他们是在观看一场悲喜剧表演,他们的眼泪和喜悦不是对演员的认可,而是对邪恶的清教徒或极度危险的天主教会的认可。而戏剧性诱惑不仅是耶稣会士的策略,也是天主教会的本质:天主教就是一个"模仿迷信"(a mimic superstition)。天主教会于是被赶进了剧院,成为舞台表演的一部分。

在现代早期,格林布拉特所说的这些世俗与神圣之间、剧院的物质世界与宗教的精神世界之间的商讨,是以有形的方式表现出来的。比如,宗教改革期间,天主教会的教士服被卖给演员作为戏剧表演的戏服。当一个神圣的物体被用于这种用途时,它就象征着令人难以捉摸的复杂体制交换:一个用来在人们面前展示的神圣的符号被抽空,变成可商榷的,被从一个体制交换到另一个体制。通过这种"体制性协商和交换,不同的

---

① Stephen Greenblatt, *Shakespearean Negotiations*, p.109.不过,对于格林布拉特的这一假设,亨克·格拉斯(Henk Gras)和约翰·考克斯(John Cox)分别在从现代早期观众一反应的角度和戏剧传统的角度,在各自的著作中进行了讨论。虽然角度不同,但他们都得出与格林布拉特相反的结论,认为伊丽莎白和詹姆士一世时期的剧院不但远没有帮助去神秘化这个世界,而且通过与恶魔的联系,剧院更可能孤立对"神奇"的信仰而不是减少它。参见 Henk Gras, *Studies in Elizabethan Audience Response to the Theatre : Part 1 : How Easy Is A Bush Suppos'd a Bear? Actor and Character in the Elizabethan Viewer's Mind*, European University Studies, Frankfurt and Maine : Peter Lang, 1993, pp.125-174; and John D.Cox, *The Devil and the Sacred in English Drama*, 1350-1642, Cambridge : Cambridge UP, 2000, pp.150-187.

表达系统、不同的文化话语被塑造了"。(p.113)剧团在这些物品上的投资表明,当这些物品被从教会转移到舞台上时,除了具有作为道具的物质价值之外,还有一种象征价值。对剧院来说,获得教会服装是对象征权力的重要挪用。它让观众发问,一个在教会中穿着教士袍的人,与一个在一出戏剧中穿着同样教士袍的人,到底有什么区别?这样,剧院便"从宗教神秘中掏空神圣的在场,只留下逼真但空虚的仪式,把信仰变成不信仰"。(p.113)因此,把天主教的法衣卖给演员是一种通过象征来进行的进攻方式,也就是说,通过歪曲教会的形象,提醒观众天主教就像他们在舞台上看到的那样,是"教皇的剧院"。这就是格林布拉特在社会能量的流通中所勾勒的文化物品被剧院挪用的一种形式。

二、驱魔术在《李尔王》中的流通

经过这样一番论述之后,格林布拉特转到对莎士比亚的讨论。在他看来,莎士比亚早在《错误的喜剧》中就已经凭借自己的艺术自觉,在思考戏剧、幻想和欺骗性附体之间的联系了。剧中,两对双胞胎引发了各种错认和误会,在真相没有揭晓之前,大安提福勒斯和他的仆人大德洛米奥觉得自己置身一个疯狂的世界,叙拉古的人被魔鬼附体了,而小安提福勒斯和他的仆人小德洛米奥被妻子和随行的人以为被魔鬼附体而被捆绑起来。① 不过在《错误的喜剧》中,假想的恶魔附体不是欺骗的结果,而是一种"假设"(suppose),假设喜剧中各种令人发狂的巧合所导致的古怪行为无法解释,便一定是被恶魔附身了。此时,驱魔术是这个世界陷入疯狂时人们抓住的救命稻草。而在差不多 10 年后的《第十二夜》中,莎士比亚对驱魔术的观点虽然还是喜剧性的,但已经变得黑暗了。奥丽维娅的管家马伏里奥受托比、安德鲁、玛丽娅等人的捉弄而误以为奥丽维娅爱上了他,于是衍生出一系列可笑的言辞和举动,被诬陷为魔鬼附体,关押在小

---

① 见《错误的喜剧》,尤其第四幕第四场。

黑屋里,然后小丑又假扮成牧师给他驱魔。① 在这里,魔鬼附体不再是一种解释错误的假设,而是一种欺骗,是对马伏里奥开的一个恶意的玩笑。到了 1600 年,莎士比亚已经清楚地将恶魔附身和驱魔术贴上了欺骗的标签。当国王看海丽娜时震惊不已,说道:"Is there no *exorcist* /Beguiles the truer office of mine eyes？ / Is't real that I see？"（是不是驱魔师迷惑了我的双眼？ 我看见的是真的还是假的?)②在这句话中,莎士比亚把驱魔师称为是"迷惑人双眼的人",其欺骗性质不言自明。③ 因此,"当 1603 年哈斯奈特把驱魔术驱赶进剧院时候,莎士比亚已经在环球剧场的入口迎接它了"。(p.115)

哈斯奈特对天主教会的戏剧性欺骗怀有偏见,但对作为一种专业体制的剧院并没有敌意。哈斯奈特攻击天主教会的戏剧性,是因为天主教会像他所说的那样,明明是戏剧形式,却坚持否认自己在假装,声称自己不是娱乐而是严肃的现实。哈斯奈特之所以可以这样论争,是因为存在官方指定的商业剧院,它承认自身的虚构性,公开地与公共生活的其他形式和仪式区分开。如果不假装掌握真理,就不会有欺骗。莎士比亚坦然承认自己的戏剧是幻象,这就让哈斯奈特得以用戏剧性欺骗来攻击天主教会及其仪式。如果说哈斯奈特把天主教具有欺骗性的驱魔术与戏剧等

---

① 见《第十二夜》,尤其第四幕第二场。

② 见《终成眷属》第五幕第三场。

③ 但是对于格林布拉特的追溯我们可以有保留意见。其实莎士比亚在他的作品中共确切地使用过一次 exorcism,两次 exorcist。Exorcism 出现在《亨利六世》(中编)(1591 年)第一幕第四场,Bolingbroke:Master Hume,we are therefore provided:will her ladyship behold and hear our exorcisms? (休姆先生,我们早已准备好了,夫人要亲自观看我们念咒召唤鬼魂吗?)exorcist 第一次出现在《裘力斯·凯撒》(1599 年)第二幕第一场,Ligarius:By all the gods that Romans bow before,I here discard my sickness! Soul of Rome! Brave son,derived from honourable loins! Thou,like an *exorcist*,hast conjured up My mortified spirit.(凭着罗马人所崇拜的一切神明,我现在抛弃了我的疾病。罗马的灵魂! 光荣的祖先所生的英勇的子孙! 您像一个驱策鬼神的术士一样,已经把我奄奄一息的精神呼唤回来了)第二次便是文中所提到的《终成眷属》。因此,驱魔术和驱魔师可能并不像格林布拉特所认为的那样一直占据着莎士比亚的思维,他对这两个名词的提及更多地像是无心之举,而非自觉。但莎士比亚对戏剧的虚构性的确认是毋庸置疑的。

同,那么莎士比亚在《李尔王》中不仅真的把驱魔术搬上了舞台,而且把哈斯奈特对驱魔仪式的描写也搬上了舞台。观众中那些之前已经读过哈斯奈特的书的人,会在爱德伽的台词中看出对哈斯奈特书中内容的暗指。① 而莎士比亚在这里的年代错置,旨在故意违反历史实情来提醒观众戏剧的双重性,让观众看到戏剧与当代的距离,同时又悖论性地感受到它的当代性。

在格林布拉特看来,哈斯奈特的《揭露》不仅为莎士比亚提供了一个神秘的年代错误,而且为爱德伽提供了一种掩饰自我真实身份的方式(爱德伽像演员扮演角色一样,假装自己是被鬼神附体的疯子汤姆),因为莎士比亚在哈斯奈特的论述中发现的,"不是对魔鬼的信仰的真实性,而是戏剧性角色的不真实性"。(p.117)剧中葛罗斯特企图自杀的一幕便深刻地反映了本剧对欺骗性驱魔术的思考。爱德伽试图通过驱魔术的方式,让葛罗斯特经历一种强烈的畏惧和惊奇,从而粉碎他的绝望,恢复他对仁慈的神的信心。在剧中,他确实做到了,葛罗斯特放弃了自杀的念头。② 对莎士比亚来说,这一奇迹是戏剧性操纵的产物,多佛的这一幕因而是他对宗教和戏剧幻象的冷静分析。爱德伽劝他的父亲不要完全信自己的感官,而去接受他明显的虚构。他在舞台上对葛罗斯特所做的,其实也正是剧院对观众所做的。但不同的是,看戏的观众不会绝对接受舞台上的这些虚构。观众可以享受舞台上厚颜无耻的谎言,可以为了快感欢迎明知不是真实的东西,但却不会像相信真实的日常生活一样相信戏剧中的一切也是真实的。

因此,在驱魔术与戏剧结合的表面之下,我们看到了《李尔王》与对

---

① 在《李尔王》的第四幕第一场,当已经瞎了的葛罗斯特与假装成疯子汤姆的长子爱德伽在荒原上再次相遇后,爱德伽说:"五个魔鬼一起捉弄着可怜的汤姆:一个是色魔奥别狄克特;一个是哑鬼霍别狄丹斯;一个是偷东西的玛呼;一个是杀人的摩陀;一个是扮鬼脸的弗力勃铁捷贝特,他后来常常附在丫头、使女的身上。"这些魔鬼的名字很可能就来自哈斯内特的描述。

② 见《李尔王》第四幕第六场。

哈斯奈特的借鉴的区别,那就是"戏剧从观众中诱发的是共谋而不是信仰"。(p.119)恶魔附身被划归为一种戏剧性欺骗,故意用来愚弄那些毫不怀疑的人。因为在驱魔仪式中,一切都被呈现为真实存在的。但在《李尔王》中,时不时出现的这些仪式和信仰已不再有效、已经被倒空(empty out)了。剧中人物一次次诉诸异教的神,但这些神却都完全沉默。没有任何东西回答人类的问题,除了人自己的声音。在《李尔王》的所有对神的呼唤中,显然没有恶魔。爱德伽没有被恶魔附身,葛罗斯特身边没有魔鬼。同样,李尔的疯狂不是源于超自然的原因。能恢复人的正常心性的,既不是天主教的宗教仪式,也不是清教的斋戒和祈祷,而是平静的睡眠。观众在这些戏剧再现中,始终明白的一点是,这都是虚构。

这样,《李尔王》与哈斯奈特著作的关系就是一种重复的关系,一种更深刻却未表达的体制性交换的重复。格林布拉特说:"官方的教会瓦解了一种不想要而且危险的卡里斯马的强大机制,并把它让渡给演员,作为回报,演员确认这一指责:那些机制是戏剧性的,因而是虚幻的。"(p.120)也就是说,英国国教把驱魔术说成是骗人的把戏,摧毁了它的神圣性和神秘性,当演员在舞台上表演这一仪式时,就可以让观众确信它的欺骗性。伊丽莎白和詹姆士一世时期公共剧院的物理结构更强化了观众的这种确信。中世纪时期,戏剧与社会是一体的,并没有特殊的区域,但到了莎士比亚的时代,戏剧表演就有了剧院这个专门的场地。这是一个小心划出的游戏场,人们在这里享受虚构带来的快感。因此,《李尔王》再次证实并强化了哈斯奈特的对天主教会和驱魔术所做的论述。在这部戏中,爱德伽被魔鬼附身被设计成为一个明显的虚构,而戏剧本身又受到虚构的体制性束缚:围绕在戏剧空间周围的木墙、观众付钱进入、演员扮演角色、掌声、表演之后的舞蹈等。

格林布拉特随后又指出,虽然莎士比亚在戏剧中确认官方立场既非只是做表面文章,也并非立场不坚定,但是哈斯奈特的观点出现在莎士比亚的舞台上的时候,还是与自身疏离了。把这种疏离放到一个更广泛的背景中观察,格林布拉特得出的结论是,莎士比亚越是接近一个资源,他越是在舞台上忠实地再生产它,对它的改变就越是毁灭性和决定性的。① 因此,从非官方的角度看,爱德伽的处境竟然与耶稣会士在英国的处境有着奇怪的相似之处。虽然这种相似并不就意味着莎士比亚在暗示这是一个隐喻,天主教就像是戏里受迫害的长子爱德伽,而他的私生子弟弟爱德蒙则相当于新教,天主教哥哥被迫用戏剧幻象来保护自己不受新教弟弟的迫害。但是,这种对正统立场的激进破坏的可能性是存在的。其实在莎士比亚的时代,就已经有人相信,尽管《李尔王》表面上演出了天主教恶魔附体的欺骗性,但这部戏对当时正在遭受迫害的天主教徒的处境并不怀有敌意,甚至还同情他们的遭遇。② 这股表面揭露下同情的潜流足以破坏哈斯奈特的《揭露》想要的效果,并没有强化官方价值的中心体制。在莎士比亚的戏剧中,意识到恶魔附身是一种戏剧欺骗并没有导致对新教清楚的确定,而是导致了一种更深刻的不确定,即在恶魔面前,没有了驱魔术,人们何以为靠。③

　　由此,格林布拉特得出结论,莎士比亚不是简单地继承和利用给定的材料,而是挪用官方宗教和世俗体制自己孕育却又抛弃的仪式。在驱魔仪式这个例子中,虽然仪式在舞台上被遏制,但莎士比亚却强化了驱魔术作为一种戏剧经历的必要性。不过,他在舞台上对这一实践去神秘化的

---

　　① 格林布拉特在这里举了一个小例子。在哈斯内特的《揭露》中,他用"corky"这个词来形容青春不在、形容枯槁老妇人(old corky woman),在《李尔王》中,康沃尔也用这个词来形容葛罗斯特的胳膊(Bind fast his corky arms,3.7)。格林布拉特认为在哈斯内特那里的戏剧色彩在《李尔王》这里因为折磨的语境而变了味。格林布拉特这一例子的问题在于,为什么"corky"这个词一定就是从《揭露》中借鉴而来的呢? 如果不是,那么他在这里的论述就面临失去根基和前提的危险。这只是从一个小的方面暴露了格氏方法上的致命缺点,即 Walter Cohen 和众多学者指出的"任意连接"。或如前文所说,他为了论证自己的观点而任意放大了莎士比亚作品的某些方面。

　　② 格林布拉特在他的莎士比亚传记《俗世威尔》中曾用大量的篇幅论证莎士比亚对天主教的同情,我们可以看做是对本文此处观点的一个发展。

　　③ 对于废诸之前的宗教仪式(如除驱魔仪式,或对死者的祈祷)对于普通人心理的影响,格林布拉特在 2001 年的著作《炼狱中的哈姆雷特》中做过更详细和深刻的反思。

目的与哈斯奈特的并不一样。哈斯奈特把他所谓的驱魔术的骗术揭示出来，目的是在读者那里激发对天主教会谎话连篇的代理的愤怒，和对真正的英国国教的忠心坚持。他是代表他认为的"真正的"教会（即英国国教）在写作，他的著作获得世俗的许可出版，更加强化了他的这种体制身份。宗教和世俗手段一起运作，揭开欺骗并发现隐藏的现实：驱魔术的戏剧性。莎士比亚在《李尔王》中忠实地重复了这一发现过程。但是，格林布拉特紧接着问道：如果虚伪的宗教是戏剧，如果真正的宗教和虚假的宗教之间的区别在于它们是不是戏剧，那么，当这种区别在剧院上演的时候，会发生什么？

　　而他的答案是，官方立场会被抽空（emptied out），即便它在戏剧中被忠心地确认。格林布拉特将这种"倒空"比作布莱希特的"离间效果"或阿尔都赛、马歇利的"内在距离"。但这两个词并不能完全准确地描述莎士比亚的艺术和它所表达的宗教意识形态之间的区别。能最有效地描述这种区别的术语，还要在哈斯奈特拥护的那套神学体系中去寻找。格林布拉特援引胡克①问道，基督来临之后法律的地位是什么？ 显然，救世主把摩西律法抽空了。但是否就意味着圣坛、教士、献祭这些名字都要在这个世界上消失呢？ 胡克的回答是否定的。他说，即使在抽空之后，这些词语依然继续在使用，唯一的区别是，之前的用法是实质性的，有现实的实物与之对应，而抽空之后它们的用法就变成了隐喻性的，不再有实物与之对应。在格林布拉特的论述中，驱魔师和哈斯奈特对驱魔术的攻击，也经历了这样一个类似被抽空又在《李尔王》中重复的过程。由此，爱德伽的恶魔附体正是哈斯奈特所说的戏剧表演。但爱德伽的附体不是为了得到拯救，他的表演也没有为什么恶魔体制服务。相反，爱德伽对魔鬼附体的人的模仿是对一个自由漂浮、具有传染性的恶魔的反应。对哈斯奈特来

① 理查德·胡克（Richard Hooker，1554—1600 年），16 世纪英国国教最重要的神学家之一，被认为是英国国教神学思想的创始人之一。他所撰写的《教会组织法》（*Of the Lawes of Ecclesiastical Politie*）是宗教改革时期国教的经典著作。

说,邪恶的是为一个堕落的教会服务的堕落的个人,而在《李尔王》中,个人抑或体制都未能抑制住在舞台上被释放和演出的邪恶,剧中恶魔的力量超出了任何具体的地方或名字的广大和普遍的影响力。在这个意义上,莎士比亚的悲剧重组了被哈斯奈特去神秘化的作为戏剧的恶魔原则。爱德伽极具欺骗性和戏剧性的表演回应这样一句话:"抽空了的仪式,虽然被丧失了它们原来的意思,但总比没有仪式好。"(p.127)格林布拉特说,事实上莎士比亚不是要建议大家为了治疗而把欺骗性体制当真。他的着眼点在剧院。这个体制从来都不讳言自己具有欺骗性,无中生有,把实质性的变成隐喻性的,榨干它再现的一切。这可以在《文艺复兴时期的自我塑造》中找到类似的论断,即他说的虽然我们认识到人类的自主性是一个虚构,但它仍然是一个我们能够相信的虚构。

最终,在格林布拉特的论述下,莎士比亚的写作只是在为一个体制服务:戏剧。戏剧把出现在舞台上的一切都抽空了,是因为它不让观众相信戏剧以外的任何东西。对格林布拉特来说,正是这一点让戏剧在它再现的体制灭亡后仍能幸存下来。因为它总是在商讨与新体制的新关系,但又抽空那些体制,它因而是具体的、具有时代特征的,同时又是抽象的,超越时代的。也就是说,它根植于一个文化内的具体关系,同时又在变化了的语境中进行创造和再创造。用一个通俗的比喻,戏剧和它的情节后来都变成了一个筐,不同的时代装进去不同的东西。

格林布拉特在书的一开始就宣称要揭示莎士比亚的作品如何获得如此动人的烈度或能量,如何能吸引来自不同于他自己文化的观众。而答案似乎就在于这种对戏剧欺骗的渴望。换句话说,我们喜欢被撒谎,我们喜欢欺骗性幻想,因为它们承诺某种我们希望相信的东西。即使我们知道永远也得不到戏剧承诺的救赎,即使它告诉我们那些承诺的救赎其实是欺骗、是戏剧的把戏,但我们对救赎的欲望却总是真实的。戏剧正是通过它自觉的欺骗,揭示了这一欲望的真实性。

第六章　颠覆与遏制

　　《莎士比亚的商讨》中的《隐形的子弹》一文可以说是格林布拉特在莎士比亚研究方面的代表性论文。格林布拉特本人十分重视它,在1981年第一次发表后,又多次修改,并被收入多个文集。① 文章虽然主要讨论的是《亨利四世》(上篇、下篇)和《亨利五世》,但其中心论点却适用于所有的历史剧,甚至所有莎士比亚的戏剧,从而被认为是格林布拉特莎士比亚和文艺复兴的新历史主义模式中最重要的研究。甚至有学者断言:"任何试图概括新历史主义的特征及评价它对我们对文艺复兴文学的理解的贡献的人,都可以把自己的考察范围局限在格林布拉特的《隐形的子弹》就行了。"②因此,本章论述的重点就是这篇文章,两个小节将围绕三个问题进行展开:它提出了什么观点,使用了什么方法,为什么对格林布拉特和他的新历史主义研究如此重要。第一节详细论述格林布拉特关于文艺复兴时期权力的颠覆与遏制的观点,第二节讨论颠覆与遏制模式所引发的争论以及它在方法上暴露出的问题,因此来评估格林布拉特的新历史主义。

---

　　① First in *Glyph* 8(1981):pp.40-61.Revised versions of this essay appear in *Political Shakespeare:New Essays in Cultural Materialism*,pp.18-47; then *in Shakespeare's 'Rough Magic':Renaissance Essays in Honor of C.L.Barber*,ed.Peter Erickson and Coppelia Kahn(Newark,Delaware:University of Delaware Press,1985),pp.276-302;and in *Shakespeare:An Anthology of Criticism and Theory 1945—2000*,R.McDonald,ed.,(March 2003,Blackwell Press:Oxford).

　　② Tom McAlindon,"Testing the New Historicism:'Invisible Bullets' Reconsidered",*Studies in Philology*,XCⅡ,No.4,Fall 1995,p.411.

第一节　权力的颠覆与遏制

在《隐形的子弹》中,格林布拉特提出了文艺复兴权力的颠覆与遏制模式,并将之分为三种:检验(testing)、记录(recording)和解释(explaining)。下面我们就循着格林布拉特论述的轨迹分别加以考察。

一、权力的颠覆/遏制模式

(一)哈利奥特《报告》中的颠覆性与对颠覆性的遏制

1.哈利奥特的无神论

格林布拉特的这篇文章始于我们之前已经熟悉的他一贯典型的做法,以一个看似与主题毫不相关的逸闻开篇:伊丽莎白时期的著名的科学家和探险家托马斯·哈利奥特①所受到的无神论指控。尽管哈利奥特在所有的著作中都声称自己信仰正统宗教,但是对他是无神论者的怀疑却始终挥之不去。格林布拉特先是认为这种指控并不一定成立,"可能只是诋毁人的伎俩,你可以随意用来控告任何你碰巧不喜欢的人"。② 因为在16世纪的英国有很多对无神论的指控,但调查的结果却是很少有人是真正的无神论者。无神论本身是无法想象的,只有被视为他者的思想的时候才可以,因而是他者的标志。因此,天主教徒可以轻易地把新教殉道者称为无神论者,而新教徒则通常这样指责教皇。格林布拉特在这里关

---

① 托马斯·哈利奥特(Thomas Harriot,1560—1621年),在1585—1586年间随沃尔特·雷利爵士在新大陆探险,1588年出版了对此次旅行的记录《关于新发现的弗吉尼亚的简短而真实的报告》(*A Briefe and True Report of the New Found Land of Virginia*)哈利奥特的报告电子版见Paul Royster,ed,*Electronic Texts in American Studies*, Paper 20,http://digitalcommons.unl.edu/etas/20。

② Stephen Greenblatt,*Shakespearean Negotiations*,p.21.本章以下对本书的引用将直接在文中标出页码,不再单独注释。

注无神论,是他认为这种指控具有加强权威的功能。他说:"这种指控很普遍,经常出现,但这并不表示存在一个自由思想者的秘密团体,或一个黑暗流派,而是表明了宗教权威的运作方式——不管是天主教徒还是新教徒,都通过解释无神论的威胁来确定其权力。"(p.22)因此在哈利奥特的例子中,虽然他的对手并不能在他的写作中发现他是无神论者的蛛丝马迹,但对他的指控并不需要基于证据,因为"如果无神论者不存在,那就得发明一个"。(p.23)也就是说,他到底是不是无神论者并不重要,重要的是为了攻击他就需要给他安上这样一个罪名。

然而,格林布拉特的重点不在无神论上。在他看来,当时有很多颠覆性的宗教怀疑,无神论只是其中之一。他举无神论的例子只是要把它当做一个引子,引出都铎时期的权力运作的典型模式:通过制造颠覆而取得自我的合法地位。因此,在考察哈利奥特的文本的时候,不能因为哈利奥特自己声称自己是忠实信徒,或因为当时的人通常都拿无神论来攻击对手,就把他的异端邪说的攻击完全当成流言。通过仔细阅读《关于新发现的弗吉尼亚的简短而真实的报告》(以下简称《报告》)这部描述英国在美洲的第一个殖民地的著作,格林布拉特发现了可能导致无神论言论的一些证据。更重要的是,通过对哈利奥特文本中正统与颠覆关系的解读,格林布拉特建立了一个阐释模式,以此来解答莎士比亚历史剧中更复杂的问题。这一模式不仅在《亨利四世》中哈尔与下层社会鬼混时在运作,也在哈利奥特与弗吉尼亚的艾尔冈奎安(Algonquian)印第安人相遇时运作。这样,看似毫不相干的莎士比亚的历史剧与哈利奥特的报告就联系了起来。

一直以来,莎评界都对莎士比亚的历史剧的看法都是矛盾的。它们一方面显得极其保守,一方面又似乎非常激进。用弗莱的话说,莎士比亚是一个"天生的朝臣"①。他对英国历史的再现强化了围绕在都铎王朝霸

---

① Northrop Frye, *Northrop Frye on Shakespeare*, New Haven: Yale University Press, reprinted edition, 1988, p.10.

权周围的神秘感；他又是一个不知疲倦的去神秘化者，意识形态的审查者，把权力和意识形态的运作揭示给我们看。莎士比亚是唯一一个达到马基雅维利①高度的剧作家，在自己的剧作中讨论政治实践与道德评价分离的后果。在格林布拉特看来，生产和消费的环境塑造了人们对莎士比亚这种相互冲突的接受史，而那些塑造了莎士比亚历史剧的意识形态策略，又反过来帮助塑造了人们对这些历史剧相互冲突的解读。（p.23）这些策略不是莎士比亚的发明，而是他建构戏剧的历史叙事基础。权力在很大程度上有赖于这些具有欺骗性的策略，这是在权威的话语中控制着正统与颠覆之间关系的强大逻辑。由此，格林布拉特转向了马基雅维利。

2. 马基雅维利的宗教观

格林布拉特认为，我们可以从马基雅维利的论述中总结出这样一个观点：旧约宗教，以致整个的犹太—基督教传统，都源于一系列聪明的小把戏（clever tricks）和欺骗性的幻想。他承认，这种说法没有明确地出现在马基雅维利的著作，也就是说，马基雅维利本人并没有确切地说过这样的话。这种说法也并非在 16 世纪才出现，而是在早期异教徒对基督教的攻击性言论中就已经存在了。但是，这种论调在文艺复兴时期却特别流行。而且，这一时期由于宗教改革、国教与天主教的冲突，英国经历了漫长的信念危机与教会统治的危机，宗教信仰的社会功能的危机。所有这些危机都进一步强化了这种论调。于是，马基雅维利的意义就在这里显示出来了。通过解读《君主论》，格林布拉特得出结论，在马基雅维利眼里，摩西的个别行为和方法其实与那些异教君主的几乎毫无二致。在《论李维》中，马基雅维利更是提出，宗教的首要功能不是拯救众生，而是获得公民纪律（civic discipline），它存在的合法性不在于揭示和传播真

---

① 尼可洛·马基雅维利（Niccolò Machiavelli, 1469—1527 年），意大利文艺复兴时期著名的政治思想家、历史学家和作家，代表作有《君主论》（*The Prince*）、《论李维》（*Discourses*）等。

理,而在于方便统治,为统治服务。"没有哪个国家的立法者不诉诸神圣的权威,否则他的律法就不会被人接受。"①如此,格林布拉特认为,在文艺复兴时期的权威心里,从马基雅维利到哈利奥特的可怕观点其实只有一步之遥。由此他又再次回到哈利奥特。

3.哈利奥特对马基雅维利的检验

格林布拉特指出,虽然哈利奥特从来没有表达过任何诸如"惩罚性的宗教被发明出来让人敬畏"、"信仰源自对无知的人的狡猾欺骗"之类的观点,但是,把他与被妖魔化的他者的被禁止的思想反复联系在一起,也并不一定只是恶意中伤。事实上,在格林布拉特看来,哈利奥特关于弗吉尼亚殖民地的记述其实是检验了马基雅维利的观点:宗教是一套由教士所操控的信仰,目的是帮助灌输对权威的顺从与尊敬。他的理由是,哈利奥特在《报告》中所使用的术语如"普通民众"、"统治者"等,均来自对于英国社会分析的语言,十六七世纪的英国人用来描述印第安人的词汇,非常接近他们的自我认识,尤其是在身份和地位上的认识。他因而认为在这一时期,印第安人和欧洲社会结构之间存在一种类比;哈利奥特对艾尔冈奎安印第安人社会内部机制的描述,其实上也是对自己文化中类似机制的描述。还有一点,哈利奥特经过对欧洲文化对印第安人的影响的一番考察,得出结论:欧洲人巨大的技术优势让印第安人产生了错觉,不再笃信自己拥有上帝的真理和宗教,反而觉得欧洲人得到上帝的特别宠爱,拥有真理,而像他们自己这样愚笨的民族是无法拥有真理的。

从这里,格林布拉特再次回到马基雅维利,认为这正是马基雅维利式人类学的核心:宗教是"一个受过教育的世故的立法者,强加在单纯民众之上的强制性的信条"。(p.27)在这里,以哈利奥特为代表的殖民者扮

---

① Stephen Greenblatt, *Shakespearean Negotiations*, p.24.有关马基雅维利本人的观点,参见《君主论》第六章"论依靠自己的武力和能力获得的新君主国",王水译,上海三联书店 2008 年版,第 24—28 页;以及《论李维》第一卷第十一章"论罗马人的宗教",冯克利译,上海世纪出版集团 2005 年版,第 78—80 页。

演着那个所谓的"受过教育的世故的立法者"的角色,而印第安人则是所谓的"单纯民众"。殖民者用其所谓的"奇迹",即欧洲的先进的技术,摧毁了印第安人之前笃信的对宇宙的理解。不过,虽然庸俗马基雅维利主义暗示所有宗教都是一个复杂的信仰把戏,马基雅维利本人却认为,这种把戏只有在一个没有被污染的"原点"才可能实现。新世界与旧世界的遭遇正是这样一个"原点",因而提供了一个检验这一假设的绝佳机会。哈利奥特报告就是一个检验报告:在非欧洲人,或更广泛地说,在尚未文明开化的身体和心灵上,通过恐吓和欺骗,把欧洲人的信仰和文化强加给他们,以此来检验马基雅维利的假说。因此,哈利奥特与艾尔冈奎安印第安人的相遇,不仅是与一个简化版的欧洲文明相遇,还是与自己文明的过去相遇。这种实际的检验是不可逆和无法重复的,在现实中只可能发生一次,而它产生的也不是远远观察的结果,而是真实世界里的巨大改变。哈利奥特就在印第安教士身上观察到了变化。通过与欧洲人对话,他们开始动摇,开始怀疑自己的传统和传说,陷入信仰危机。但格林布拉特随后也承认,印第安人的这种变化可能只是殖民者哈利奥特一厢情愿**以为**的结果,而并非事实,因为后来英国与艾尔冈奎安印第安人实际的关系史表明,印第安人在接触欧洲人后所遭遇的信仰危机,其实并不是如哈利奥特以为的那么深、那么广和那么不可逆转。

马基雅维利认为,统治者的成功统治要有强制性的信仰作为补充。因此,欧洲人如果要在美洲成功殖民,他们就必须让印第安人信服基督教的上帝是全能的,是全心为他的选民的生存服务的;如果哪个野蛮人不顺从英国人或阴谋伤害英国人,就会使上帝不快,上帝就会惩罚他们(如让印第安人的玉米歉收),甚至摧毁他们的生命。格林布拉特马上指出,这一策略背后其实隐藏着一个悖论:表面上哈利奥特把自己的宗教强加在了印第安人身上,但实际上却是检验并且证实了马基雅维利对宗教起源和功能的假说。而马基雅维利的假说在格林布拉特看来是当时欧洲文化中最激进、最具颠覆性的观点之一。在还没有受到欧洲文化侵袭之前,殖民地"纯洁"的环境使得各种检验成为可能,而作为英国殖民地代理人的哈利奥特,显然正处于这样一个有利的位置。但吊诡的是,哈利奥特的检验虽然对欧洲文明自身的合法性具有颠覆性,但其目的却是为了加强欧洲在美洲的殖民统治。也就是说,激进的颠覆性在出现的同时,又被它所要威胁到的权力遏制了。

格林布拉特进而提出了本文的中心论点:"颠覆正是权力的产物,而且强化权力。更进一步说,……权力不仅产生了对自己的颠覆,而且是建立在颠覆的基础之上的。"(p.30)这不仅是他解读哈利奥特的报告得出的结论,也是他对文艺复兴权力运作方式的核心看法。他认为,新教在美洲的殖民,非但没有让人质疑和批判宗教的强制性,反而肯定它的强制性并在强制性的基础上得以推行。因此,在弗吉尼亚殖民地,这种对基督教秩序的马基雅维利式的激进摧毁,并没有起负面作用,限制基督教的传播,反而是积极的,是基督教秩序得以建立的条件。格林布拉特还将这一悖论进一步延伸到哈利奥特的《报告》上,认为他的报告尽管存在潜在的异端邪说的危险,但它的目的不是反思英国人在弗吉尼亚殖民地的所作所为,也不是简单的记录,而是为了让英国人对殖民地更了解,以便继续殖民野心。

因此,在格林布拉特看来,哈利奥特的文本实际上是认同马基雅维利的颠覆性假说的,但是这种对潜在的颠覆的认同是隐形的:不仅对那些被强加宗教的人来说是隐形的,而且对大多数读者甚至哈利奥特本人来说也都是隐形的。在这里我们不禁要问,既然连哈利奥特本人都没有意识到,格林布拉特又是如何看出的呢?格林布拉特承认,他只是在猜测:**也许**哈利奥特**私底下**邪恶地知道自己在干什么。**也许**他发现自己正好处于一个绝佳的位置,但又是一个最邪恶、最恐怖的位置,可以检验欧洲文化关于自身起源的说法,检验它是否起源于欺骗。于是他利用艾尔冈奎安印第安人来验证,并报告了自己的发现。不过,这是一个编了码的报告,需要像格林布拉特这样目光如炬的批评家寻找到蛛丝马迹,把它隐形的颠覆性进行解码,揭示出来。

（二）对陌生声音的记录和阐释

在格林布拉特看来,哈利奥特的文本在检验马基雅维利对宗教的颠覆性解释的同时,也记录(record)了陌生的声音(alien voices),或更确切地说,陌生的阐释(alien interpretations)。

英国人来到美洲后,不仅威胁到了当地土著部落的宗教,而且威胁到了部落本身的生存。大量疾病(麻疹、天花,或仅仅是感冒)随着英国人的到来被传入美洲,而美洲的土著居民对这些传染病完全没有免疫力,于是英国人每经过一个地方,土著居民就会大量死亡。当时的人对传染病的生物学原因完全没有概念,英国人便抓住机会,把土著居民的死亡解释为一种道德现象,说死亡都发生在那些抵抗英国人的地方,是印第安人反抗英国人的阴谋和企图引发了死亡。英国人对现实进行了"建构",目的是让印第安人相信,英国人是上帝的选民,上帝要保护他的选民,于是杀死了那些企图阴谋反抗英国人的印第安人。

但在英国人的道德解释之外,印第安人对这种给他们的部族带来灭顶之灾的"生物战"也有自己的解释。他们猜测,这与英国人的到来有关。根据哈利奥特的记录,

> 看到英国人依旧健康地活着而印第安人却在大量死亡,"一些人不知道是把我们看成神还是看作人",而另一些人看到最初的殖民者都是男性,就以为他们不是女人所生,而是死者的灵魂回复了人形。一些有天文知识的巫医则把疾病归罪于最近的日食和彗星,而其他人则赞同英国人的普遍看法,认为是"上帝的特殊神迹",而且预言还会有更多的英国人到来,杀害他们,抢占他们的土地。这一理论的支持者甚至提出了一个与现代医学类似的疾病观念:他们想象那些紧跟着殖民者而来的,是在空气中看不见的无形的东西,正是这些东西导致了印第安人的死亡:他们把"隐形的子弹"(invisible bullets)射入了印第安人的身体。(p.36)

格林布拉特在阅读哈利奥特所记录这些相互抵牾的理论时,得出的结论是,所有的意义都不是一定如此或向来如此,而是临时性的。于是,在英国人对疾病进行道德解释的同时,哈利奥特所记录的印第安人的解释又推翻了道德解释的权威性。但明知会威胁到自身的权威,"为什么权力还要记录他者的声音,允许进行具有颠覆性的探究,在权力的中心记下最终会违背权力的逾矩行为呢?"格林布拉特的回答是:

> 即使在殖民环境中,权力也不是一元的,因而会在其某一功能中遇到并记录下可能威胁到它另一种功能的材料;也可能是权力因为警惕而成长,而人一旦意识到威胁就会变得警惕;也可能是权力在它与威胁的关系中得到确立,或者权力相对于不同得到确立。哈利奥特的文本表明了这些观念的加强。英国人在弗吉尼亚的第一块殖民地的权力有赖于对潜在的不安定视角的记录甚至再生产。(p.37)

英国人按照自己的标准把印第安人的文化"建构"成一个与自己文化类似的文化,这样他们就可以对它进行认知,并研究、规训、纠正和改造它。① 记录具有颠覆性的陌生的声音,其实是建构过程的一部分。因此,一元的权力产生他者的声音,由此产生的不稳定感只是暂时的,因为一元的权力不会让他者的声音一直存在下去,它最终还是要否定多样性的可能而保持其一元性的权威。权力制造颠覆,不是也不可能是真的要颠覆自己的权威,而是要通过抑制颠覆,再次显现和强化自己的权威。正如关于欧洲宗教的颠覆性假设,只能通过强加才能加以检验和确认。至此,格林布拉特完成了颠覆/抑制模式的初步建构。

但有趣的是,格林布拉特在定义他所谓的"颠覆"的时候表示,现代读者之所以能在现代早期文化中发现颠覆思想,恰恰是因为这些思想现在已经不具颠覆性,已经被我们现在的人视为真理或事实了。而在文艺

---

① 这里显然有赛义德东方主义的影子。

复兴时期,它们却被视为威胁,是当时的人试图抑制或者摧毁的东西。①
在这一点上,我们可以看到威廉斯的影响。威廉斯指出,一个文化可以被
划分为主流、残留和新兴的。在任何一个特定的时候,都有新兴思想和实
践出现,它们逐渐会成为文化的主流成分。而被替代的成分不再是主流
一部分,但它们也不会消失,而是残留在文化中。② 在文艺复兴时期,人
们确实试图控制、否定或摧毁具有颠覆性的力量、观念或冲动,这证明了
它们在**那时**具有的颠覆性,我们可以将之视为新兴文化。对现在的我们
来说,它们已经没有任何威胁性,是因为它们在后来逐渐被接受,成为主
流。反过来,文艺复兴文本中体现出的"正统"(即当时的秩序和权威准
则),对现在的人来说则可能具有颠覆性,如宗教和政治专制、出生论等。
但是,我们发现它们不再具有颠覆性,把它们视为审美或政治秩序的原
则,是因为它们的颠覆性被我们抑制了。这其实是文艺复兴时期抑制模
式的重复。文艺复兴时期,权力准许甚至制造我们视为颠覆的成分又将
之抑制,以显示和加强自己的权威。现在我们能抑制那些颠覆成分,是因
为我们的价值观强大到可以让我们轻松地抑制陌生的力量。我们在哈利
奥特的报告中所发现的,可以借用卡夫卡在谈论希望的时候所说的话来
表达:"有颠覆,无尽的颠覆,但不是给我们的。"(p.39)③

二、莎士比亚与颠覆/遏制模式

在归纳了哈利奥特文本中颠覆与遏制的三种模式——检验、记录和
解释——之后,格林布拉特回到莎士比亚的文本。他说,莎士比亚的戏剧
特别热衷于探讨颠覆和混乱是如何产生并被遏制,而他提出的这三种模

---

① 比如说哥白尼和布鲁诺的"日心说"。

② 如前所述,格林布拉特曾在剑桥访学两年,威廉斯是其导师之一,因此我们可以把它
视为对威廉斯的师承。威廉斯的相关论述参见 *Marxism and Literature*,chapter 8。

③ 卡夫卡的原话是对他的密友 Max Brod 说的,"Plenty of hope—for God—no end of
hope—only not for us". 出自 Max Brod, *Franz Kafka*: *A Biography*, translated by G. Humphreys
Roberts and Richard Winston,Boston:Da Capo Press,1995,p.75。

式都能在他的剧中找到回应,尤其是在那些思考如何稳固政权的剧中。他承认,检验、记录和阐释模式并非只能在莎士比亚中找到对应,而是普遍存在的,是戏剧挪用体制的体现,赋予戏剧生命力。在伊丽莎白时代,政治权威的能量被剧团全力吸收、重塑并加以利用,而政权本身也特别热衷于进行戏剧性的展示①,因而也特别适合剧团挪用。说到这里,格林布拉特似乎怕这样的论述有损于莎士比亚的天才,特别补充道,虽然莎士比亚不是独一无二的,但他的戏剧却以一种特别集中和有力的方式,展示了处于文化中心和边缘的社会能量之间的流通。

(一)《亨利四世》上篇

《亨利四世》中的解释集中在上篇的哈尔亲王身上。此时的哈尔还不是《亨利五世》中那个理想化的英国国王的形象,而是像个浪荡子一样跟福斯塔夫等一群小混混整天混在一起。后来,哈尔在危机之下幡然醒悟,浪子回头,终成一代传奇君王。在哈尔建立完美形象的过程中,格林布拉特看到了在哈利奥特文本中发现的颠覆与抑制模式。哈尔的完美形象,是建立在对完美形象的颠覆以及对颠覆的抑制之上的。因此,无论是在舞台上还是在批评传统中,哈尔一直都被刻画成一个骗子、伪君子的形象,他所服务并体现的权力是美化了的篡权和偷窃。而且,当哈尔的道德权威得以确立,当观众以为他是真心醒悟、浪子回头时,却失望地发现,他的救赎是一开始就计划好了的,是故意为之。他的计划在第一幕第二场结尾处的独白中说得很明白:

> 现在虽然和你们在一起无聊鬼魂,可是我正在效法着太阳,他容忍污浊的浮云遮蔽它的庄严的宝相,然后当它一旦穿破丑恶的雾障,大放光明的时候,人们因为仰望已久,将要格外对它惊奇赞叹。要是

---

① 格林布拉特在《文艺复兴时期的自我塑造》引用过伊丽莎白女王的一句话:"我们做君主的,就是摆在舞台上供世人观看的。"(We princes are set on stages, in the set and view of all the world duly observed". *Renaissance Self-Fashioning*, p.167)在《莎士比亚的商讨》中,他再一次引用,详见后文。

一年四季,全是游戏的假日,那么游戏也会变得像工作一般令人厌烦;唯其因为它们是不常有的,所以人们才会盼望它们的到来;只有偶然难得的事件,才有勾引世人兴味的力量。所以当我抛弃这种放荡的行为,偿付我所从来不曾允许偿还的欠债的时候,我将要推翻人们错误的成见,证明我自身的价值远在我平日的言行之上;正像明晃晃的金银放在阴暗的底面上一样,我的改变因为被我往日的过失所衬托,将要格外耀人眼目,格外容易博取国人的好感。我要利用我的放荡的行为,作为一种手段,在人们意料不及的时候一反我的旧辙。①

所以他的目的很明确,就是先要塑造一个浪子的形象,当人们以为他不可救药的时候,寻找机会反转剧情,"要推翻人们错误的成见,证明我自身的价值远在平日的言行之上"。就像黑与白的强烈对比,会让黑的更黑,白的更白,回头的浪子会让人觉得更加可贵。格林布拉特指出,正如在哈利奥特中考察过的解释行为一样,哈尔对自己行为的解释随时都有转向其反面的危险。他说要"推翻人们的错误成见",一方面就是不像他父皇以为的那样一直浪荡下去,不堪重任,而最终变成拯救国家于危难中的英雄;另一方面则是不像他的那群狐朋狗友期待的那样,一直与他们为伍,做他们忠实的朋友,而是最终让他们希望落空,欺骗他们,背叛他们。尽管我们在剧中处处都见到权力结构潜在的不稳定性,好像权力随时都有被颠覆的可能,但哈尔最终的救赎是注定了的,或者说,是早就计划好了的。所以,无论如何,颠覆最终总会被遏制。

在格林布拉特对记录过程的论述中,我们同样也能看到颠覆带来的不稳定和权力对颠覆不可避免的抑制。在剧中,不仅统治者的声音被记录了下来,那些似乎不属于统治者的世界的声音,那些来自底层的具有颠

---

① 威廉·莎士比亚著,《亨利四世》(上篇),第一幕,第二场。《莎士比亚全集》第三部,朱生豪译。人民文学出版社 2014 年版,第 14 页。本章以下《亨利四世》上篇的中文引文皆出于此译本。

覆性的声音,也被记录了下来。这些声音来自福斯塔夫,却与哈尔紧密相连,最终被他的政治目的遏制。最能表明这种遏制的,是福斯塔夫招募的那群乌合之众。他们是"被主人辞歇的不老实的仆人、小兄弟的小儿子、捣乱的酒保、失业的马夫,这一类太平时世的蠹虫病菌"。① 他们本是伊丽莎白时代的颠覆者,时不时起来反抗处在他们之上的人。正是他们,在半个世纪之后,在英国资产阶级革命引发的内战中,组成新模范军,变成一支训练有素的革命力量,推翻了都铎王朝的统治。但在这部戏中,他们却仍是现存秩序的维护者,去帮助哈尔平息叛乱,最终成为"炮灰",火药的炮灰,同时也是权力的炮灰。虽然哈尔与弗朗西斯的一段对话似乎暗示了对权威的反叛,但这种暗示转瞬即逝,以至于起不到任何实质性的作用。②

格林布拉特把《亨利四世》上篇中他认为是记录的部分场景,与哈利奥特文本中的记录过程进行了类比。在哈利奥特的文本中,记录的最终成果是编撰"艾尔冈奎安—英语"词典,以便于以后的记录,巩固英国人在弗吉尼亚的势力。在《亨利四世》上篇中,记录的行为体现为哈尔的酒馆俚语词典。哈尔说:"现在我已经可以陪着无论哪一个修锅补镬的在一块儿喝酒,用他们自己的语言跟他们交谈了。"③哈尔在这里对底层人的语言记录,是为了便于他成为国王之后对这些人进行统治。在这里,格林布拉特也意识到,把《亨利四世》上篇中的这些场景,与哈利奥特文本中的某些方面进行类比,显得有些荒谬,因为《亨利四世》是一部戏,而不是殖民投资者的土地;也因为在莎士比亚心中,现实世界所发生的与他无

---

① 《亨利四世》(上篇)第四幕第二场,第79页。

② 哈尔得知野猪头酒店的小酒保弗兰西斯还有五年的学徒期之后,怂恿他逃跑:"五个年头!嗳呦,干这种提壶倒酒的活儿,这可是一段很长的时间哩。可是,弗兰西斯,难道你不会放大胆子,做一个破坏契约的懦夫,拔起一双脚逃走吗?"可是,还没等弗兰西斯明白过来,他就又叫弗兰西斯回去继续干活儿了:"去吧,你这混蛋!你没听见他们叫吗?"《亨利四世》(上篇)第二幕第四场,第35—37页。

③ 《亨利四世》(上篇)第二幕第四场,第34页。

关,他只关心戏剧的价值而不是其他。也就是说,戏剧本身好不好看,它的审美价值,才是他关心的。即便这样,格林布拉特仍然坚持认为,戏剧价值不存在于一个独立的文学王国,而与现实世界息息相关:"莎士比亚的剧院没有因为它的木墙,就与世隔绝,它也不仅仅反映完全外在于它的社会和意识形态力量:相反,伊丽莎白和詹姆士一世时代的剧院本身就是一个与其他社会事件相互关联的社会事件。"(p.45)而且,《亨利四世》上篇这部戏本身也表明,剧院利益与权力利益纠缠在一起,把二者分开是不可能的。在戏中,哈尔一直热衷于各种角色扮演,或更确切地说,一直在进行戏剧性的即兴表演(比如在第二幕第四场中,他就扮演自己的父亲),而且在大多数的表演中,他完全知道自己在做什么(如前引用的第一幕第二场中的独白所示)。他沉醉于各种角色扮演,用一个戏剧性面具代替另一个,以至于最终都无法回到真正的自己,不知道真正的自己究竟是什么模样。这一点很重要,是因为在格林布拉特看来,戏剧性不是权力的反面,而是权力的基本模式之一。他说:"成为自己意味着在权谋中**扮演**自己的角色,而不是**展示**自己天然的性情,或通常所说的自我的内核。在这部戏中,根本就没有一种叫做天然性情的东西存在,有的,只是戏剧性虚构。"(p.46,斜体为笔者添加)

(二)《亨利四世》下篇

首先,对陌生声音的记录(那些没有权力为自己的存在留下文字痕迹的人的声音)在这部戏中仍在继续。华列克在解释哈尔的意图的时候说:

> 亲王跟那些人在一起,不过是要观察他们的性格行为,正像研究一种外国话一样,为了精通博语起见,即使是最秽亵的字眼也要寻求出它的意义,可是一朝通晓以后,就会把它深恶痛绝,不再需用它,这点陛下当然明白。正像一些粗俗的名词那样,亲王到了适当的时候,一定会摒弃他手下的那些人们;他们的记忆将要成为一种活的标准和量尺,凭着它他可以评断世人的优劣,把以往的过失作为有

益的借鉴。①

格林布拉特把华列克的解释与 16 世纪的关于罪犯和罪犯词典联系在一起。他认为这种词典之所以出现，是因为权威需要了解进而控制底层。他的例子是托马斯·哈曼的《给普通流浪汉的警告》(*A Caveat or Warning for Common Cursitors*,*vulgarly called vagabonds*, 1566)。②哈曼想要读者相信，他书中的信息是通过精确观察和记录得到的，于是一再强调，他曾庄严承诺过不把这些东西告诉任何人。他把它们写出来并出版了，便是违背了诺言，但这恰恰证明了他所揭示的东西的准确性和重要性。因此，在格林布拉特眼里，哈曼就是一个中产阶级的哈尔王子。他通过欺骗，卧底进入一个隐秘的世界，取得信任习得骗术，再把骗术公之于众，从而可以帮助读者识别骗子并除掉他们。

格林布拉特指出，这种记录的危险在于，从伦理上说，对罪犯的指控是可以反转的：维护秩序原来依靠的是欺骗和背叛，罪犯只是不那么幸运，或只是反叛了残酷社会的虚伪。为恶人辩护的人可以说，恶人的生活在最坏的情况下也只是对大人物生活的模仿而已。因此，批判他们其实是搬起石头砸自己的脚。但格林布拉特提醒我们，如果认为记录罪恶是想要颠覆，那就大错而特错了。正如我们不能用类似的眼光来看待莎士比亚历史剧中类似的片段一样，我们也不能如此看待哈曼的记录。颠覆的声音是在秩序内部由对秩序的肯定产生的，它们虽然得到记录，却无法摧毁秩序。事实上，正如哈曼的例子表明的，如果哈曼没有背叛他的狐朋狗友，没有把他所掌握的关于罪犯群体的一切公之于众，那么社会的秩序

---

　　① 《亨利四世》(下篇)，第四幕，第四场，《莎士比亚全集》第三部，第 187 页。以下《亨利四世》下篇的中文引文皆出于此译本。

　　② Thomas Harman, *A Caveat or Warning for Common Cursitors*,*vulgarly called vagabonds*, 1566 年第一次出版，是罪犯文学 (Rogue literature) 的始祖之一。哈曼宣称为了写作本书，他本人曾卧底在这些人中间，书中的材料均来自对流氓、罪犯本人的采访。书中包含他们的生活故事、对他们这个群体和手段的描述、流浪汉的分类、黑话词典等。虽然哈曼本人坚持书中材料的真实性，但现在的历史学家一直怀疑他对罪犯群体的记述和黑话的使用的可靠性。

就成了一句空话,得不到真正的维护。

莎士比亚在亨利系列剧中借鉴了哈曼文本中发现的这种话语模式,并将之强化。哈尔所代表的兰开斯特政权与哈曼书中痛恨罪犯的人一样,依靠的是背信弃义,即先取得信任再背叛。因此,"现代国家的建立,像现代君主的自我塑造一样,是建立在算计、恐吓和欺骗的基础上的"。(p.53)《亨利四世》下篇实际上是验证了关于英国王权本质的恶意揣测:王权的道德权威建立在虚伪之上,而且这种虚伪是如此深刻,甚至伪君子自己都信以为真了。但是,即使合法权威被一再证实并不合法,政权被证明是大人物以民主的名义加强和维护自己利益的手段,但本应对舞台上的煽动行为极为警惕的政权,却并没有因此被激怒从而进行干涉。这说明什么呢? 说明莎士比亚的历史剧与哈利奥特和哈曼的话语实践一样,最终都是认可现存秩序而不是要颠覆它的。

(三)《亨利五世》

格林布拉特在此总结道,《亨利四世》上篇让我们觉得自己像哈利奥特一样,浏览了一个复杂的新世界,在上面检验黑暗思想,却又不破坏这些思想可能威胁到的秩序。下篇则表明,我们更像印第安人,被迫向一个信仰系统表示敬意。它的欺骗只会更加确立这些信仰的权力、真实性和真理性。而到了三部曲中的最后一部《亨利五世》时,我们既是被殖民者又是殖民者,既是国王又是臣民。这部戏巧妙地记录了皇室的无情和背信弃义,实际上是验证了这样一个假设:"成功的统治不依靠神圣而依靠恶魔般的暴力,但却是在集体颂扬'英格兰之星'、超凡的领袖的语境下进行的。"(p.56)

在《亨利五世》中,他者的角色由英国人的盟友威尔士人、爱尔兰人和苏格兰人及其敌人法国人扮演,对他们声音的记录也全面开花。他们每个人都被赋予富有地域特色的口音。格林布拉特的分析表明,虽然这些人都有独特的口音,但他们的口音都相当形式化,不仅不让人感到陌生,反而是可预见的,基本上是按照当时人们对地方的人的口音的固有印象来的。这些人物就像剧作家手中的牵线木偶一样，完全是被动的。即使是法国公主凯瑟琳与侍女艾丽斯学英语的那段对话也并不让人感到陌生或不安。① 因此，在《亨利五世》中，他者的声音虽依然被记录下来，但其颠覆的力量已经极大地减弱了。

　　但另一方面，在这部剧中，解释所引发的不安力量却在加强。格林布拉特认为，亨利五世对法国的征服，是小心地建立在"解释"行为的基础上的。亨利五世要求法国的王位，但如果纯粹用武力掠夺就失去了合法性，因此在这部戏的开头，亨利五世才要追溯宗谱，为自己的要求找到一个合法的借口和理由，让自己师出有名。② 因此，与哈利奥特文本中反映出来的模式一样，亨利的对法国王位的要求是看似无懈可击的推理与赤裸裸的私欲的结合体。在为专制主义意识形态辩解上也是如此。君主自身的利益等同于国家的利益，而它们又都是上帝的设计，得到上帝的保障。因此，哈尔在阿金库尔战场上个人的胜利同时又是英国国家的胜利，最终还是上帝的胜利。③格林布拉特进一步指出，把英国人的胜利解释为上帝的功劳其实是有潜在的危险的，那就是杀戮法国人也是上帝的责任，上帝的功劳只有更多的杀戮才能保证。但上帝就一定是对的吗？帝王以他的名义发动战争就一定是正义的吗？在阿金库尔战役前夜，士兵威廉姆斯就诘问过假扮成军爷的亨利五世，那些在战场上死去的士兵，就都该死吗？而亨利五世的"解释"是：士兵在战场上死亡，其实是上帝在惩罚

---

① 见《亨利五世》第三幕第二场、第四场。

② 在本剧开场坎特伯雷与伊里的对话中，坎特伯雷有这样一段话评论亨利五世："据我的观察，他会很乐于听我细细讲一讲那历历可查的宗谱，讲讲他怎样名正言顺地该领有某些公国；又怎样，凭着他是爱德华的曾孙，有权要求法兰西的王冠和宝座。"见《亨利五世》第一幕第一场，第111页。

③ 战斗结束后，敌我死亡人数被呈给亨利五世，法国人死了一万人，英国人只有25人，悬殊的比例让他惊呼："啊，上帝，在这儿你显示出来力量！我们知道，这一切不靠我们，而全得归功于你的力量！……接受了吧，上帝，这全是你的荣耀！"见《亨利五世》第四幕第八场，第199页。

他隐藏的罪恶,或者是洗刷他良心上的污点。①但这些蹩脚的解释让他想到了自己的父亲亨利四世废黜并杀害理查二世的罪恶,虽然他强调自己为此日夜祈祷,但他自己也不信做这些表面文章有什么价值。②这样,权力的强制行为的意识形态和心理机制就完全暴露出来,它的本质是暴力、神迹和心虚。格林布拉特由此总结道,这部戏中每一项主张都有被颠覆的可能。比如说,坎特伯雷鼓动亨利五世入侵法国,私底下是希望由此减轻教会的经济压力(第一幕第一场,第 109—111 页);亨利五世在坎特伯雷的鼓动下本已经决定要入侵法国,却把它说成是法国挑衅的结果(第一幕第二场,第 112—121 页);当亨利五世抱怨国王的辛苦和平民的幸福时,却不提他发动了战争并给平民造成了巨大的痛苦。(第四幕第一场,第 176—178 页)

所有这些,都颠覆了对君主的美化。似乎莎士比亚对亨利五世的刻画是非常矛盾的:一边是伟大的君王,一边又是精于算计和欺骗的弄权者。而格林布拉特却认为,在哈利奥特的报告的启发下,我们也许可以认为,剧中一再出现的颠覆性怀疑,其实是强化国王和他的战争权力的努力。这也就是我们之前看到过多次的反转:"大的事件和演说都会出现两次,第一次是欺骗,第二次就是真理了。"(p.63)

最后,格林布拉特强调了剧院在强化权力中所起到的作用。他认为,国王的权威是依靠伪造建立起来的,戏剧也是如此。在戏剧中,观众一再被提醒真实与理想之间的距离,并被引诱用自己的想象来弥补它们之间的差距。因此,理想的国王在很大程度上是观众自己的发明。《亨利五世》自觉地利用了观众的这种发明能力。③于是,"在这样一个剧院/国家中,国王与观众、演员与观众之间的差别消失了,都成了皇室成员,而表演的作用不是把演员变成国王而是把国王变成神"。(p.63)

---

① 见《亨利五世》第四幕第一场,第 173—174 页。
② 见《亨利五世》第四幕第一场,第 178 页。
③ 参见《亨利五世》的开场白,第 107—108 页。

权力属于任何能控制这种想象力并利用它颂扬超凡的统治者的人。哈尔就像一个剧作家,自编、自导、自演了这场从浪子到君主的戏。因此,要理解这场戏,我们需要一种伊丽莎白时代的权力诗学,这种诗学与剧院的诗学有着相同的成分:检验、记录和解释。格林布拉特认为,是伊丽莎白女王的统治催生了这种诗学。他解释道:

> 伊丽莎白女王是一个没有常规军队、高度发展的官僚体系和广泛的警察力量的统治者。她的权力是由对皇家荣光的戏剧性颂扬以及对敌人的戏剧性暴力组成的。伊丽莎白的权力,依靠的是可视性,就像在一个剧院里,观众必须专心观看演出,同时又与之保持距离。用伊丽莎白1586年说过的一句话说,就是:"我们做君主的,就是摆在舞台上供世人观看的。"(p.64)

莎士比亚的戏剧才能之所以具有颠覆性,正是因为这种英国式的专制戏剧。作为文艺复兴权力的主要表达形式,专制戏剧有助于遏制它不断激发的怀疑。然而,格林布拉特不愿赋予遏制完全的力量,因为在他看来,"对国家来说是遏制了的颠覆模式,但对剧院来说是却可能是被颠覆的遏制"。(p.65)即便如此,他对莎士比亚历史剧的分析却一再向我们表明,颠覆总是要被遏制。

第二节　检验格林布拉特的新历史主义
——对《隐形的子弹》的重新思考

一、围绕颠覆/遏制模式的争论

《隐形的子弹》发表之后,在文艺复兴研究领域可谓是一石激起千层浪。围绕格林布拉特提出的权力的颠覆与遏制模式的争论层出不穷。大家争论的焦点是,在伊丽莎白时代的英国,颠覆是否从一开始就被它生产它的权力所遏制,以及颠覆是否就是权力的效果。这些讨论将之前很长一段时间都被认为属于文学研究范围之外的问题引入了批评视野,但最终,颠覆与遏制这些术语与彼此的关系、与现代早期文化中权力、意识形态及冲突之间动态结构的关系、与批评家身处的历史时刻的关系等,还是没能充分厘清。①

对于这场"颠覆/遏制"之争,文化唯物主义者认为,一方面,我们在文艺复兴的作品中读到合法、监视、统治、挪用和控制,另一方面,又读到不稳定、斗争、对立、自治。由于文化唯物主义者更多地强调反抗的可能性,对于格林布拉特这种略显大一统的权力模式,他们的质疑在于:难道遏制力量就没有局限,就没有脆弱的地方可以揭示与"一元权力结构"比起来不那么压抑的东西?② 一些学者认为,在莎士比亚的戏剧中存在反抗的空间,使得莎士比亚可以利用主流意识形态结构的行为来进行挑战。③ 另一些学者则认为格林布拉特的颠覆与遏制模式对于我们理解文艺复兴时期的权力确实非常有启发,但他的论述倾向于总体化了。④ 也就是说,大家对这一模式有争议,并不是颠覆与遏制这两个术语本身有问题,而是它们在特定时刻的比率,也就是说哪一方占主流的问题。权力主体并不一定总是占据主导地位,事实上,边缘主体可能也会挪用主流话语,而权威出于自己的目的而生产的颠覆也可能会失控,因此,权力所依赖的矛盾产生的不稳定性也可能是毁灭性的。⑤

当然也有很多为遏制辩护的人。理查德·威尔逊就拥有与格林布拉特颇为相似的观点。他说:"在莎士比亚的悲剧中,权力通过挪用狂欢激

---

① Jonathan Gil Harris,"Historizing Greenblatt's 'Containment'",in *Critical Self-Fashioning*:*Stephen Greenblatt and the New Historicism*,p.150.

② Jonathan Dollimore,*Political Shakespeare*,p.12.

③ Thomas Cartelli,"Ideology and Subversion in the Shakespearean Set Speech",*ELH* 53,1986,pp.1-25.

④ David Scott Kastan,"Proud Majesty Made a Subject:Shakespeare and the Spectable of Rule",*Shakespeare Quarterly* 37,1986,pp.459-75.

⑤ Jonathan Dollimore,*Political Shakespeare*,pp.12-14.

进的颠覆性建构自己的话语性……狂欢的煽动性转变成为反革命的工具。"一种"基于自我控制和监视策略"的福柯式"系统"证明:"在现代政权中,权力总能找到一种方式成功。"①不过,即使为遏制辩护的人,也并没有把权力看得那么完全统一,那么绝对。在权力运作的过程中,它可以表现得很狡猾,甚至为了自己的利益而自相矛盾。权力是流动、有弱点和不完全的,正因为如此,协商、变化、反权威才成为可能。这也是为颠覆辩护的人的出发点。

(一)福柯与颠覆/遏制

新历史主义的这种权力观,或者说格林布拉特的这种权力观,是受福柯启发的。事实上,以上勾勒的两种不同立场可以说是对福柯作品的两种不同回应。在大卫·霍伊(David Couzens Hoy)主编的《福柯批评读本》(*Foucault: The Critical Reader*)②中,就存在两种对福柯关于权力的写作的解读。第一种解读把福柯视为一个宿命论者,对他而言,不仅颠覆而且颠覆和遏制的辩证都被误导了。宿命论的福柯强调权力网络,这个网络构成所有关系共存的话语场。在这种权力观内,任何反话语都没有存在的空间。显然,《隐形的子弹》中的格林布拉特,就处在宿命论的福柯的阴影之下。林屈夏就针对新历史主义对福柯的宿命论式解读进行过严厉的批评。他把福柯视为是一个"愤世嫉俗者",提供了一个"永远压迫、让其主体致力于一个总体叙述的权力结构的令人压抑的形象"。③确实,在福柯对一元权力的分析中,尤其是在他早期的体制史如《诊所的诞生》和《规训与惩罚》中,他显示出了一种对一元权力的赞同或至少是容忍的态度。一元权力的绝对和复杂的有效性让福柯不得不服。

但林屈夏在批评福柯时,却忽视了福柯后期文本中的另一种声音。

---

① Richard Wilson, "'Is This a Holiday?': Shakespeare's Roman Carnival", *ELH* 54, 1987, pp.31–45.

② David Couzens Hoy, ed., *Foucault: A Critical Reader*, Oxford: Blackwell, 1986.

③ Frank Lentricchia, "Foucault's Legacy: A New Historicism?" in *The New Historicism*, p.235.

20 世纪 70 年代中期以后,福柯对权力的分析显示了一种不同的态势。在一个名为《真理和权力》(1977 年)的采访中,福柯提到了他在后期的著作中一个中心的关注点:"如果权力永远都只是压抑的,如果它只是说'不',你真的认为你会服从它吗?让权力坚固存在的,是它不仅作为一种说'不'的力量束缚我们,而且它逾越和生产东西;它引发快感。"①因此,在福柯后期的著作中反复出现的是"反抗"这个颇具有争议的术语。"反抗"是权力内部的一个分水岭:从反抗的角度看,权力可能是一元的,但这个一元包含了其自身颠覆的潜能。反抗因此分裂为格林布拉特所说的"遏制"和"颠覆"。在这二者之间,划分了格林布拉特式新历史主义者(也就是说,那些视文学和文学批评为已经被权力收编了的)和那些视文学和批评具有解放能力的人之间,或者说是作为愤世嫉俗者的福柯和作为激进分子的福柯之间的差别。如果如福柯在《性史》第一卷中表明的,权力不可避免地遇到甚至产生其自身的反抗,那这也并不表明权力总是胜利,或反抗是作为一种英雄般的反权力出现的。它只是意味着,权力是统领一切、无处不在的网络,其中充满了颠覆与遏制之间的斗争。反抗的概念也阐明了权力与知识之间的关系。对习惯于二元对立思维的人来说,反抗是一个难以理解的概念,但它不应该最终证明是不可能的。

但是,这样一个僵硬的遏制说过分简化了福柯关于权力的微妙、灵活和动态的构想。他认为,变化无常和充满偶然性的权力关系,实际上是由权力在国家机器中的结晶决定的。他强调:"权力的可能性的条件必须不能在一个中心点的首要存在中寻找,不能在最高统治权的独特来源中寻找;它是力量关系的移动的底层,由于其不平等性而常常产生权力状况,但后者总是地方性和不稳定的。"②对福柯而言,权力永远都不是一元

① Michel Foucault, *Power/Knowledge: Selected Interviews and Other Writings, 1972–1977*, ed. Colin Gordon, trans. Colin Gordon et al. New York: Pantheon Books, 1980, p.119.

② Michel Foucault, *The History of Sexuality*, Vol.1, *An Introduction*, trans. Robert Hurley, New York: Pantheon Books, 1978, p.93.

的;权力关系总是不仅暗示了多种权力场,也暗示了多种反抗场。这些反抗场有着不同的形式、程度和效果。福柯灵活的权力关系观念,可以容纳为遏制而产生的颠覆的局部例子,但也承认革命性社会巨变和反抗的其他可能情态。一方面,意识形态控制永远不可能一元、完全和封闭,另一方面,革命性突变也相对极少出现;反抗的模式和例子——颠覆、斗争、逾越、挪用——总是局部的,一旦出现就立即被驱散,其后果各异,而且有限。① 这样,我们在福柯自己的著作中就可以发现,颠覆/遏制模式作为一种对权力关系的动态、具体的解释模型,是不足够的。不仅如此,我们还有必要对反抗的各种可能性条件中做更为细微的甄别。

对福柯的第二种解读则要乐观些。这种解读认为,虽然权力关系无处不在,却没有哪一种关系是必须的。既然所有关系都是偶然的,因此都有弱点。用福柯自己的话说,"权力在社会中心构成一个天命,不可能破坏"是个伪命题。自由的非可迁性是内在于所有社会存在的永恒的政治任务。福柯对权力的这种叙述没有在战斗开始之前就把胜利拱手让给遏制力量,但也没有侥幸存有一种乌托邦式的希望,以为权力可以被超越。正如霍伊认为的,自由既是权力的条件也是权力的效果;自由和权力都是一个进行中的斗争的部分,一个永恒的刺激。② 这样的一个福柯既不坚持宿命论,又不坚持进步,而把我们的注意力转移到微观遭遇。

显然,一部分新历史主义者与第一种福柯关于权力的看法一致,而文化唯物主义者及那些倾向于颠覆潜力的人与第二种解读相同。在文化唯物主义者中,又分化为两种:一些人致力于总体化反抗;而另一些人则满

---

① See Michel Foucault, *The History of Sexuality*, Vol.1, *An Introduction*, trans. Robert Hurley, New York: Pantheon Books, 1978, pp.94-96.

② David Couzens Hoy, "Power, Repression, Progress: Foucault, Lukes, and the Frankfurt School", in *Foucault: A Critical Reader*, p.139.

足于微观层面的反抗。① 但是,新历史主义者与文化唯物主义者一样,都认为权力关系的一个重要的共同分母是斗争(表面或实际的)。不管是新历史主义者的颠覆与遏制的二元对立,抑或是文化唯物主义者的残余—主流—新兴的范式,它们都暗示,是冲突在操作着社会政治和文化实践。虽然大部分的时候,冲突倒向遏制者、主流、精英、父权一边,但冲突也是多样的,而不总是注定要失败的。主体和客体、自我和他者之间相互依赖,这既语境化任何具体的权力实施,也限制了它的实施。如在孟特罗斯的论述中,冲突需要一种相互的斗争,统治者和臣民或剧作家和观众在其中有规律地彼此相互要求,这些要求有时有效,有时无效。这表明,统治者的权力本身就易于被挪用,主权易受主观性影响。他说,伊丽莎白女王"有能力打造现存的术语为她受文化限制的需要和利益服务。但是同样的,她的臣民也可能重新打造这些术语来为他们自己服务"。② 孟特罗斯在这里提出一种作为臣民的诗人对文化的"挪用"模式:作为臣民的诗人具有启发的力量,这种力量有助于社会和政治秩序的合法化和实施,他本人也臣服于这一秩序。这样,就为协商保留了一个空间。③

(二)协商与颠覆/遏制模式

现在回头来重新看待社会过程的这种二元对立和冲突,我们可以不仅仅认为它使得权力取得压倒性胜利。它同样也可以是妥协、协商、交流、容纳、取舍这些社会关系和变化的基础。在上一章我们已经看到,当格林布拉特《莎士比亚的商讨》的第一章《社会能量的流通》时,他没有依

---

① 霍伊对福柯的解读表明,对福柯来说,并非不存在解放或自由的可能性,他的权力观也并非是宿命论的,只是他认为总体的进步是不可能的,可能的是微观层面具体权力实施的反抗。参见"Power, Repression, Progress"一文中的"progress"部分,尤其第 140—145 页,及福柯本人的文章"How Is Power Exercised?" in *Michel Foucault:Beyond Structuralism and Hermeneutics*, Hubert L.Dreyfus and Paul Rabinow, New York:Routledge,1983。

② Louis Montrose, "The Elizabethan Subject and the Spenserian Text", in *Literary Theory/Renaissance Texts*, eds. Patricia Parker and David Quint, Baltimore: Johns Hopkins University Press, 1986,p.310.

③ Louis Montrose, "New Historicisms", in *Redrawing the Boundaries*, p.405.

赖"权力"来理解都铎和斯图亚特文化错综复杂的动机,而是找到诸如"(社会能量的)流通、交换、商讨"这样的比喻来匹配他已经不那么一元的文化观念。比如他会在《莎士比亚与驱魔师》中谈论"卡里斯马"的流通和经历的自由浮动,关注一系列的再现、交换。只是当他在《隐形的子弹》及其他文章中思考权力的运作时,依然坚持遏制对颠覆压倒性的胜利。尽管后来他强调自己对这一时期的权力运作的理解已经改变①,但就如我们如上看到的,《隐形的子弹》仍以熟悉的面目呈现在我们面前。

因此,虽然格林布拉特的颠覆/抑制这个冲突的二元对立启发了对文艺复兴文化的阐释,但它仍有许多问题无法解释。因此,一个基于商讨和交换的模式也许会更有用。对立的各方可以通过协商来解决问题、作出调整甚至变化。颠覆并不是改变现存状态的唯一选择。同样,缺乏真正颠覆性的东西,都会变成另一个规训的实例。不可否认,遏制确实存在,但它不是全能的,总是有限的,不然社会就会一直保持原来的状态,停滞不前。但事实是,社会可以通过中心与地方、高与低的力量的相互干涉而发生改变,即便这种改变如福柯认为的那样,不一定就比之前的好,不一定就是"进步"②,那也是多了一种不必一定要如此的选择。颠覆与遏制之间的协商,是有权势的少数与被统治的多数之间不平衡但共同的努力。与颠覆不同,商讨的基础是对现状不完全满意的双方或更多方的能动性。也就是说,在留有商讨空间的模式中,仍然会存在强制性的规训,但同时不仅那些反抗力量,就是规训本身也可能被侵蚀或被遏制。这一过程不具革命色彩,但也也没有宿命论的无望。它既不预示权力的终结,也不想象权力关系的随意转换,而是且行且看且变。

---

① 在1990的一篇文章中,格林布拉特说,他的批评者说他认为任何反抗最终都会被收编,对此他的回应是:"有些被收编了,有些没有。"(Some are, some aren't.)并对自己的观点做了进一步的解释。见"Resonance and Wonder", in *Learning to Curse*, pp.222-225。

② 参见"Power, Repression, Progress"。

通过《隐形的子弹》、《莎士比亚与驱魔师》以及其他著作,我们发现,新历史主义者,尤其是格林布拉特,常常把眼光停留在两个极端——宫廷或平民、统治者或臣民①。如果是在商讨和交换的基础上,我们其实可以转向二者之间的交叉点。如彼得·斯达黎布拉斯(Peter Stallybrass)和艾龙·怀特(Allon White)在《逾矩的政治和诗学》(*The Politics and Poetics of Transgression*)中就论述了这样一种模式——狂欢仪式。借用巴赫金的狂欢理论,他们把狂欢看做是一个十字路口,一个多样化的场所,一个"混杂"的场所。混杂不是中立化;发生交换的交叉点不删除对立的力量,而是相互联系、混合,从而改变它们。"高端"不只是妖魔化"底部",而"底层"也不只是寻求颠倒"高层";二者可以建立一种相互依赖,而这种依赖不能简化为一方对另一方的包括。我们可以支持一种"之前经常被视为不兼容的成分的非正统的合并……扰乱任何固定的二元主义"。② 因此,批评家不必否认,在任何一个特定时刻权力都保持平衡,但却应该对达到平衡之前和之后的商讨过程敏感。因此,一种基于商讨的社会关系模型,能解释变化,或对变化的抗拒。而且更重要的是,它是我们认识到,下层秩序不只局限于寂静主义与暴乱之间非此即彼的选择。

(三)"遏制"与功能主义

格林布拉特的颠覆/遏制模式也深受美国功能主义的影响。斯达黎布拉斯认为,这种模式是"隐藏在福柯的面具下的一种功能主义"③,认为"颠覆"远非构成了一个不受社会规章限制的自由空间,却是一个表演形式(a form of play),恰在其否定的时刻构成权力。颠覆要求推翻既定成

---

① 以格林布拉特本人为例,他的著作从 *Sir Walter Raleigh* 开始,大多时候都与伊丽莎白时代的宫廷相关,平民的例子可以参见 *Learning to Curse* 中的"Murdering Peasants:Status,Genre, and the Representation of Rebellion"一文。

② Peter Stallybrass and Allon White, *The Politics and Poetics of Transgression*, Ithaca:Cornell University Press,1986,pp.43-44.

③ 不仅格林布拉特,福柯本人也深受功能主义的影响,参见 Neil Brenner,"Foucault's New Functionalism", *Theory and Society* 23,1994,pp.679-709。

规,但只是为了建立更深入和广泛的统治形式。①凯瑟琳·贝尔赛(Catherine Belsey)则认为,颠覆/遏制模式所描绘的文化时刻倾向于是统一、和谐和同质的,暗示一个社会所有的地方性特征都是为保持作为整体的社会治学服务,因而重新生产了功能主义的价值。②而哈里斯则把"遏制"思想与冷战、功能主义和社会病理学联系起来,以一种全新的方式历史化了这一模式。③

哈里斯指出,遏制作为一个揭露权威运作方式的术语并不始于格林布拉特的《隐形的子弹》,而可以追溯到20世纪40年代超级大国间紧张状态的升级和冷战的开始。在他看来,"遏制"这个冷战时代美国外交政策关键词不应该因为其带有冷战色彩,受到怀疑或抛弃,也不应该把它看成是在文学和文化批评话语中突然出现的,而应该视为出现在特定的历史时期与意识形态结构的交叉点上。具体而言,功能主义方法在二战后的20世纪50年代红极一时并非偶然。它与冷战修辞有很多相同的地方:对社会组成的有机模式的偏爱,对社会有机体内部产生的冲突和矛盾故意视而不见,确信有机体各个组成部分的整合才是最重要的,将权势阶层的利益神话为"全民"利益。哈里斯特别指出,功能主义的异常观和格林布拉特在《隐形的子弹》中提出的模式都从来自现代医学生物学话语的有机社会观念中受到启发,尤其是其对疾病外部起源的假设。这使得格林布拉特将社会病态和变化的起源完全归于外部因素,而与冷战思维如出一辙。

功能主义最显著的特征之一是对社会整体性和一致性的盲目迷恋,

---

① Peter Stallybrass, "The World Turned Upside Down: Inversion, Gender and the State", in *The Matter of Difference: Materialist Feminist Criticism of Shakespeare*, ed. Valerie Wayne (Ithaca: Cornell University Press, 1991), pp.216–217.

② Catherine Belsey, *Shakespeare and the Loss of Eden* (Basingstoke and London: MacMillan Press Ltd., 1999), p.18.

③ Jonathan Gil Harris, "Historizing Greenblatt's 'Containment'", in *Critical Self-Fashioning*, pp.150–173.

认为任何社会体制或活动只能被理解为对秩序的"维护";任何可能的破坏性行为都是不可能想象的。这招致了最有力的批评:由于过分强调平衡和整体,它无法解释社会的变化。而对功能主义的这种批评,可以在对新历史主义的批评中找到重要的相似之处。比如科恩在评论格林布拉特的权力模式时说,文艺复兴被格氏简化为一个单一的共时世界,没有任何可分辨的变化模式。新历史主义描述了历史差异,但却无法解释历史变化。①

格氏并非对现代早期的英国社会和文化的变化完全不敏感,但他也像功能主义者一样,更多地关注权力和政体内相互关系的维护和保持,而不是变化。如果因为格氏颠覆/抑制和社会交换的形式显示了一种潜在的保守的功能主义偏见,而因此否定他研究的丰富性和启发性,那就得不偿失了。格氏对信仰、行为或体制的社会功能的强调值得保留,这是因为:一、功能主义的方法,尤其是异常形态类型学的优势在于,它反对一种对颠覆不加批判的盲目崇拜和非历史的具体化。因为格氏的颠覆观太悲观而拒斥它,而代之以一种关于逃逸、反抗和解放的"乐观"叙述,其实是掩盖了更丰富的历史。二、在理解权势阶层或体制使用的意识形态自我合法化模式时,功能主义分析仍然是必不可少的。

二、对格林布拉特批评方法的批评

另一个评估格林布拉特的新历史主义的方式不是考察他的结论,而是考察他如何得出结论的:他的论述是否一致、对证据的使用是否恰当,以及他的方法的确切本质。事实上,如我们在第三章第二节中所述,格林布拉特的研究方法在文学研究领域可以说独树一帜,引来了众多的模仿者,但不可否认的是,他的方法中也存在诸多硬伤,招致了批评无数。当格林布拉特 1990 年第一版的《学会诅咒》出版后,安 · 巴顿(Anne

---

① Walter Cohen, "Political Criticism of Shakespeare", in *Shakespeare Reproduced*, p.25.

Barton)《纽约书评》对其进行了严厉的批判。在这篇名为《历史主义的危险》("Perils of Historicism")的书评中，巴顿以《回声与惊奇》("Resonance and Wonder")为例，指出格氏批评方法上的众多瑕疵，尤其是他"大概地处理历史情境、有选择地处理文学文本"的倾向，甚至让她甚至怀疑格林布拉特在学术研究上的正直。[1]理查德·列文(Richard Levin)在《否定的证据》("Negative Evidence")中，虽然没有点名批评新历史主义者或格林布拉特，但指出一些人为了证明自己观点而只注意于自己有利的证据而对其他可能推翻其观点的证据视而不见。[2] 为了主题而修剪文本，削足适履，这确实是找到了问题的关键。由于前面我们已经对《隐形的子弹》一文进行了细读，下面就以它为例，来看一看这些批评是否合理。

（一）关于马基雅维利

前面我们已经提到，格林布拉特在论文中曾宣称，对马基雅维利来说，"宗教的起源在于将社会强制信条强加在一个头脑简单的民众身上"。但是，格林布拉特也承认，这一观点"并不实际上存在与马基雅维利的著作中"，但却因为当时的宗教危机而在文艺复兴时期获得了特别的力量。我们可以看一下马基雅维利对于宗教到底说了些什么。在《论李维》第1卷第11章《论罗马人的宗教》中，马基雅维利写道，罗马的统治者由于"看到罗马人极为凶残，希望把他们驯化成公民，服膺与和平的技艺，把它视为维护文明生活不可或缺的东西。"于是，宗教的地位得以确立，对神的敬畏延续数百年之久，元老院或大人物筹划功业也更方便易行。信仰在"率军征战、动员平民、维持世人的良善和使恶人蒙羞"方面起到了极大的作用，因此，"给人民创立不同寻常法律的人，必定要借助于神明，不然人们就不会接受这种法律"，所以精明的人都会求助神明。

---

① Anne Barton, "Perils of Historicism", *The New York Review of Books* 38, No.6, March 1991, http://www.nybooks.com/articles/3309.

② Richard Levin, "Negative Evidence", *Studies in Philology* XCⅡ, No.4, Fall 1995, pp.383–410.

而引入宗教信仰,带来"好的秩序,好的秩序带来好的运气,好的运气又能成就伟大的事业"。因此,"敬神就成大业,亵渎神灵就要覆灭"。在之后的几章(p.12—15),马基雅维利更是用各种例子证明宗教在统治中的重要性。①从以上引文可以看出,马基雅维利在这里强调的是宗教对社会凝聚力的积极贡献,似乎并没有思考宗教的起源问题,也没有表达对宗教的否定态度。即使他指出宗教被某个个别的异教统治者狡猾地利用以确保顺从和政权秩序,也从没暗示过宗教起源于政治欺骗,反倒是对善于利用宗教保持社会和谐持肯定的态度。因此,格林布拉特将马基雅维利与"骗子"君主的政治理论、宗教理论及欧洲文化和信仰的起源认同,似乎缺乏文本和逻辑的支撑。他这样做,也许只是为了强化了自己的主张,在非戏剧性的文艺复兴文本中也可以发现一种普遍的权力话语。

(二)关于哈利奥特

格林布拉特几乎用同样的方式来解读了哈利奥特。他承认,哈利奥特"并没有发表过任何类似马基雅维利式假设的言论",但又说:"如果我们仔细考察哈利奥特的报告,就可以发现一种类似于马基雅维利的观念,认为宗教是一套由狡猾的教士操控的信条,目的是帮助灌输顺从和权威的思想,以及事实上试图检验这一马基雅维利式假想的想法。"(p.26)因此,如我们在上一章看到的,格林布拉特把哈利奥特塑造成一个"马基雅维利式的人类学"的鼓吹者。但如果我们像他所说,真的仔细去考察哈利奥特的文本的话,可能会得出不同的结论。

首先,通篇下来,哈利奥特其实更像是一个观察者,而非主动的殖民手段实施者,或者说,他像是一个人类学家,但却不是"马基雅维利式"的(这里"马基雅维利式"需要打一个问号,因为如前面分析的,马基雅维利本人并不认同宗教起源于欺骗)。据他自己在文中所言,他受到雷利的派遣在弗吉尼亚待了一年,观察和分析该地的情况,而他出版此报告,是

---

① 见马基雅维利著的《论李维》第 11 章第 78—80 页,第 12—15 章第 81—90 页。

为了反驳那些只在那儿短暂停留的人的"诋毁式和可耻的"(slanderous and shameful)①谣言,报告当地的真实情况,以便让英国人继续投资殖民地事业。虽然他受雷利雇佣,但他本人并不是殖民者,而是一个穷学者。他的报告分为三个部分,第一部分(p.6—16)是可以有利可图的物品(merchantable commodities),第二部分(p.17—30)是可用作粮食让人生存下去的物品(commodities to yield victuall and sustenance of mans life),第三部分(p.31—44)是可以用来建房的物品及当地人的性格和风俗(commodities for building and the nature and manner of the people of the country)。他以学者的严谨对上述物品及当地人的思想行为进行了细致观察和忠实记录。阅读他的报告,如果不是先入为主地认为他怀有恶意,我们感受更多的是他开放的心态和天然的好奇心。当然我们也可以引用萨义德说,那些看似"无辜"(innocent)的行为背后都有着殖民主义的深层动因。但无论如何,给予哈利奥特更多的同情是可能的。

其次,关于哈利奥特是否把自己的基督教信仰强加印第安人,也是值得商榷的。这里有两个问题,一个是哈利奥特对印第安人的态度,一个是印第安人的信仰。关于第一个问题,格林布拉特说,英国人能把自己的宗教信仰强加给印第安人,很大程度上是得益于自己的技术优势。显然,哈利奥特成为典型的持有欧洲中心思维的殖民者,在他的心中,欧洲是先进的,印第安人是落后的。但在哈利奥特自己的叙述中,他并没有用欧洲的技术优势去压迫印第安人,相反,他在报告中将欧洲文明与印第安土著的天赋进行了比较后认为,印第安人天赋并不坏:"跟我们比起来,他们贫穷,对我们的工具缺乏了解,不会使用,因此确实对这些东西(trifles)崇拜有加。但是,他们却有自己的天赋。尽管他们没有我们的这些工具,也没有我们的技艺、科学、艺术,但在他们自己所做的事中,显示了超高

---

① Thomas Harriot and Paul Royster(editor),"A Brief and True Report of the New Found Land of Virginia",p.5.

的智慧。"①而且,哈利奥特使用"trifles"一词来表述欧洲人的工具,一边是自谦,一边是对印第安人智慧的赞赏,确实很难得出结论说哈利奥特是欧洲中心论者,至少不是自觉的。当然,哈利奥特随后又说,如果好好**"治理"**,印第安人就会变得**"文明"**,皈依**"真正"**的宗教②。这些词汇听起来确实带有殖民色彩,但我们不能因此怀疑哈利奥特对于自己宗教信仰的真诚。这就涉及第二个问题:印第安人的宗教。据哈利奥特的记述,印第安人是多神教的,也就是说,他们并不坚持一个宇宙唯一的神。对于哈利奥特而言,这意味着他们易于皈依基督教的神,但同时还意味着,他们也易于皈依别的神,或者说,对其他的神可以来者不拒。而且他后面的印第安人求英国人让他们的上帝保佑他们玉米丰收、治疗疾病等的记录也表明,印第安人对于基督教的上帝崇拜,至少在一定程度上是出于实用的目的而非真诚的信仰。所以,格林布拉特所谓的印第安人的信仰危机可能并不存在,至少不像他以为的那么严重,倒是暴露了他本人的一神论思想和欧洲中心主义倾向。而至于哈利奥特是否把自己的宗教强加在印第安人身上,只能说,他确实尝试传教,但并没有格氏所谓的"欺骗"和"强加"。③

(三)关于《亨利四世》

格林布拉特在《隐形的子弹》的最后认为,莎士比亚与当时权力是串通一气的,他对权力运作的所有洞见都是作为成功的统治骗子的一部分,诱骗观众热情地接受现存秩序。但是,问题在于,如果一个剧作家自觉地致力于坚持不懈地对一个具体的权力结构去神秘化,那么他的作品又怎会加强这种权力结构呢? 或者说,如果戏剧呈现给观众的是一种对君主

---

① Thomas Harriot and Paul Royster(editor), "A Brief and True Report of the New Found Land of Virginia", p.36.

② Ibid., p.36.

③ Ibid., pp.39-40.

权威极端负面的看法,观众又怎能信服呢?① 格林布拉特似乎并不认为
其有悖常理。他常常用神秘的福柯式权力观代替作者意图,从而将矛盾
在最白热化的时候化解掉。

　　另外,在对哈尔的看法上,格林布拉特有把他性格的某一面无限夸
大的嫌疑。比如说,哈尔算计的一面,在其他批评家看来只是他性格的
一方面,但格林布拉特则将它放大,直至成为整个人唯一的特征。如我
们在上一节看到的那样,格林布拉特对哈尔的看法从一开始就是负面
的。他使用了诸如"骗子(juggler)、伪君子(hypocrite)这样的词来称呼
哈尔,而他的王位则是他的父亲亨利四世"篡权"(usurpation)和"偷窃"
(theft)而来的。而且在论述哈尔的性格时,格林布拉特倾向于叙述自
己的观点,而没有过多地从莎士比亚的文本中寻找证据。这使得他的
批评者认为,"他此文的力量和统一更多依靠的是它的修辞而非逻
辑。"②确实,如果格林布拉特无法让局中人按照他们"应该"的方式说
话,他就代替他们说话。因此,他的阐释模式里有强加的嫌疑,而非水到
渠成的结论。

　　(四)任意连接

　　在第三章第二节里,我们已经讨论过格林布拉特典型的写作方式逸
闻主义和厚描。他喜欢把两个看似与主题无关的逸闻、事件或物体与经
典作家的作品联系在一起。这是新历史主义打破文本界限的一种努力。
如前所述,新历史主义的重要成果之一,正是在于打破文学文本与非文学
文本、文学前景与文学背景之间的藩篱,让文化的各种成分得以在批评家
的文本中狂欢。这一点是不容置疑的,也是新历史主义对当代批评的重
要贡献之一。在《隐形的子弹》中他就把哈利奥特和哈曼的文本引入了
对亨利系列剧的论述。可以说,在很大程度上,正是这些"奇怪"的类比

---

① 　Tom McAlindon,"Testing the New Historicism,"p.424.

② 　Ibid.,p.425.

支撑起了他的论点。但这种类比论证是有缺陷的。① 首先是选择标准的问题。出现在他论著中的逸闻、事件或事物的选择可谓五花八门,有时是与讨论的文本同时代,有时是不同时代,甚至不同国度和文化。他对这一方法运用得非常成功,曾经引领了文学批评的时尚。但他的模仿者却少有人像他那样成功,更多的是蹩脚的生搬硬套。这一方面证明了格林布拉特非凡的叙述能力,但另一方面也说明,他对逸闻的选择是没有规律可循的。因此,生搬硬套这个问题在格林布拉特身上其实也是存在的。因为很多时候,如果不是他极力证明,读者其实很难看到二者之间的联系,甚至即使他言明之后,还会有困惑。这就涉及逻辑的问题。他的选择是以逻辑关系为标准的吗? 当然我们可以用他前文的文化观来为他辩护,说文化是一个网络,不同事物相互连接在这个网络中。但仍然有一个度的问题。比如说,也许通过迂回的证明,我们可以把今天做晚饭盐放多了与电影院正在上映的电影联系起来,但这样的证明在多大程度上是有意义的是存疑的。另一个问题则是范围。他的逸闻都很偏僻,时常让人想不到,这一方面有其理论意义(参见第三章第三节相关论述),但另一方面,也会有代表性的问题。也就说,他的这些逸闻在多大程度上反映了时代和文化? 正是这样的疑问催生了用"薄描"代替"厚描"的呼吁(见结语部分)。除此之外,任意连接还带来了"一致性"(consistency)的问题。阅读和梳理格林布拉特论文的一大难题就是,他的文本中随处可见零零碎碎的论述,让读者有时像进入了迷宫一般,需要艰难地寻找线索。常常在阅读完之后,我们会回味他的逸闻,他时不时的洞见,却缺乏总体的印象。

以上提出的格林布拉特在《隐形的子弹》中所暴露出来的方法上的缺陷,不仅限于格林布拉特对莎士比亚的解读,也不仅限于他自己,在其他批评者那里也能找到回应。我们在这里提出并进行详尽的论述,并不

---

① 在第一章第三节新历史主义的智性资源中,我们已经提到科恩等人对格氏这种任意连接的批评。

是要表示格林布拉特做得有多么糟糕（虽然确实有人认为他很糟糕）①，或者别人做得多么好。抛开格林布拉特个人，实际上，有些问题是文学研究很难摆脱的。比如上文对马基雅维利和哈利奥特文本的不同理解，我们可以说格林布拉特在误读，但谁又能保证自己的理解不是误读呢？文本在很多时候成了一个框架，而意义成了我们可以随意往里装的东西。所以，与其说我们是在指出格林布拉特的问题，不如说我们是在提出文本理解的问题。因此这样的讨论的意义就在于，我们可以意识到，文本的意义，跟其他任何东西一样，不是只能如此，向来如此，还要如此的，而是可以协商和选择的。

_____

① Tom McAlindon 甚至认为他拉低了文学研究界的学术水平，见"Testing the New Historicism"。

结语　新历史主义之后

　　在第一章的第一节中已经介绍过，进入 20 世纪 90 年代以后，在莎士比亚和现代早期研究领域，一些新的研究倾向开始逐渐形成具有辨识度的趋势，如表演研究、多媒体和文本批评、对经济、科学、宗教和伦理的关注，以及后殖民和怪异研究中的"下一步"的研究，等等，其中最引人注意，或者说直接回应新历史主义的是新唯物主义、现时主义和新形式主义。另外，在研究方法上，也出现了用"薄描"来补充新历史主义标志性的"厚描"的呼吁。结语部分将通过对这些新趋势和方法的追踪和描述，试图勾勒出一幅"新历史主义之后"的莎士比亚和现代早期研究的新图景。把格林布拉特的新历史主义文化诗学研究放在这些新的趋势之中，我们可以更清楚地看到它的价值，看到这些新出现的趋势在多大程度上是对它的反动，又在多大程度上是对它的继承。

一、新唯物主义

　　新唯物主义（New Materialism）是一个很笼统的称谓，用来泛指 20 世纪 90 年代以后出现的关注"物"（material）的研究。它是新历史主义在 20 世纪 90 年代的新发展，与 80 年代的新历史主义既有继承，更有不同。有些新唯物主义批评家把自己的实践称为一种"新—新历史主义"（a new new historicism）：帕特里夏·伏莫顿（Patricia Fumerton）在她与西蒙·亨特（Simon Hunt）合编的文集《文艺复兴时期的文化与日常生活》（*Renaissance Culture and the Everyday*）的导言中就提出这样一种说法。

　　在伏莫顿看来,新—新历史主义是标志着"从旧的政治的历史主义到新的日常生活的历史主义的转变"。80 年代的新历史主义由于纠缠于对"对皇室、宫廷、政权及男性权力的讨论",因而是"政治"的历史主义。而新—新历史主义主要关注的则是:

> 　　平常之物,既是等级意义上也是文化意义上的平常之物:底层的(普通人)、日常的(日常用语、日常生活用品、常识)、熟悉的(大家都知道的)、习以为常或想当然的(习惯法、常识、公有的)等。这种新—新历史主义把这种日常性放在文化实践与再现的细节的语境中。也就是德赛托与列斐伏尔(Henri Lefebvre)所说的"日常生活"(everyday life)。这种日常生活的新历史主义在宫廷或国家机器及其文化工具之下或之外考察,更多的是"社会的"而不是"政治的"历史主义,虽然二者之间有明显的交叉。①

不过伏莫顿也承认,这种转变不是与过去的完全决裂,而在很多方面都是一种"继续",或"填补空白",是把之前新历史主义的方法扩大到对现代早期底层人的日常生活的解读。这种关注日常生活的新历史主义对"物质性"(materiality)非常感兴趣,经常把镜子、马、书籍、事物、画、建筑、洗衣篮、刺绣、行为手册、钱、涂鸦等作为自己的研究对象。②

　　其实在伏莫顿明确提出这种关注"物"的新—新历史主义之前,1996年由玛格丽特·德·格拉扎(Margreta de Grazia)、莫林·奎利甘(Maureen Quilligan)和彼得·斯达黎布拉斯合编的文集《文艺复兴文化的主体与客体》(*Subject and Object in Renaissance Culture*)中,就已经指出要把客观物质的东西纳入对文艺复兴主体的考察中。③ 自 19 世纪中叶

---

　　①　Patricia Fumerton and Simon Hunt(eds.), *Renaissance Culture and the Everyday*, Philadelphia: University of Pennsylvania Press, 1999, pp.3-4.

　　②　Patricia Fumerton and Simon Hunt(eds.), *Renaissance Culture and the Everyday*, p.6.

　　③　Margreta De Grazia, Maureen Quilligan and Peter Stallybrass(eds.), *Subject and Object in Renaissance Culture*, Cambridge: Cambridge University Press, 1996, p.5.

布克哈特的《意大利文艺复兴时期的文化》开始,对文艺复兴/现代早期的研究就一直是面向主体的(suject-oriented),对物质客体往往一笔带过。但主客体之间的关系并不只是单向的权力关系,而是相互的,也就是说,主体控制客体,客体也同样控制主体。① 因此,对现代早期的研究就应该建立在更物质的基础上。这部由众多新历史主义和文化唯物主义重要人物(如孟特罗、格林布拉特、多利莫尔)的文章组成的文集被伏莫顿视为新历史主义研究的物质转向的前驱。

需要指出的是,这种新唯物主义与传统唯物主义(包括历史唯物主义、辩证唯物主义甚至文化唯物主义)有很大的不同。传统唯物主义批评的出发点是马克思主义关于历史、阶级或劳动的假设,而新唯物主义批评的出发点则是市场和不断扩张的消费文化,是自觉的关于"物"的历史主义。它的主要智性资源更多地来自法国,除了前面引文中提到的德赛托与列斐伏尔,还有福柯、布迪厄以及鲍德里亚等。②

新唯物主义探索了英国现代早期文化中被之前的研究忽视的方面,在 16 世纪和 17 世纪的主体与客体的关系方面给我们带来很多启示。这是其积极的方面。但从另一方面来看,这种"唯物"的批评模式又推进了一种庸俗的唯物主义。许多新唯物主义批评家严格地把具体的"物质"(matter)当做最终的基础,在他们看来,只有可以抓住和触到的东西才是"唯物主义"合法的关注点。这使新唯物主义在某种程度上成为一种拜物教(fetishism),又有些得不偿失。③

二、现时主义

现时主义(Presentism)虽然在近几年才初具规模,成为一种颇具辨识

---

① Margreta De Grazia, Maureen Quilligan and Peter Stallybrass(eds.), *Subject and Object in Renaissance Culture*, Cambridge: Cambridge University Press, 1996, pp.11-12.

② Patricia Fumerton and Simon Hunt, eds., *Renaissance Culture and the Everyday*, p.5.

③ Douglas Bruster, *Shakespeare and the Question of Culture*, p.204.

度的批评新风尚，但现时主义的倾向其实从一开始就存在于新历史主义的批评实践中了。早期的新历史主义批评家对自身的"现时局限性"（situatedness in the present）都有清醒的自觉。格林布拉特早在 1980 年就曾写道："如果文化诗学对自身作为阐释有着自觉的话，那么我们必须将这种自觉扩大，认识到完全重建和重新进入 16 世纪文化是不可能的，意识到批评家抛开自身环境的不可能。"①

而最近的现时主义之"新"在于，它强调更"自觉地"在当前的文化语境中理解和阐释莎士比亚及现代早期。它的积极推动者是特伦斯·霍克斯和休·格拉迪（Hugh Grady）。霍克斯在 2002 年出版了论文集《莎士比亚在当下》（*Shakespeare in the Present*），对现时主义进行了解释并用自己的批评实践展示了现时主义对莎士比亚研究的可能的用处。而格拉迪更是从 1991 年的专著《现代主义莎士比亚》（*Modernist Shakespeare*）开始就一直秉持现时主义的立场，2006 年又与霍克斯主编了《现时主义莎士比亚》（*Presentist Shakespeare*），为现时主义运动推波助澜。除了霍克斯和格拉迪，近年来比较活跃和自觉的现时主义者还有琳达·查尼斯（Linda Charnes）、伊万·费尔尼（Ewan Fernie）等人。

现时主义的兴起，是为了反对 20 世纪 90 年代后期出现一股"后理论"历史主义的倾向。1999 年，大卫·斯哥特·凯斯坦在其专著《理论之后的莎士比亚》中号召要"历史地"阅读莎士比亚，要"把他的作品重新放回到它们被写作和消费的具体的想象和物质环境中，考察它们生产、接受和流通的历史语境，将莎士比亚的艺术恢复到得以出现和理解的最初条件中"，认为只有这样，我们才能与莎士比亚的"历史具体性"相遇。② 现时主义对这种重建"真正的过去"的做法十分怀疑。霍克斯在《莎士比亚在当下》的导言中直接反驳道：真正地重建过去是不可能的。"重建可以

---

① Stephen Greenblatt, *Renaissance Self-Fashioning*, p.5.
② David Scott Kastan, *Shakespeare After Theory*, p.17.

自诩为时间之贼,但它是臭名昭著的失败者。"因为没有人可以跳出时间,我们也无法把时间从经验中剥离。既然自身立场无法回避,就应该积极加以利用。在霍克斯看来,批评家自身的这种现时"局限性"(situatedness)不会也不可能"污染"(contaminate)过去,反而是理解过去唯一可能的途径。历史是过去与现在永不停歇的对话的结果,所以,将历史简化为一系列独立、非理论化的"事实"或中立的文本,在任何意义上都不能说是有收获的(productive)。"事实本身不说话,文本也不,是我们在选择事实和文本;事实与文本本身并不说话或意指,是我们通过它们说话,是我们赋予它们意义。""现在"不是要避免的障碍,也不是要逃脱的牢笼,而是需要积极寻找并加以理解的因素。意识到现在的对我们的批评视角的塑造作用并不意味着把现代视角强加在文本上,而是要以它作为批评的立脚点。因此,一种装载着现在的莎士比亚批评是不会渴望"与死者对话"的。它最终的目标,是"与生者对话"。①

格拉迪则希望把现时主义这个之前的贬义词——否认历史差异,把自己的观念强加到对过去的理解上——进行重新定义它并重估它的价值,把它变成一个褒义词——意识到历史主义的局限,承认无法超越自身的处境,只能从我们目前在历史中所处的独特位置出发来理解历史。他认为凯斯坦那种"后理论"历史主义与理论之前的实证的历史主义事实上已经没区别了。虽然"将莎士比亚的艺术恢复到得以出现和理解的最初条件中"并非不可尝试,但是作为一种新的研究方向却太过于狭隘。他说,现时主义,一言以蔽之,就是"我们所有关于过去的知识,包括莎士比亚的历史背景,都由我们当下文化的意识形态和话语所塑造"。与霍克斯一样,他也认为这种理解远非获得知识的障碍,反而是基础。唯有这样,我们才有可能使过去的文化与现在的文化发生关系。②

---

① Terence Hawkes, *Shakespeare in the Present*, London and New York: Routledge, 2002, pp.1-5.

② Hugh Grady, "Why Presentism Now?" http://www.shaksper.net/archives/2007/0065.html.

在英国文学史上,关于莎士比亚主宰现在还是现在主宰莎士比亚,"莎士比亚是否我们同时代的人"之争由来已久,至少可以追溯到黑兹利特(William Hazlitt),现时主义只是这一论争的最新版本。不过,虽然其倡导者对它的推进不遗余力,但学界的接受至今仍是毁誉参半。

三、新形式主义

如前所述,新历史主义崛起并占据主导地位之后,在整个 20 世纪 80 年代到 90 年代,形式主义就被当作一种保守、狭隘和"压迫性"的批评被大大地边缘化甚至"妖魔化"了。但是,进入 21 世纪后,它又逐渐呈现出一种回归的态势。一个标志性的事件是,《现代语言季刊》在 2000 年出版了一个由苏珊·J.沃尔夫森(Susan J.Wolfson)主编的形式主义专刊。这是 1997 年美国现代语言学会的一个小组讨论的结果,其目的是要回应历史性批评的挑战,试图为形式主义批评辩护并恢复名誉。① 这可以说是新形式主义(New Formalism)运动的一个开始宣言。

不过尽管倡导者很是急迫,7 年之后,玛杰瑞·列文森(Marjorie Levinson)在其文章《什么是新形式主义?》("What Is New Formalism?")中对新形式主义的定位仍是:"它既不是一个已经存在的时期,也不是已经存在的话题,而是一种从整个文学和文化研究中崛起的尚处于发展中的理论或方法",或者更确切地说是"一场运动而非理论或方法"。② 为什么新形式主义只是"一场运动而非理论或方法"呢? 这是因为新形式主义者在重新理论化艺术、文化、知识、价值甚至形式方面没有做过任何努力和尝试,也不致力于发展新的批评方法③。他们的主要目的,更多地是要倡导一种"关注形式的阅读"(reading for form)④,在"教学和研究中恢

---

① Susan J.Wolfson,"Reading for Form",*MLQ* 61,No.1(2000),p.7.

② Marjorie Levinson,"What is New Formalism?" *PMLA* 122,No.2(2007),p.558.

③ Marjorie Levinson,"What is New Formalism?" p.561.

④ Susan J.Wolfson,"Reading for Form",p.9.

复传统的对审美形式的关注"①。

新形式主义者认为,新历史主义在过去20多年中对形式主义的简化批判和拒斥,不仅损害了形式主义,也损害了新历史主义自身。一方面,批评工具变得死板,人们不再对文学形式的复杂性敏感;另一方面,新历史主义虽然仍是主流的体制性存在,但它已不再是文学研究中理论革新的源泉了。他们通过在20世纪各种批评运动的背景下重新审视形式和形式主义的历史,发现其实形式主义关于形式的观念要比传说的更历史、更积极,而新历史主义实际上的形式观念则比当前实践所显示的更形式主义、更程式化。换句话说,把这两种主义之间截然对立起来,其实是歪曲了二者。因此,新形式主义者的中心工作就是通过重新讨论"形式的问题",重拾被遗忘、拒斥或通俗化的价值,从而创造一种对形式持续关注和研究的氛围。②

虽然新形式主义者都确信形式在文学研究中的重要性,但在具体的做法上还是略有不同。大致说来,有两种主要的倾向:一种是历史形式主义,另一种是审美形式主义。前者可以说是一种受到历史启发的形式主义批评,在回到形式问题的同时,又对新历史主义在理论和方法上的成就加以利用。它对形式批评和历史批评二者提出的问题都关注,避免对其中任何一者的排除。历史形式主义的目标是致力于发展一种既受到历史启发又对政治敏感的形式主义和一种关注形式问题的充满活力的历史主义批评。③ 后者则对新历史主义只把艺术当做文化生产形式的一部分不满,而强调坚持它们的审美之维。审美形式主义特别注重对文学理论的哲学根源的重新思考和讨论④,重新把形式看做审美经验的条件(如不含

---

① Marjorie Levinson,"What is New Formalism?" p.559.

② Ibid.,p.558.

③ Stephen A. Cohen (ed.), *Shakespeare and Historical Formalism*, Aldershot:Ashgate Publishing Company,2007,pp.3-4.

④ John J.Joughin and Simon Malpas(eds.),*The New Aestheticism*,Manchester and New York:Manchester University Press,2003,pp.1-3.

功利性、自为的、游戏性、快感、产生共同感等）。另外，他们倡导一种广义的"文学的审美功能"，把近年来理论上的推进，如读者在意义的形成上的作用、文本多种阐释的可能性、文学打破关于阶级、种族、性别和性向的固定定义等，都看作是这种功能的体现。①

四、薄描

在第三章第二节《实践文化诗学》中，我们已经说过，厚描是新历史主义写作的风格的一个标志性特征。虽然厚描对细节和特殊的关注曾一度对宏大叙述进行了必要的纠正，但当它在文学批评中大行其道之后，逐渐有批评者指出它的局限：它所能提供的只是文化中一个狭窄的小角落的情况，却不能提供一个关于文化中具有代表性的信念、实践等的可靠的总体印象。在这些批评者看来，由于对厚描的过分迷恋，新历史主义已经在强调具体和特殊的路上走得太远了。鉴于此，布拉斯特尔提出用薄描（thin description）来作为厚描的补充。

他认为，薄描的优势在于，相对于厚描的"质化"（qualitative），它更加量化（quantitative），更强调阅读的广泛性——不仅阅读一个经典作家在特定时刻的写作，而且阅读许多作家在现代早期的各个阶段的写作。如果厚描寻求的是可以用来代表更大问题的逸闻；那么薄描寻求的则是在做出关于某个文化的任何结论之前，积累证据和收集信息。厚描由一个细节开始其阐释过程，而薄描则首先试图将细节放置在尽可能广大的语境中。②

布拉斯特尔将薄描比作电影中的"深焦"（deep focus），一种能使观众同时看到不同的区域、把事物放入彼此关系中的手法。③ 文学批评中的薄描则能使读者同时把文化的各个方面收入眼底。不过，需要指出的

---

① Marjorie Levinson, "What is New Formalism?" p.559.

② Douglas Bruster, *Shakespeare and the Question of Culture*, p.42.

③ Ibid., p.59.

是,薄描的提出,并不是要取代厚描,而是要作为厚描的补充,为批评家的讨论提供一个更为广阔的语境,使文化细节与其环境之间的关系显得不那么牵强。

综上所述,所有这些新的研究倾向的共同特点之一,就是它们的试验性。也就是说,它们虽然都或显或隐地试图要超越新历史主义,但客观地说现在还没有哪一个能自信地声称已经做到了,而只能说仍然还在试验各种可能性。另外一个特点是,它们对各自所要超越的新历史主义的理解都不尽相同:新物质主义要超越的是关注主体和特权阶层的新历史主义,现时主义要超越的是具有实证倾向的新历史主义,而新形式主义要超越的新历史主义又是一个总称,包括了 20 世纪 80 年代以来的各种文化研究、语境批评、意识形态批评、政治批评、福柯式分析等。但是这并不表明他们对新历史主义的理解有偏差,反而显示了新历史主义自身从一开始就蕴含的复杂性和多元倾向。从这个意义上说,"新历史主义之后"的批评不仅可以理解为时间上晚出的批评,还可以理解为"追随新历史主义"批评。

主要参考文献

一、主要英文参考文献

1.格林布拉特部分

(1)专著(合著)

Three Modern Satirists:*Waugh, Orwell, and Huxley*, New Haven:Yale University Press,1965.

Sir Walter Ralegh:*The Renaissance Man and His Roles*, New Haven:Yale University Press,1973.

Renaissance Self-Fashioning:*From More to Shakespeare*, Chicago:University of Chicago Press,1980.

Shakespearean Negotiations:*The Circulation of Social Energy in Renaissance England*, Berkeley:University of California Press,1988.

Learning to Curse:*Essays in Early Modern Culture*,2nd edn.,New York:Routledge,2006.

Marvelous Possessions:*The Wonder of the New World*, Oxford:Oxford University Press,1991.

Practicing New Historicism(with Catherine Gallagher as co-author),Chicago:University of Chicago Press,2000.

Hamlet in Purgatory,Princeton:Princeton University Press,2001.

Will in the World:*How Shakespeare Became Shakespeare*, New York and London:Norton,2004.

The Greenblatt Reader (with Michael Payne as editor),London:Blackwell Publishing,2005.

Shakespeare's Freedom,Chicago and London:The University of Chicago Press,2010.

The Swerve:*How the World Became Modern*,New York and London:Norton,2011.

(2)编辑

General Editor,*The Norton Anthology of English Literature*,8th edn.,2 vols,New York:

Norton,2006.

Associate General Editor, *The Norton Anthology of English Literature*, 7th edn., 2 vols, New York: Norton, 1999.

Co-Editor, "The Sixteenth Century," in *The Norton Anthology of English Literature*, 7th edn., 1999.

General Editor, *The Norton Shakespeare*, New York: Norton, 1997.

New World Encounters, Berkeley and London: University of California Press, 1993.

Redrawing the Boundaries: The Transformation of English and American Literary Studies, with Giles Gunn, New York: MLA, 1992.

Essays in Memory of Joel Fineman, special issue of *Representations*, 1989.

Representing the English Renaissance, Berkeley and London: University of California Press, 1988.

The Power of Forms in the English Renaissance, Norman: Pilgrim Books, 1982. Also published as: *The Forms of Power and the Power of Forms*, a double issue of *Genre*, 1982.

Allegory and Representation, Selected Papers from the English Institute, 1978—1980, Baltimore: The Johns Hopkins University Press, 1981.

General Editor, "The New Historicism: Studies in Cultural Poetics", series of volumes published by University of California Press.

2. 其他

(1) 著(编)作

Abrams, M.H. (ed.), *A Glossary of Literary Terms*, 7th edn., Beijing: Foreign Language Teaching and Research Press, 2004.

Baker, Francis, Peter Hulme, and Margaret Iversen (eds.), *Uses of History: Marxism, Postmodernism and the Renaissance*, Manchester and New York: Manchester University Press, 1991.

Belsey, Catherine, *Shakespeare and the Loss of Eden*, Basingstoke and London: MacMillan Press Ltd., 1999.

Brannigan, John, *New Historicism and Cultural Materialism*, New York: MacMillan, 1998.

Bruster, Douglas, *Shakespeare and the Question of Culture*, New York: Palgrave Macmillan, 2003.

Cohen, Stephen A. (ed.), *Shakespeare and Historical Formalism*, Aldershot: Ashgate Publishing Company, 2007.

Colebrook, Claire, *New Literary Histories: New Historicism and Contemporary Criticism*, Manchester and New York: Manchester University Press, 1997.

Collingwood, R.G., *The Idea of History*, Beijing: The Chinese Social Science Academy Publishing House, 1999.

Cox, John D, *The Devil and the Sacred in English Drama*, 1350 — 1642, Cambridge: Cambridge UP, 2000.

Croce, Benedetto, *History: Its Theory and Practice*, trans. Douglas Ainslie, Beijing: The Chinese Social Science Academy Publishing House, 1999.

Culler, Jonathan, *On Deconstruction: Theory and Criticism after Structuralism*, Beijing: Foreign Language Teaching and Research Press, 2004.

De Grazia, Margreta, Maureen Quilligan and Peter Stallybrass(eds.), *Subject and Object in Renaissance Culture*, Cambridge: Cambridge University Press, 1996.

Dollimore, Jonathan, and Alan Sinfield(eds.), *Political Shakespeare*, Ithaca and London: Cornell University, 1994.

Eagleton, Terry, *Literary Theory: An Introduction*, 2nd edn., Beijing: Foreign Language Teaching and Research Press, 2004.

Felperin, Howard, *The Uses of the Canon: Elizabethan Literature and Contemporary Theory*, Oxford: Clarendon Press, 1990.

Foucault, Michel, *Discipline and Punish: The Birth of the Prison*, Alan Sheridan(trans.), New York: Vintage Books, 1977.

——, *The History of Sexuality*, trans. Robert Hurley, New York: Pantheon Books, 1978.

——, *Power*, Volume 3 of Essential Works of Foucault 1954 — 1984, James D. Faubion (ed.), Robert Hurley(trans.), Harmondsworth: Penguin, 2002.

——, *Power/Knowledg: Selected Interviews and Other Writings*, 1972 — 1977, Colin Gordon (ed.), Colin Gordon et al(trans.), New York: Pantheon Books, 1980.

——, *The Michel Foucault Reader*, Paul Rabinow(ed.), London: Penguin Books, 1986.

Freud, Sigmund, *The Uncanny* (Penguin Classics), David McLintock (trans.), London: Penguin Group, 2003.

Fumerton, Patricia, and Simon Hunt, *Renaissance Culture and the Everyday*(eds.), Philadelphia: University of Pennsylvania Press, 1999.

Garber, Marjorie, *Quotation Marks*, London and New York: Routledge, 2003.

Geertz, Clifford, *The Interpretation of Cultures*, New York: Basic Books, 1973.

Getman, Julius, *In the Company of Scholars: The Struggle for the Soul of Higher Education*, Austin: University of Texas Press, 1992.

Goldstein, Jan(ed.), *Foucault and the Writing of History*, Oxford and Cambridge: Blackwell Publishers, 1994.

Gras, Henk, *Studies in Elizabethan Audience Response to the Theatre: Part 1: How Easy Is A*

Bush Suppos'd a Bear? Actor and Character in the Elizabethan Viewer's Mind, Frankfurt and Maine: Peter Lang, 1993.

Hamilton, Paul, *Historicism*, 2nd edn., London: Routledge, 2003.

Hawkes, Terence(ed.), *Alternative Shakespeares*, London and New York: Routledge, 1996.

Hawkes, Terence, *Shakespeare in the Present*, London and New York: Routledge, 2002.

Hawthorn, Jeremy, *Cunning Passages: New Historicism, Cultural Materialism and Marxism in the Contemporary Literary Debate*, London and New York: Arnold, 1996.

Herman, Peter C. (ed.), *Historizing Theory*, Albany: State University of New York Press, 2004.

Holderness, Graham, *Shakespeare Recycled: The Making of Historical Drama*, Hemel Hampstead: Harvester Press, 1992.

Howard, Jean E., and Marion F. O'Cannor(eds.), *Shakespeare Reproduced: The Text in History and Ideology*, New York: Methuen, 1987, reprinted in 2005 by Routledge.

Hoy, David Couzens(ed.), *Foucault: A Critical Reader*, Oxford: Blackwell, 1986.

Jameson, Fredric, *The Political Unconscious*, Ithaca: Cornell University Press, 1981.

Joughin, John J., and Simon Malpas(eds.), *The New Aestheticism*, Manchester and New York: Manchester University Press, 2003.

Kastan, David Scott, *Shakespeare after Theory*, New York and London: Routledge, 1999.

Kelly, Philippa(ed.), *The Touch of the Real: Essays in Early Modern Culture in Honour of Stephen Greenblatt*, University of Western Australia Press, 2002.

Montrose, Louis A., *The Purpose of Playing: Shakespeare and the Cultural Politics of the Elizabethan Theatre*, Chicago and London: University of Chicago Press, 1996.

Orgel, Stephen, and Sean Keilen(eds.), *Political Shakespeare*, New York and London: Garland Publishing, 1999.

Orwell, George, *Why I Write*, New York: Penguin Group, 2005.

——, 1984, New York: Penguin Group, 1981.

Pieters, Jürgen(ed.), *Critical Self-Fashioning: Stephen Greenblatt and the New Historicism*, Frankfurt am Maine: Peter Lang, 1999.

——, *Moments of Negotiation: The New Historicism of Stephen Greenblatt*, Amsterdam: Amsterdam University Press, 2002.

Ryan, Kiernan (ed.), *New Historicism and Cultural Materialism: A Reader*, London: Arnold, 1996.

Ryle, Gilbert, *Collected Papers*, vol.2, Bristol: Thoemmes, 1990.

Selden, Roman, Peter Widdowson and Peter Brooker(eds.), *A Reader's Guide to Contempo-*

rary Literary Theory, 2nd edn, Beijing: Foreign Language Teaching and Research Press, 2004.

Sinfield, Alan, *Faultlines: Cultural Materialism and the Politics of Dissident Reading*, Berkeley: University of California Press, 1992.

Stallybrass, Peter, and Allon White, *The Politics and Poetics of Transgression*, Ithaca: Cornell University Press, 1986.

Thomas, Brook, *The New Historicism and Other Old-Fashioned Topics*, Princeton: Princeton University Press, 1991.

Wayne, Valerie (ed.), *The Matter of Difference: Materialist Feminist Criticism of Shakespeare*, Ithaca: Cornell University Press, 1991.

White, Hayden, *Metahistory: The Historical Imagination in Nineteenth Century Europe*, Baltimore: The Johns Hopkins University Press, 1973.

Williams, Raymond, *Marxism and Literature*, Oxford: Oxford University Press, 1977.

——, *Keywords: A Vocabulary of Culture and Society*, London: Fontana Paperbacks, 1983.

Wilson, Richard, and Richard Dutton (eds.), *New Historicism and Renaissance Drama*, London and New York: Longman Publishing, 1992.

Veeser, H. Aram (ed.), *The New Historicism*, London: Routledge, 1989.

——, (ed.), *The New Historicism Reader*, London: Routledge, 1994.

(2)文章

Begley, Adam, "The Tempest around Stephen Greenblatt", *New York Times Magazine*, 8 March 1993.

Bretzius, Stephen, "Review: Dr. Jacques L. and Martin Hide-a-Guerre: The Subject of New Historicism", *Diacritics* 27, No.1 (Spring, 1997): 73-90.

Buell, Lawrence, "It's Good, But is it History?" *American Quarterly* 41, No.3 (Sep., 1989): 496-500.

Cartelli, Thomas, "Ideology and Subversion in the Shakespearean Set Speech", *ELH* 53 (1986): 1-25.

Dimock, Wai-Chee. "Feminism, New Historicism, and the Reader", *American Literature* 63, No.4 (Dec., 1991): 601-622.

Dollimore, Jonathan, "Shakespeare, Cultural Materialism, Feminism and Marxist Humanism", *New Literary History* 21, No.3, New Historicisms, New Histories, and Others, (Spring, 1990): 471-493.

Ellis, John M., "Is 'Theory' to Blame?" *Pacific Coast Philology* 30, No. 1 (1995): 117-122.

Erickson, Peter, "Rewriting the Renaissance, Rewriting Ourselves", *Shakespeare Quarterly*

38,No.3(Autumn,1987):327-337.

Goldberg,Jonathan,"The Politics of Renaissance Literature:A Review Essay",*ELH* 49 (1982):514-542.

Hall,Anne D.,"The Political Wisdom of Cultural Poetics",*Modern Philology* 93,No.4 (May,1996):423-444.

Halpern,Richard,"Shakespeare in the Tropics:From High Modernism to New Historicism",*Representations*,No.45(Winter,1994):1-25.

Harpham,Geoffrey Galt,"Foucault and the New Historicism",*American Literary History* 3,No.2(Summer,1991):360-375.

Hohendahl,Peter Uwe,"A Return to History? The New Historicism and Its Agenda",*New German Critique*,No.55.(Winter,1992):87-104.

Hoover,Dwight W.,"The New Historicism",*The History Teacher* 25,No.3(May,1992): 355-366.

Jardine,M.D.,"New Historicism for Old:New Conservatism for Old?:The Politics of Patronage in the Renaissance",*The Yearbook of English Studie* 21,Politics,Patronage and Literature in England 1558—1658,Special Number(1991):286-304.

Kastan,David Scott,"Proud Majesty Made a Subject:Shakespeare and the Spectable of Rule",*Shakespeare Quarterly* 37(1986):459-475.

Lehan,Richard,"The Theoretical Limits of the New Historicism",*New Literary History* 21 (1990):533-553.

Lerner,Laurence,"Review:The New Shakespeareans",*Comparative Literature* 44,No.2 (Spring,1992):194-199.

Levin,Richard,"Unthinkable Thoughts in the New Historicizing of English Renaissance Drama",*New Literary History* 21,No.3,New Historicisms,New Histories,and Others.(Spring 1990):433-447.

——,"Negative Evidence",*Studies in Philology* XCⅡ,No.4(Fall 1995):383-410.

Levinson,Marjorie,"What is New Formalism?"*PMLA* 122,No.2(2007):558-569.

Liu,Alan,"The Power of Formalism:The New Historicism",*ELH* 56,No.4(Winter, 1989):721-771.

McAlindon,Tom,"Testing the New Historicism:'Invisible Bullets' Reconsidered",*Studies in Philology* XCⅡ,No.4(Fall,1995):411-438.

Miller,J.Hillis,"Presidential Address,1986:the Triumph of Theory,the Resistance to Reading,and the Question of the Material Base",*PMLA* 102,No.3(1987):281-303.

Newton,Judith,"Historicisms New and Old:'Charles Dickens' Meets Marxism,

Feminism, and West Coast Foucault", *Feminist Studies* 16, No.3 (Autumn, 1990):449–470.

Ortner, Sherry B., "Introduction", *Representations*, No.59, *Special Issue: The Fate of "Culture": Geertz and Beyond.* (Summer, 1997):1–13.

Pease, Donald E., "New Americanists: Revisionist Interventions into the Canon", *Boundary* 2 17, No.1, New Americanists: Revisionist Interventions into the Canon. (Spring, 1990):1–37.

Pechter, Edward, "The New Historicism and Its Discontents: Politicizing Renaissance Drama", *PMLA* 102, No.3 (May, 1987):292–303.

Pieters, Jürgen, "New Historicism: Postmodern Historiography between Narrativism and Heterology", *History and Theory* 39, No.1 (Feb., 2000):21–38.

Porter, Carolyn, "History and Literature: 'After the New Historicism'", *New Literary History* 21, No.2 (Winter, 1990):253–272.

Prendergast, Christopher, "Circulating Representations: New Historicism and the Poetics of Culture", *SubStance* 28, No.1, Issue 88: Special Issue: Literary History. (1999):90–104.

Schönle, Andreas, "Social Power and Individual Agency: The Self in Greenblatt and Lotman", *The Slavic and East European Journal* 45, No.1 (Spring, 2001):61–79.

Simpson David, "Literary Criticism and the Return to 'History'", *Critical Inquiry* 14 (Summer 1988):721–747.

Stevens, Paul, "Pretending to Be Real", *New Literary History* 33, No.3 (Summer, 2002):491–519.

Stone, Lawrence, and Gabrielle M.Spiegel, "History and Post-Modernism", *Past and Present*, No.135. (May, 1992):189–208.

Strier, Richard, "Identity and Power in Tudor England: Stephen Greenblatt, Renaissance Self-Fashioning from More to Shakespeare", *Boundary* 2 10, No.3 (Spring, 1982):383–394.

Toews, John E., "Historiography as Exorcism: Conjuring up 'Foreign' Worlds and Historicizing Subjects in the Context of the Multiculturalism Debate", *Theory and Society* 27, No.4, Special Issue on Interpreting Historical Change at the End of the Twentieth Century (Aug., 1998):535–564.

Veenstra, Jan R., "The New Historicism of Stephen Greenblatt: On Poetics of Culture and the Interpretation of Shakespeare", *History and Theory* 34, No.3 (Oct., 1995):174–198.

Veeser, H.Aram, "Re-Membering a Deformed Past: (New) New Historicism", *The Journal of the Midwest Modern Language Association* 24, No.1, Cultural Studies and New Historicism. (Spring, 1991):3–13.

Winn, James A., "An Old Historian Looks at the New Historicism: A Review Article", *Comparative Studies in Society and History* 35, No.4 (Oct., 1993):859–870.

Wolfson, Susan J., "Reading for Form", *MLQ* 61, No.1(2000):1-16.

(3)网络资源

Barton, Anne, "Perils of Historicism", *The New York Review of Books* 38, No.6 (March 1991), http://www.nybooks.com/articles/3309.

Bernstein, Richard, "It's Back to the Blackboard for Literary Criticism", *New York Times*, February 19, 1991. http://query.nytimes.com/gst/fullpage.html? res=9D0CE2DD103CF93AA 25751C0A967958260.

Donadio, Rachel, "Who Owns Shakespeare?" *New York Times*, January 23, 2005. http://www.nytimes.com/2005/01/23/books/review/23DONADIO.html? pagewanted = all & position.

Donadio, Rachel, "Keeper of the Canon", *New York Times*, January 8, 2006. http://www.nytimes.com/2006/01/08/books/review/08donadio.html? n = Top/Features/Books/Book% 20Reviews&pagewanted=print.

Eagleton, Terry, "Return of the Worthy Pioneer", *The Guardian*, Saturday June 9, 2001. http://books.guardian.co.uk/reviews/politicsphilosophyandsociety/0,,503774,00.html.

Fowler, Alastair, "Enter Speed", *Times*, February 4, 2005. http://www.timesonline.co.uk/tol/incomingFeeds/article595750.ece.

Grady, Hugh, "Why Presentism Now?" http://www.shaksper.net/archives/2007/0065.html.

Greenblatt, Stephen, "The Wicked Son" (interview with Harvey Blume). http://www.bookwire.com/bookwire/bbr/reviews/june2001/GREENBLATTInterview.html.

"Greenblatt Named University Professor of the Humanities", *The Harvard University Gazette*, September 21, 2000. http://www.news.harvard.edu/gazette/2000/09.21/greenblatt.html.

Harriot, Thomas, *A Briefe and True Report of the New Found Land of Virginia*, Paul Royster (ed.), *Electronic Texts in American Studies*, Paper 20, http://digitalcommons.unl.edu/etas/20.

Kermode, Frank, "Art among Ruins", *The New York Review of Books*, Vol.48, No.11 (July 5, 2001), http://www.nybooks.com/articles/14322.

Kicenuik, Kimberly A., "Harvard Professor Pens Shakespeare's Life", *CRIMSON*, October 01, 2004, http://www.thecrimson.com/article.aspx? ref=503605.

Luhrmann, T.M., "The Touch of the Real", *Times*, January 12, 2001, http://www.timesonline.co.uk/tol/incomingFeeds/article763409.ece.

McCrum, Robert, "Here, You Looking at My Bard?" *The Guardian*, Sunday February 20, 2005, http://www.guardian.co.uk/books/2005/feb/20/features.review3.

Miller, Lucasta, "The Human Factor", *The Guardian*, Saturday 26 February 2005, http://books.guardian.co.uk/review/story/0,12084,1424576,00.html.

——, "Where There's a Will, There's a Way". 2005/03/10/, http://www.theage.com.au/news/Books/Where-theres-a-Will-theres-a-way/2005/03/10/1110417621626.html.

Moore, Helen, "Present and Correct?" *Times Online*, August 15, 2003, http://www.timesonline.co.uk/tol/incomingFeeds/article751557.ece.

Taylor, Gary, "Stephen, Will and Gary too", *The Guardian*, Saturday October 9, 2004, http://books.guardian.co.uk/review/story/0,,1322077,00.html.

Wallace, Jennifer, "Greenblatt: Act 2, Scene 1", *Times Higher Education*, 28 March 1997, http://www.timeshighereducation.co.uk/story.asp? storyCode=159034&sectioncode=26.

二、主要中文参考文献

1. 编著

陈厚诚、王宁编:《西方当代文学批评在中国》,天津:百花文艺出版社,2000 年。

高旭东:《生命之树与知识之树——中西文化专题比较》,石家庄:河北人民出版社,1989 年。

高旭东:《比较文学与二十世纪中国文学》,北京:人民文学出版社,2002 年。

高旭东:《中西文学与哲学宗教》,北京:北京大学出版社,2004 年。

高旭东:《跨文化的文学对话》,北京:中华书局,2006 年。

[美]海登·怀特:《后现代历史叙事学》,陈永国、张万娟译,北京:中国社会科学出版社,2003 年。

[美]海登·怀特:《元史学:十九世纪欧洲的历史想象》,陈新译、彭刚校,南京:译林出版社,2004 年。

[英]卡尔·波普尔:《历史主义的贫困》,何林、赵平等译,北京:中国社会科学出版社,1998 年。

[美]拉尔夫·科恩:《文学理论的未来》,程锡麟等译,北京:中国社会科学出版社,1993 年。

[意]马基雅维利:《君主论》,王水译,上海:上海三联书店,2008 年。

[意]马基雅维利:《论李维》,冯克利译,上海:上海世纪出版集团,2005 年。

盛宁:《新历史主义》,台北:扬智文化事业股份有限公司,1996 年。

盛宁:《人文困惑与反思》,北京:生活·读书·新知三联书店,1997 年。

[美]斯蒂芬·格林布拉特:《俗世威尔——莎士比亚新传》,辜正坤、邵雪萍、刘昊译,北京:北京大学出版社,2007 年。

王逢振编:《今日西方文学批评理论》,桂林:漓江出版社,1988 年。

王宁:《比较文学与当代文化批评》,北京:人民文学出版社,2000 年。

王宁:《二十世纪西方文学比较研究》,北京:人民文学出版社,2000年。

王宁:《文化翻译与经典阐释》,北京:中华书局,2006年。

王岳川:《后殖民主义与新历史主义文论》,济南:山东教育出版社,1999年。

[英]威廉·莎士比亚:《莎士比亚全集》,朱生豪等译,北京:人民文学出版社,2014。

张进:《新历史主义与历史诗学》,北京:中国社会科学出版社,2004年。

张京媛:《新历史主义与文学批评》,北京:北京大学出版社,1993年。

中国社会科学院外国文学研究所《世界文论》编辑委员会编:《文艺学和新历史主义》,北京:社会科学文献出版社,1993年。

2. 文章

陈太胜:《走向文化诗学的中国现代诗学》,《文学评论》,2001年,第6期:41—45。

陈太胜:《文学文本与非文学文本的关联与界限——重识文化诗学》,《江西社会科学》,2004年第6期:40—44。

方杰:《新历史主义的形式化倾向》,《当代外国文学》,2002年第2期:91—97。

靳新来:《"形式的意识形态"——论新历史主义对"重写文学史"的方法论意义》,《文艺评论》,2003年第2期:4—8。

李阳春、武施乐:《颠覆与消解的历史言说——新历史主义小说创作特征论》,《中国文学评论》,2007年第2期:6—100。

陆贵山:《新历史主义文艺思潮解析》,《中国人民大学学报》,2005年第5期:130—136。

路文彬:《历史话语的消亡——论"新历史主义"小说的后现代情怀》,《文艺评论,》2002年第1期:53—62。

陆杨:《关于新历史主义批评》,《外国文学研究》,1994年第3期:93—96。

马新国:《评女权批评、新历史批评及后现代主义文学理论的发展特征与趋势》,《北京师范大学学报》(社会科学版),1994年第3期:17—25。

莫伟民:《论福柯非历史主义的历史观》,《复旦学报》(社会科学版),2001年第3期:76—82.

钱中文:《全球化语境与文学理论的前景》,《文学评论》,2001年第3期:6—17。

盛宁:《历史·文本·意识形态:新历史主义文化批评和文学批评刍议》,《北京大学学报》(哲学社会科学版),1993年第5期:18—27。

盛宁:《新历史主义·后现代主义·历史真实》,《外国文艺研究》,1997年第1期:48—58。

盛宁:《新历史主义还有冲劲吗?》,《外国文学评论》,2001年第4期:149—150。

盛宁:《对"理论热"消退后美国文学研究的思考》,《文艺研究》,2002年第6期:5—14。

盛宁:《再说莎士比亚何以成为莎士比亚》,《外国文学评论》,2005年第3期:

153—154。

盛宁:《"理论热"的消退与文学理论研究的出路》,《南京大学学报》(哲学、人文科学、社会科学版),2007 年第 1 期:57—71。

谈瀛洲:《新历史主义莎评之新》,《中国比较文学》,2000 年第 4 期:79—87。

陶水平:《文化视野·学科间性·知识批判——当代美国文化诗学简论》,《社会科学》,2006 年第 10 期:155—161。

陶水平:《"历史的文本性"与"文本的历史性"的双向阐释——试论格林布拉特文化诗学研究的理论与实践》,《江汉论坛》,2007 年第 8 期:133—137。

王丽莉:《新历史主义的又一实践——评格林布拉特的新作〈尘世间的莎士比亚〉》,《外国文学》,2006 年第 5 期:86—91。

王丽莉:《格林布拉特新历史主义的莎学研究实践》,《国外理论动态》,2007 年第 4 期:50—56。

王晓路:《文本的历史性和历史的文本性》,《外国文学评论》,1996 年第 2 期:131—134。

王小强:《谈当前"文化诗学"与西方新历史主义的不同旨趣》,《江南大学学报》(人文社会科学版),2007 年第 3 期:81—84。

王一川:《后结构历史主义诗学——新历史主义和文化唯物主义述评》,《外国文学评论》,1993 年第 3 期:5—16。

王岳川:《新历史主义的理论盲区》,《广东社会科学》,1994 年第 4 期:103—108。

王岳川:《历史与文本的张力结构》,《人文杂志》,1994 年第 4 期:132—136。

王岳川:《新历史主义的文化诗学》,《北京大学学报》(哲学社会科学版),1997 年第 3 期:23—31。

辛刚国:《新历史主义研究述评》,《学术月刊》,2002 年第 8 期:111—112。

徐贲:《新历史主义批评和文艺复兴文学研究》,《文艺研究》,1993 年第 3 期:94—104。

徐润拓:《马克思主义与新历史主义批评》,《广西师范大学学报》(哲学社会科学版),2001 年第 2 期:34—39。

杨正润:《主体的定位与协和功能》,《文艺理论与批评》,1994 年第 1 期:112—122。

杨正润:《文学的"颠覆"和"抑制"——新历史主义的文学功能论和意识形态论述评》,《外国文学评论》,1994 年第 3 期:20—29。

于虹:《解构批评与新历史主义——中国文学理论的后现代性》,《海南师范学院学报》(人文社会科学版),2000 年第 4 期:28—44。

曾艳兵:《新历史主义与中国历史精神之比较》,《国外文学》,1998 年第 1 期:13—19。

张进:《在"文化诗学"与"历史诗学"之间——新历史主义的命名危机与方法论困惑》,《甘肃社会科学》,2001 年第 1 期:63—65。

张进:《新历史主义文艺思潮的悖论性处境》,《兰州大学学报》(社会科学版),2001年第4期:71—78。

张进:《新历史主义文艺思潮的思想内涵和基本特征》,《文史哲》,2001年第5期:26—32。

张进、高红霞:《论新历史主义的逸闻主义——触摸真实与"反历史"》,《兰州大学学报》(社会科学版),2002年第2期:21—28。

张进:《论福柯解构史学对新历史主义的影响》,《甘肃社会科学》,2003年第6期:31—34。

张进:《马克思主义与新历史主义历史诗学》,《甘肃联合大学学报》(社会科学版),2004年第4期:15—19。

张进:《新历史主义与文化人类学》《韶关学院学报》(社会科学版),2004年第4期:73—79。

张宽:《后现代的小时尚——关于"新历史主义"的笔记》,《读书》,1994年第9期:106—112。

赵国新:《契合与分歧:〈新历史主义与文化唯物主义〉》,《外国文学研究》,2003年第2期:163—166。

赵国新:《新历史主义文学批评说略》,《四川外语学院学报》,2004年第2期:8—12。

赵静蓉:《颠覆和抑制——论新历史主义的方法论意义》,《文艺评论》,2002年第1期:13—16。

赵一凡:《什么是新历史主义》《读书》,1990年第12期:132—140。

周小仪:《从形式回到历史——关于文学研究方法论的探讨》,《北京大学学报》(哲学社会科学版),2001年第6期:69—79。

朱安博:《新历史主义与莎学研究》,《四川外语学院学报》,2006年第1期:13—18。

3. 学位论文

陈世丹:《库尔特·冯古内特对现实世界与小说世界的结构与重构及其新历史主义倾向》,厦门大学博士学位论文,2002年。

傅洁琳:《格林布拉特新历史主义与文化诗学研究》,山东大学博士学位论文,2008年。

谷红丽:《新历史主义和文化唯物主义批评视角下诺曼·梅勒的作品研究》,厦门大学博士学位论文,2003年。

杨杰:《海登·怀特的历史书写理论与文学观念》,山东大学博士学位论文,2006年。

翟恒兴:《走向历史诗学——海登·怀特的故事解释与话语转义理论研究》,浙江大学博士学位论文,2006年。

张进:《新历史主义与历史诗学》,中国人民大学博士学位论文,2003年。

后　记

　　选择格林布拉特作和新历史主义为研究对象,对于我来说其实很偶然。第一次看到这两个名词,是大学毕业前夕在图书馆找书的时候,偶然看到一本《新历史主义与文学批评》的书,不过只是看了一眼就放下了,因为对当时的我来说,里面的内容就像天书一样难懂。研究生二年级的时候,一次偶然的机会又看到这本书,于是想挑战一下,但最终依然只是翻了几页就作罢。后来博士二年级,开题在即,却苦于找不到好的选题,突然灵光一闪想到了格林布拉特,就对老师说,就他吧。当时只是抱着试试看的态度,却没想到一直走了下去。现在回想起来,仍然觉得有些不可思议。

　　但是从学理上看,选择格林布拉特似乎又是必然的。新历史主义崛起自20世纪70年代末80年代初在美国的英国文艺复兴研究领域崛起后,很快便在当时的文艺复兴研究领域掀起了一场范式革命。30多年过去了,随着第一代新历史主义者的逐渐老去,它从当初的"叛逆者"变成了"被叛逆者",遭遇到来自各方面的批评和新的研究兴趣的挑战。它一直以来坚持文学的政治性和意识形态性,被认为缩小了文学研究的范围,像当初它反对的形式主义一样,已经让人厌倦。显然,在各种批判和日益高涨的变革呼声中,文艺复兴研究领域像30多年前一样,又一次处在了新旧范式转换的边缘。此时,亟须我们对新历史主义在过去30多年的得失进行一番系统的梳理与反思。因为新的批评范式必然要对过去的批评遗产有所借鉴,此时对新历史主义的重新评估,可以让我们更清楚地看到新的批评范式从哪里起步,要去向哪里。而且,当前文艺复兴研究领域的变化,是整个文学研究领域范式转换的一个症候。我们在中国的批评语境中对新历史主义进行彻查与反思,将让我们有可能在下一个范式来临之时做好准备,介入它的讨论并发出中国学者的声音。格林布拉特作为这场运动的命名者、鼓吹者和最重要的实践者,成为我们介入的一个绝佳起点。在他的身后不仅仅是新历史主义运动,还有英美文学研究自"后现代转向"之后几十年的变迁。通过对他的个案研究,进入新历史主义批评的内部和细部,同时保持批判的立场,我们可以用一个既内又外的视角来审视,得出中国学者自己的结论。

本书是在我 2010 年的博士论文的基础上修改完成的。从思考、收集资料到完成历时多年。写作的过程是一个痛并快乐着的过程,有寝食难安的煎熬,也有豁然开朗的兴奋。回首一路走来,心中感慨万千。可以说,博士生涯是我人生中最重要的经历之一。那四年对我来说,不单是一个求学的过程,更是一个成长的过程。它为我开启了学术的大门,更重要的是,让我知道,要时常怀着一颗感恩的心。而现在,终于有机会感谢那些关心我、支持我和帮助我的师友和家人。正是有了他们,一路走来才不孤单,即使艰辛也能坦然面对。

感谢我的博士生导师高旭东教授。作为一位睿智的长者,高教授不仅在学业上给予我谆谆教诲,而且在生活上教会我很多为人处世的道理。他严谨勤奋的治学精神和睿智亲和的风范都深深地影响了学生。在博士论文撰写期间,从论文的选题、框架搭建、撰写,到后期的修改、语言文字的润色等,高老师都提出了很多宝贵的意见和建议。而毕业之后,高老师又多次督促,才有了今天本书的完成。

感谢读博期间王宁、宁一中、李庆本诸位授业教授。他们的讲座让我受益匪浅。感谢陈永国、杨慧林、马海良、盛宁等教授在论文选题和开题时提出的宝贵意见,使我在撰写的过程中避免了很多弯路。感谢格林布拉特教授以及他的助手 Emily Peterson 热心回答我的问题并惠寄资料。

感谢北语的蒋翃遐、徐立钱、高婷、梅丽等同门同窗，让我的博士生活充满友爱和温馨。

2013 年 1 月至 2014 年 1 月，我获得国家留学基金委的资助在美国康奈尔大学比较文学系访学一年，师从著名新历史主义学者 Walter Cohen 教授和莎士比亚专家 William Kennedy 教授。作为新历史主义运动的参与者与观察者，他们为我提供了大量一手资料和个人经验，让我对这场运动有了更深刻同时也更感性的认识。比较文学系的主任、著名的后殖民主义学者 Natalie Melas 教授、学术新秀 Antoine Traisnel 老师的课堂和交流拓宽了我的视野。康大深厚的人文底蕴、浓厚的学术氛围、丰富的图书资源、美丽的校园和友好的同事让我度过了充实、愉快的一年访学生活。

人民出版社的陈鹏鸣副总编为本书的出版提供了大量的建议。书中部分章节的部分内容在《国外理论动态》、《河北大学学报》等发表过，感谢这些刊物的支持。

同时我还要感谢我工作的单位河北大学外国语学院的张如意院长、颜士义书记等各位领导对我的帮助和支持。感谢英语系范志慧、秦明霞等师友。感谢各位好朋友。感谢家人在我读博和访学期间的辛苦付出和大力支持。作为女儿、妻子、母亲，我都是幸运的。谢谢你们！

最后，我想说，由于学识尚欠，书中错漏之处在所难免，我会继续努力，也欢迎批评指正。

责任编辑:杨美艳　刘　畅

图书在版编目(CIP)数据

格林布拉特新历史主义研究/朱静 著. -北京:人民出版社,2015.6
ISBN 978-7-01-014745-1

Ⅰ.①格…　Ⅱ.①朱…　Ⅲ.①现代文学-历史主义-文学理论-
文学研究-美国　Ⅳ.①I712.65

中国版本图书馆 CIP 数据核字(2015)第 069280 号

格林布拉特新历史主义研究
GELINBULATE XIN LISHIZHUYI YANJIU

朱　静　著

人民出版社 出版发行
(100706　北京市东城区隆福寺街 99 号)

北京汇林印务有限公司印刷　新华书店经销
2015 年 6 月第 1 版　2015 年 6 月北京第 1 次印刷
开本:710 毫米×1000 毫米 1/16　印张:15.25
字数:200 千字

ISBN 978-7-01-014745-1　定价:39.00 元

邮购地址 100706　北京市东城区隆福寺街 99 号
人民东方图书销售中心　电话 (010)65250042　65289539